임진운 판타지 장편 소설

대공학자

대공학자 4

임진운 판타지 장편 소설

초판 1쇄 찍은 날 § 2002년 6월 5일
초판 1쇄 펴낸 날 § 2002년 6월 15일

지은이 § 임진운
펴낸이 § 서경석

편집장 § 문혜영
편집 § 장상수 · 박영주 · 김희정 · 권민정 · 이종민
마케팅 § 정필 · 강양원 · 김규진 · 안진원

펴낸곳 § 도서출판 청어람
등록번호 § 제1081-1-89호
등록일자 § 1999. 5. 31
어람번호 § 제1-0247호

주소 § 경기도 부천시 원미구 심곡1동 350-1 남성B/D 3F (우) 420-011
전화 § 032-656-4452 팩스 § 032-656-4453
http://www.chungeoram.com
E-mail § eoram99@chollian.net

값 7,500원

ISBN 89-5505-332-0 (SET)
ISBN 89-5505-380-0 04810

임진운 판타지 장편 소설

대공학자

수도로

4

도서출판
청어람

42장 플란포르의 경매장

눈이 내린 지 얼마 되지 않았지만 연일 따뜻해진 날씨로 눈이 녹아 도시의 거리는 지저분하기 그지없는 모습이었다. 거리를 오가는 사람들은 발에 묻은 진흙에 눈살을 찌푸렸고, 마차에서 튀는 흙탕물을 피하기 위해 조심스러운 모습이었다.

그런 사람들의 뒤쪽으로 높은 건물이 웅장하게 서 있었다. 무려 10층이나 되는 이 건물은 도이첸 제국 전역에서 몰려드는 상인들의 편의를 위해 지어진 공립 호텔로서 시공비의 반은 플란포르 시에서, 또 나머지 반은 상업을 적극 장려하고 있는 도이첸 제국의 황실에서 지원을 하였다. 그만큼 수준급의 시설들을 갖추고 있었는데, 친분을 쌓기 위한 연회장을 기본으로 여러 종류의 위락 시설들과 상인들 간의 거래에 필요한 장소들을 제공하고 있었다.

건물로 들어가는 웅장한 문 앞에는 수많은 고급 마차들이 멈춰 있었고 마차에서 짐을 내리는 사람들이 분주하게 움직였다. 건물의 8층에서 창문을 통해 바깥 세상을 바라보고 있는 다섯 쌍의 눈이 있었는데, 바로 플란포르에 도착해 묵어갈 거처를 잡은 뮤스 일행이었다. 유리창을 손가락으로 몇 번 두들겨 보던 크라이츠가 고개를 흔들며 입을 열었다.

"이것 참, 이곳은 정말 구경할 것들이 많은 곳인데 땅이 이렇게 질퍽거리니 나가지도 못하겠군요."

켈트 역시 그녀의 말에 동감을 하는지 진흙에 더러워져 방의 한쪽 편에 벗어 놓아둔 신발을 바라보았다.

"그러게 말입니다. 이곳에 올 때면 매번 재료를 구하기 위해 거리를 다니곤 했는데, 오늘은 그럴 엄두도 나지 않는군요. 플란포르는 다 좋은데 도로의 포장 상태가 아주 좋지 않다는 것이 정말 불만스럽다니까요."

저마다 한숨을 내쉰 일행들은 몸을 돌려 소파 쪽으로 자리를 옮겼고 푹신한 소파에 깊숙이 몸을 파묻던 뮤스는 아름다운 문양으로 꾸며져 있는 천장을 바라보며 무료한 목소리로 말했다.

"휴유~ 다들 생각이 그렇다면 오늘은 어쩔 수 없이 방 안에서 쉬는 수밖에 없네요. 아저씨들이 침이 마르도록 칭찬하면서 바람을 넣더니 결국은 이렇게 끝나는군."

그의 힘없는 목소리에 크라이츠가 등을 맞은편의 소파에 기대며 위로했다.

"호홋, 너무 낙담은 하지 말거라. 나중에 돌아올 때 구경하면 되지 뭐."

"어쩔 수 없죠."

뮤스가 손을 내저으며 크라이츠의 위로에 고개를 끄덕일 때 방문을 두들기는 소리와 함께 젊은 남성의 목소리가 들려왔다.

"룸서비스입니다!"

점원의 목소리를 들은 드워프들은 이미 입가에 흐르기 시작하는 침을 닦았고, 그중 가장 동작이 재빠른 레딘이 거의 동물적인 동작으로 뛰어가 방문을 열어젖혔다. 그곳엔 깔끔한 유니폼을 차려입은 점원이 은색의 빛나는 손수레 옆쪽에 서서 가볍게 고개를 숙였다.

"안녕하십니까, 손님. 특실을 담당하고 있는 쿠거트입니다. 손님께서 주문하신 와인과 과일 모듬 안주가 도착했습니다."

그의 인사는 특실을 담당하는 점원에 걸맞게 예의가 발랐고 동작 하나하나가 절도있어 보였다. 하지만 그런 것에 신경을 쓸 만큼 민감하지 못한 레딘은 그쯤이야 아무래도 좋다는 듯 직접 수레를 끌어당기며 점원을 맞이하는 것이었다.

"흘흘, 어서 가지고 들어오게나! 어서! 어서!"

"저… 소, 손님!"

예상치 못한 레딘의 적극적인 환영(?)에 직원은 적지 않게 당황한 듯했지만 그 역시 산전수전 다 겪은 베테랑 급의 점원이었기에 금세 안색을 평상시와 같이 회복하고 곧 화려하게 꾸며진 과일 안주들과 술을 테이블에 내려놓으며 정리하기 시작했다.

딸가락. 딸가락.

그것도 잠시, 순식간에 테이블 준비를 모두 마친 점원은 가져 나갈 손수레를 정리하기 시작했는데, 손수레의 위를 자세히 보던 크라이츠가 점원을 향해 물었다.

"그 손수레 위에 있는 것은 뭐죠?"

바삐 손을 움직이던 점원은 크라이츠의 물음에 테이블 쪽으로 숙이고 있던 고개를 들며 대답했다.

"네? 어떤 것을 말씀하시는지 잘 모르겠습니다만……."

"손수레 위에 놓여 있는 종이들 말이에요."

그녀의 가리킴에 손수레 위로 시선을 옮긴 점원은 그제야 알겠다는 듯 부드러운 미소를 지으며 말했다.

"아! 이것은 저희 플란포르 호텔에서 제공하는 행사 스케줄 표입니다. 손님께서 필요하시면 한 장 드리겠습니다."

"그럼 한 장 줘보세요."

그녀의 말에 가볍게 웃어 보인 점원은 고개를 한 번 끄덕이며 수레 위의 종이를 한 장 내밀었고, 그것을 건네받은 크라이츠는 종이 위로 눈을 돌렸다. 수레 정리를 다 한 직원이 나가자 드워프들과 뮤스는 푸짐한 과일로 손을 가져가기 시작했다. 모두들 나가지 못하는 아쉬움을 먹는 것으로 대신하려는 듯 입과 접시로 오가는 손길이 분주했다. 그러던 와중에도 뮤스는 크라이츠의 생각을 해주는지 과일 조각 하나를 입에 넣으며 물었다.

"누님은 안 드세요? 겨울인데도 과일들이 싱싱한걸요?"

손에 들린 종이를 읽던 크라이츠는 고개도 돌리지 않고 관심없는 듯 대답했다.

"나는 별로 생각이 없구나. 그건 그렇고 이걸 한번 볼래?"

"네? 그게 뭔데요?"

"여기 제일 아랫부분 말이야."

먹던 과일을 접시 위에 내려놓은 뮤스는 그녀가 건네준 종이를 받아 들고서 읽어 내려가기 시작했다.

"올해 마지막 경매 임박. 최대 규모, 최고 수준을 자랑하는 저희 플란포르 호텔의 경매가 열립니다. 날짜는…….."

한참을 읽어 내려가던 뮤스는 크라이츠를 보며 궁금한 표정으로 말했다.

"예전에도 켈트 아저씨가 경매라는 말을 했는데 경매가 뭐죠?"

"호홋, 아직 그걸 모르고 있었구나? 경매라는 것은 어떤 물건을 내놓고 거기에 대해 서로 가격을 불러 경쟁을 하는 것이란다. 방법이 여러 가지가 있지만 보통은 가장 많은 가격을 제시하는 사람이 낙찰을 받는 것이지."

"그렇구나. 경매라… 날짜는 언제인데요?"

"오늘이야. 경매를 하는 곳이 호텔의 연회장이니 여기라면 놀러 갈 만하지 않을까? 어떤 것들이 경매에 나와 있는지 보고 필요하다고 생각되는 물건이 나오면 입찰도 하고 말야."

"아! 그거 재미있겠네요. 아저씨들은 어때요?"

그들의 동의를 구하기 위해 고개를 돌린 뮤스는 자신의 어리석음을 깨달아야만 했는데, 술과 안주에 심취해 있는 드워프들에게 말을 시켜봤자 들리지도 않는다는 것을 알았기 때문이다.

"아무튼 누가 먹을 것 앞에서 아저씨들을 말려. 그럼 누님, 저랑 둘이 가보죠."

"호호홋! 그러자꾸나. 이번에 가지고 싶은 것이 있다면 말하렴. 이 누님이 오랜만에 선물을 하나 해주고 싶구나."

"하하, 고마워요."

몇 마디의 대화를 나눈 후 뮤스와 크라이츠는 외출을 위해 옷을 갈아입었다. 비록 호텔 내에서 벌어지는 행사라고는 하지만 높은 수준의 경매가 이루어질 때에는 그에 걸맞게 고위층의 사람들이 대부분이었기에 제대로 된 복장을 갖추지 않는 것은 예의에 어긋나는 행위였기 때문이다.

　호텔의 입구로 수많은 사람들이 들어오고 있었다. 그들은 모두 이곳에서 벌어질 경매에 참여하려는 사람들이었는데, 대부분은 상업에 종사하는 사람들로 경매를 통해 갖고 싶은 것을 구입한다고 하기보다는 구입한 물건들을 더 비싼 가격으로 판매를 하는 데 중점을 두고 있었다. 플란포르 시 내에서 행해지는 경매들의 성격이 모두 그랬기에 이제는 공공연한 사실로 받아들여지고 있었다.

　경매장의 가장 앞쪽에 설치되어진 단상에는 경매에 나올 물건들이 진열될 고급 테이블과 경매지기가 위치할 탁자가 놓여 있었고, 그 앞으로는 200석 정도의 의자가 줄을 맞추어 나열되어 있었다.

　실내는 사람들의 목소리로 가득 차 소란스러웠다. 사실 거래에 있어서 사람들과의 만남이 중요한 비중을 차지했는데, 그만큼 안면이 있는 사람들이 많았기 때문이다. 대화의 내용 역시 그들의 직업에 걸맞게 장사에 대한 이야기가 주류를 이루고 있었다.

　"하하하, 이번에는 2만 겔피의 이윤을 잡았다네. 마침 소금이 비쌀 때였거든. 그전에 내가 어쩔 수 없이 매입해 놓았던 소금을 이번에 풀었던 것이지."

　"그래도 조금 아쉽군. 조금만 더 기다렸다면 천 겔피 정도는 더 남길 수 있었을 텐데……."

　"후훗, 그래도 그건 모험이지 않은가? 오히려 그 이후에 가격이 떨어졌을 수도 있고 말이야."

"그래도 장사 한번 잘했군."

대부분의 사람들이 이와 비슷비슷한 대화를 하고 있을 무렵 한 쌍의 남녀가 연회장의 입구를 통해 들어오고 있었는데, 다름 아닌 경매장에 구경 나온 크라이츠와 뮤스였다. 복잡하기 짝이 없는 장내를 한번 둘러보던 크라이츠는 손에 들고 있던 부채로 가볍게 부채질하며 말했다.

"경매장은 언제나 활기가 넘쳐서 마음에 든다니까. 정말 오랜만에 경매장에 오는구나."

"언제 와보시고 마지막인데요?"

뮤스의 물음에 잠시 생각을 해보던 크라이츠는 잘 기억이 나지 않는지 볼을 긁적이며 대답했다.

"글쎄, 30년 전이었던가?"

"하… 하… 그렇군요."

아무리 많이 봐준다 해도 20대 후반으로 보이는 크라이츠가 30년 전이라는 말을 꺼내자 그녀가 드래곤임을 알고 있는 뮤스였음에도 이상한 기분이 드는 것은 어쩔 수 없었다. 그녀의 말을 들으며 고개를 내젓던 뮤스는 비어 있는 자리를 가리키며 말했다.

"정말 적응이 안 되네. 누님, 저쪽에 자리가 있네요. 앞쪽이라서 잘 보일 것 같은데요?"

그곳으로 걸어가려는 뮤스의 소매를 잡은 크라이츠는 입구의 왼편에 있는 테이블을 가리켰다.

"아니, 아직은 안 된단다. 일단 저쪽으로 가서 접수를 하고 번호 배정을 받는 거야. 그런 다음에야 경매에 참여할 수 있는 것이지."

"쩝, 생각보다 복잡하네."

뮤스에게 경매 참여 접수 방식을 설명해 준 크라이츠는 그의 손을 잡아끌고 접수석으로 발걸음을 옮겼다. 그곳에는 이미 많은 사람들이 순서를 기다리기 위해 줄을 서 있었는데, 뮤스와 크라이츠 역시 가장 뒤쪽에 자리를 잡았다. 잠시 자신의 앞쪽으로 줄 서 있는 사람의 수를 세던 뮤스는 꽤 오래 기다려야 함을 알았기에 한숨을 내쉬었다.

"후유! 정말 많은 사람들이 왔군. 그런데 누님, 이곳의 경매품으로 나오는 물건들은 얼마 정도에서 낙찰을 받을 수 있죠?"

"뭐, 보통 한도액은 없지만 적게는 20겔피 정도에서 많게는 몇만 겔피까지도 올라갈 수 있단다."

뮤스는 자신이 생각했던 것보다 훨씬 높은 수준으로 경매가 진행된다는 말에 입이 자연스럽게 벌어지기 시작했다.

"며, 몇만 겔피요? 만 겔피면 포센트를 한 대 살 돈인데……."

"그렇단다. 게다가 오늘같이 한 해의 마지막 경매는 제시되는 금액이 평소의 수배에 달하고 그에 걸맞게 굉장한 물건들이 경매에 나오게 되는 것이지."

그녀의 설명에 뮤스는 약간의 감탄이 섞인 표정을 지어 보였다.

"이거 운이 굉장히 좋은걸요? 엄청난 물건들을 구경할 수 있게 됐으니."

"호홋, 어쩌면 운이 안 좋은 것일 수도 있지. 만일 탐나는 물건을 보게 되기라도 하면 무조건 사고 싶어할 것이 틀림없으니 여행 경비나 축낼지도 모르니까 말이야."

"하하하! 누님 입에서 그런 소심한 이야기가 나오니까 나름대로 재미있네요."

크라이츠와 뮤스가 대화를 나누는 동안에 그들의 뒤로 몇 명의 사람들이 더 줄을 서게 되었는데, 입은 옷과 장신구들이 화려한 것으로 보아 상당히 돈이 많은 상인이나 귀족인 듯했다. 그중 기름지게 살이 찐 중년의 남자는 거만한 표정으로 주변의 인물들과 이야기를 나누고 있었다.

"흐흐흘, 자네들 오늘 마지막에 경매대에 오르게 될 '여신의 눈물'에 대한 소문을 들었나? 시작 가격이 자그마치 15만 겔피라는 거야! 내가 이 경매에 온 것도 그것을 손에 넣기 위해서이지! 흐흐흣!"

말을 하던 중년 사내를 마주 보고 서 있던 남성은 그의 이야기를 듣자 부러운 기색을 감추지 못하고 있었다.

"역시 자네답군. 나도 어서 돈을 벌어야겠구먼."

친구의 부러움을 한껏 즐기기라도 하는 듯 어깨를 으스댄 그는 눈을 좁게 뜨며 말했다.

"후훗, 너무 낙심하지 말라고. 훗날 보관료 정도만 더 붙이고 자네에게 넘길 수도 있네. 물론 자네가 그만한 돈을 벌어야겠지만 말이야. 흐흐훗!"

이들의 대화에 귀를 기울이고 있던 뮤스는 여신의 눈물이라는 것이 무엇인지 몰랐기 때문에 고개를 갸웃거리며 크라이츠에게 물었다.

"누님, 도대체 여신의 눈물이라는 것이 뭐죠?"

하지만 질문을 받은 크라이츠 역시 그에 대해 잘 모르는 표정이었다.

"글쎄… 나도 잘 모르겠는걸? 값이 나가는 물건에 대해서는 거의 다 안다고 자부하지만 그런 이름은 들어본 적이 없거든. 네가 직접 한번 물어보지 그러니?"

"뭐, 귀찮지만 그러죠."

그녀의 말에 웃으며 대답한 뮤스는 몸을 돌려 등 뒤에 서 있는 남성들에게 말을 걸었다. 초면이었기에 예의를 갖추는 것 역시 잊지 않으면서.

"저… 실례하겠습니다. 우연하게 여신의 눈물에 대해 듣게 되었는데, 그 여신의 눈물이라는 것이 뭐죠?"

뮤스의 물음에 남성들은 재미있다는 듯 코웃음을 쳤다. 그중 살찐 남성이 팔짱을 끼며 아까와 같은 거만한 모습으로 입을 열었는데, 초면임에도 불구하고 모멸적인 말투를 서슴지 않았다.

"크큭, 너 같은 애송이는 몰라도 된다. 네 녀석도 보아하니 경매에 입찰을 하려는 모양인데, 이곳의 수준은 상당히 높아. 너 같은 애송이는 동네 경매장이나 가보는 것이 어때?"

그의 말에 상당히 기분이 상한 뮤스였지만 애써 화를 삭였다. 그리곤 다시 입가에 미소를 띠며 되물었는데, 이런 모습을 보더라도 이제 어른으로 한 걸음 더 다가섰음을 알 수 있었다.

"그냥 뭔지 이야기만 해주시는 것도 안 됩니까? 그것을 알 자격도 안 되는 것은 아닐 텐데요."

이쯤 되자 살찐 남성도 아무럼 어떻겠냐고 생각했는지 더 이상 다른 소리는 하지 않았다.

"후훗, 하긴 궁금증은 능력과 별개이지. 여신의 눈물이란 50캐럿의 다이아몬드를 말하는 거야. 모르긴 몰라도 대륙 전체에서 열 손가락 안에 들어가는 크기의 다이아몬드일걸?"

50캐럿의 다이아몬드라는 말을 들은 뮤스는 자신의 손과 비교하며 그 크기를 짐작했다.

"히야~ 굉장한 크기의 다이아몬드군. 거의 주먹만한 다이아몬드라니……."

뮤스의 놀라는 모습을 보며 자신의 손에 들어올 여신의 눈물 생각에 한층 더 우월감을 느낀 살찐 남성은 히히덕거리고 있었다.

"후홋, 너 같은 꼬마는 그런 것을 눈으로 직접 볼 수 있다는 것만으로도 행운인 줄 알거라. 자, 그만 가세!"

특유의 거만한 말투로 이야기를 끝낸 살찐 남성은 더 이상 볼일이 없다는 듯 뮤스를 무시하며 등을 돌렸고, 뮤스 역시 필요한 것을 얻어냈기에 더 이상 상관하지 않았다. 자신의 옆에 도도한 모습으로 서 있는 크라이츠를 바라본 뮤스는 주먹을 내밀며 말했다.

"누님, 들으셨죠? 이 주먹만한 다이아몬드라는군요. 그 정도 되는 크기의 다이아몬드라면 엄청난 고열과 고압을 견뎌야 하기 때문에 쉽게 발견되는 것이 아닌데… 사실이라면 정말 대단하군요."

뮤스의 말을 듣던 크라이츠는 들고 있던 부채로 입을 가리며 웃었다.

"푸훗! 그것보다는 네가 저 녀석들의 비아냥거림을 참고 있었다는 것이 더 대단하구나. 예전 같았으면 절대 지고 있지는 않았을 텐데 말이야."

그녀의 말에 의젓하게 어깨를 뒤로 젖힌 뮤스는 의기양양한 얼굴을 했다.

"저도 나이가 있는데 저런 사람과 실랑이해 봐야 입만 아프죠. 아예 상대를 하지 않는 것이 상책이에요."

"녀석, 겨우 19살인 주제에……. 하지만 내 방식은 아니구나. 이제 저 녀석들이 널 우습게 본 것을 후회하게 만들어야지."

"엥? 또 무슨 짓을 하시려고……?"

"무슨 짓이라니? 그게 누님한테 할 말버릇이냐? 경매 접수만 하면 알게 될 거야."

뮤스는 밑도 끝도 없는 크라이츠의 말에 의아함을 느끼고 있었다. 그때, 크라이츠가 그의 등을 떠밀며 말했다.

"호홋, 이 바닥에선 이름이 훌륭한 칼이 되지. 자, 우리 순서구나!"

그녀의 말대로 앞쪽에 서 있던 사람들은 참여 접수를 끝마쳤는지 아무도 없었고, 접수석의 의자에 정장을 점잖게 차려입은 중년의 남자가 바른 자세로 앉아 있을 뿐이었다.

"다음 분 접수하시죠."

그의 말에 정신을 바로 차린 뮤스는 한 걸음 앞으로 나가 접수석에 앉았다. 뮤스의 차림새를 위에서부터 아래까지 한차례 훑어보던 중년은 그리 화려하지 않은 그의 모습을 얕잡아 본듯 턱을 한번 치켜 올린 후 서류를 한 장 내밀며 사무적으로 얘기했다.

"이쪽에 출신과 소속을 적어주고 가장 아래에는 이름과 서명을 해주시오."

테이블에 놓여 있는 접수 서류를 한번 살펴본 뮤스는 펜을 들어 빈칸을 채우기 시작했고, 금세 다 마쳤는지 위에서부터 한 번 더 읽어보며 확인한 그는 고개를 끄덕이며 중년에게 건네주었다.

"여기 있습니다. 이제 다 된 것인가요?"

"음, 되었네. 그럼 확인을 해보도록 하지. 라이델베르크의 공학원에서 온 뮤스 드라켄?! 아니, 이럴 수가!"

순간 접수 서류를 확인하던 중년은 자신의 눈을 의심하여 손등으로 눈을 비빈 후 다시 한 번 확인해 봤지만, 아쉽게도 그의 눈은 아무런 이상이 없었다. 이제 현실을 인정할 수밖에 없었던 그는 시퍼렇게 죽은 안색으로 자리에서 급히 몸을 일으켰고, 허리를 직각으로 굽히며 인사를 하는 것이었다.

"어, 어서 오십시오, 뮤스님! 공학원의 원장님께서 친히 이곳에 방문하셨을 줄은 꿈에도 모르고 있었습니다!"

중년의 돌연한 반응에 더욱 놀란 것은 뮤스였는데, 그의 뒤에 서 있던 크라이츠는 이미 이와 같은 상황이 일어날 것을 알았다는 듯 가벼운 미소를 날리고 있었다. 물론 크라이츠의 뒤에서 순서를 기다리며 거만한 모습으로 서 있던 남성들 역시 뮤스의 정체가 밝혀지자 멍청한 표정으로 변하여 할 말을 잃고 있었다. 한동안 뮤스가 이 기이하게 변한 상황에 적응을 하지 못하자 크라이츠가 그의 앞으로 나서며 딱딱한 억양으로 입을 열었다.

"계속 이렇게 세워두실 건가요? 번호표를 배정해 주시죠?"

그녀의 재촉을 받은 중년은 큰 잘못이라도 한 듯 테이블 위에 놓여 있던 번호 배정표에 서둘러 두 가지의 내용을 적었는데, 한 가지는 등급 번호, 또 다른 한 가지는 배정 번호였다. 사실 이 중년이 하는 일은 접수하는 사람들의 출신과 소속, 그리고 이름을 보고 등급과 번호를 나누는 것이었기에 대륙 최고의 갑부 대열에 오른 그들의 명성을 모를 리 없었던 것이었다. 곧 배정표가 완성되었기에 중년은 떨리는 손으로 그것을 뮤스에게 건넸다.

"여, 여기 있습니다, 뮤스님."

배정표를 받아 든 뮤스는 신기한 듯 앞뒤로 돌려봤다. 등급 번호는 1로 적혀 있었고 배정 번호 역시 1이었는데, 이 숫자 두 개가 모여져 11번이 되는 것이었으므로 10번 대의 번호를 가진 사람은 최고 등급의 손님이었던 것이다.

"아, 고마워요. 누님, 이제 가죠. 11번이네요."

크라이츠에게 말을 하기 위해 몸을 돌리자 방금 거만한 자세로 있던 세 명의 남성이 천박한 웃음을 띠며 허리를 약간 굽히고 있었다. 그중 살이 찐 남자가 비굴하기 짝이 없는 표정을 지으며 무슨 말을 하려 했지만 크라이츠가 냉랭한 목소리로 선수를 치는 바람에 뜻을 이루지는 못했다.

"여신의 눈물이라고 하셨나요? 꽤나 마음에 드는 물건일 것 같군요. 그럼 좋은 물건에 많이 입찰하시길. 뮤스, 어서 자리에 앉자."

날카로운 가시가 들어 있는 인사말을 남기고 크라이츠가 자리를 옮기자 남자들의 표정은 울상으로 변하고 있었다. 그중 한 명이 살이 찐 남자의 어깨를 두들기며 말했다.

"후우, 자네 운이 없군. 이제 여신의 눈물을 살 가망이 없는 것과 다름없지 않나?"

"내, 내가 이런 실수를 할 줄이야……."

"쯔쯧."

서로를 위로하던 그들은 한참 동안 접수할 생각을 못하며 자연스럽게 자신들의 자리를 찾아가고 있는 뮤스와 크라이츠를 바라보며 아쉬운 표정을 지을 뿐이었다.

경매가 시작된 경매장은 수많은 사람들이 자리하고 있음에도 불구하고 조용하기 이를 데 없었다. 자리를 가득 메우고 있는 사람들은 하나같이 단상 위의 테이블에 눈을 맞추고 있었다. 그곳에는 대리석으로 만들어진 석상이 하나 올려져 있었는데, 경매지기는 그것이 고대 예술가의 역작이라고 침을 튀기며 설명하고 있는 중이었다. 석상에 대한 기나긴 설명이 끝나고서 물로 목을 축인 경매지기는 손가락 여덟 개를 펴 보이며 말을 이었다.

"네! 이상의 설명을 보증할 수 있는 진품입니다. 이것은 역사와 예술성을 동시에 갖춘 물품이기 때문에 시작가는 8천 겔피부터이고, 단위는 백 겔피씩 올라갑니다. 입찰해 주십시오."

그의 말이 끝나자 번호표를 가슴에 달고 있던 사람들은 이 석상을 재산 목록에 포함시키기 위해, 또는 비싼 상품으로 되팔기 위해 손을 들며 외쳐 대기 시작했다.

"8천 백!"

"8천 2백!"

"8천 3백!"

물건을 차지하기 위한 경쟁심이 달아오르고 있을 때 크라이츠는 심드렁한 표정으로 앉아 있을 뿐이었고, 그녀의 옆에 있던 뮤스 역시 몇 차례의 경매가 끝나자 이제 별로 신기해할 것도 없는지 별다를 게 없는 모습이었다. 석상을 바라보고 있던 뮤스는 문득 무슨 생각이 떠올랐는지 크라이츠를 향해 물었다.

"누님도 골동품을 모으지 않나요?"

"물론 모은단다. 골동품은 시간이 갈수록 가치가 높아지기 때문에 가지고 있는 것만으로도 재산이 늘어나는 것이라고 볼 수 있으니까."

"그런데 왜 별 관심이 없는 표정이시죠? 설명을 들어보니 굉장한 작품 같은데."

뮤스의 물음에 가볍게 웃은 크라이츠는 가소롭다는 듯한 눈빛으로 석상을 바라보았다.

"호홋, 내가 취급하는 골동품들은 저런 근대의 것이 아니란다. 물론 사람들의 역사로는 고대겠지만 말이야. 예전에 켈트 씨가 나의 레어에서 예술품들을 보면서 침을 흘리던 것을 기억하니?"

그녀의 물음에 잠시 허공을 보며 옛 기억을 되살리던 뮤스는 마침 그때의 장면을 떠올릴 수 있었기에 고개를 끄덕였다.

"네, 물론 기억나요. 제가 금덩이를 들고서 갖고 싶어했었던 것도."

"잘 기억하는구나. 켈트 씨도 예술품을 보는 눈이 굉장한 수준이기 때문에 내가 가진 골동품들 정도나 되어야 눈에 찰까 이곳에 나온 정도의 물건들은 거들떠보지도 않을걸?"

"하하하, 이제 이해가 되네요. 그러니까 저 정도의 연대를 가진 것도 누님께는 골동품이 아니라는 것이군요?"

"당연한 것 아니니? 내 나이가 몇 살인데. 게다가 오래되기만 했지 예술성은 거의 없어 보이는구나. 내가 정작 관심을 가지고 있는 것은 아까 말하던 여신의 눈물인가 하는 것인데, 그것이 없었으면 벌써 이 지루하고 볼 것 없는 경매장에서 벌써 떠났을걸. 정말 그 정도 크기의 다이아몬드라면 내 눈을 끌 만하지."

크라이츠와 뮤스가 평범한 사람이 들었으면 까무러칠 법한 대화를 나누고 있을 때 경매지기가 군중들을 향해 낙찰 결과를 알리고 있었다.

"네! 26번 손님께 만 3천젤피에 낙찰이 되었습니다! 축하드립니다."

경매지기의 낙찰 선언에 어깨에 한껏 힘이 들어간 26번 경매 참가자는 고개를 끄덕이며 만족한 웃음을 보였고, 주변의 인물들은 그의 낙찰을 축하하기 위해 몇 번의 박수를 보냈다. 장내의 분위기가 정리되자 경매지기의 말이 계속되었는데, 지금까지와는 전혀 다른 톤의 음색을 사용하여 한층 분위기를 살리기 시작하는 것이었다. 속삭이는 듯 낮으면서도 은연중에 힘이 들어 있는 이 목소리는 청중들의 관심을 모으는 데 탁월한 효과가 있는 듯 청중들은 평소보다 진지한 눈빛으로 그를 주목하고 있었다.

"자, 이제 오늘의 마지막 물건이 되겠습니다. 여러분들 사이에서 이 물건에 대한 무성한 소문이 돌았을 것이라고 생각됩니다. 그것은 바로 여신의 눈물!"

경매지기의 입을 통해 마지막 물품의 이름이 밝혀지자 이미 알고 있던 사람들도 분위기에 휩쓸려 탄성을 쏟아냈다. 그리고 손을 들어 분위기를 진정시킨 경매지기는 물품들을 가지고 나오는 입구를 향하여 외쳤다.

"자! 대륙 최고의 보석! 무려 50캐럿 상당의 다이아몬드인 여신의 눈물을 여러분들께 소개해 드립니다!"

경매지기가 말을 마치자 어디선가 하얀 장갑을 낀 여성이 조심스럽게 가죽으로 된 상자를 들고 나왔다. 그 상자를 테이블 위에 올려놓은 여성은 곧 조심스럽게 상자를 열어 내용물을 꺼냈는데, 바로 한 손에 겨우 잡힐 만한 크기를 가진 여신의 눈물이라는 다이아몬드였다. 그녀가 여신의 눈물을 들어 이리저리 돌리며 사람들에게 선보이자 조명을 받은 여신의 눈물은 신비한 광채를 반사시키며 자신의 아름다움을 더욱 배가시켰고, 그 모습에 시선을 빼앗긴 그들은 침을 삼키며 감탄하기 시작했다.

"오오, 정말 엄청난 다이아몬드군."

"과연 여신의 눈물이라는 이름에 걸맞아."

뮤스 역시 엄청난 크기의 다이아몬드에 넋을 놓고 있었다. 비록 보석에 크게 관심이 많은 것은 아니었지만 이 정도 크기의 다이아몬드를 직접 눈으로 봤다는 것이 놀라웠기 때문이다.

"누님, 정말 대단하군요. 엄청난 크기의 다이아몬드인걸요!"

하지만 뮤스나 경매에 참여한 사람들과는 달리 크라이츠는 별다른 감흥을 느끼지 못하고 있었는데, 고개를 갸웃거린 크라이츠는 눈을 좁게 뜬 채로 여신의 눈물을 살피며 말했다.

"흠? 이상하군. 냄새가 안 나."

뮤스는 이해할 수 없는 말에 크라이츠의 얼굴을 바라보았다.

"냄새가 안 나다니요, 그게 무슨 말이죠?"

"다이아몬드의 냄새가 나지 않는다는 거야. 저건 가짜야."

그녀의 말을 아직 이해할 수 없었던 뮤스는 설마 하는 마음으로 되물었다.

"하지만 저들도 충분히 감정을 해보지 않았을까요? 게다가 다이아몬드에서 냄새가 난다는 것도 말이 안 되잖아요?"

자신을 믿지 못하겠다는 듯한 뮤스의 말투에 감정이 조금 틀어진 크라이츠는 이마를 살짝 찡그리며 그를 바라보았다.

"설마 이 누님을 못 믿겠다는 말이니?"

"뭐, 못 믿는다고 하기보다는……."

"나는 장담해. 드래곤들은 보석들을 보는 순간 느낌으로 알 수 있거든. 그걸 그냥 냄새라고 표현하는 거야."

"그럼 그것을 밝혀야 하잖아요? 다른 사람이 피해를 보기 전에."

"글쎄, 그것은 간단한 문제가 아니야. 여신의 눈물은 겉보기만 놓고 볼 때 다이아몬드와 똑같거든. 거의 차이를 알 수 없을 정도로. 하지만 분명 다이아몬드가 아닌 것은 확실해."

크라이츠가 이토록 확신을 하자 뮤스는 고민에 빠질 수밖에 없었다. 그녀의 말대로 여신의 눈물이 다이아몬드가 아니라고 말해 봤자 확실한 증명을 하지 않는다면 사람들이 믿지 않을 것은 뻔했고, 그렇다고 그냥 눈을 감아주자니 뮤스가 가지고 있는 '쓸데없는 참견의 여신'이 가슴 어림을 자극했기 때문이었다. 뮤스가 고민을 하고 있을 때에도 경매지기에 의해 경매가 진행되고 있었다.

"자, 예상하셨다시피 15만 겔피를 시작가로 천 겔피 단위로 올라가겠습니다. 입찰을 시작합니다."

경매의 시작과 함께 가장 먼저 입찰을 한 사람은 다름 아닌 거만한 모습의 살찐 남성이었는데, 크라이츠가 입찰할 것을 알고 있는 상태임에도 불구하고 밑져야 본전이라는 심정으로 입찰을 마음먹은 듯했다.

"15만 겔피 내겠소."

그의 입찰을 시작으로 한 명 두 명 손을 들기 시작했다. 금액이 엄청난 만큼 지금까지의 경매와 같이 열띤 분위기는 아니었지만 보이지 않게 흐르고 있는 긴장감 하나는 지금까지의 경매와 상대조차 안 되는 것이었다.

"15만 2천 겔피!"

"15만 3천 겔피!"

"흥! 15만 5천 겔피!"

여러 사람이 입찰 경쟁에 끼어듦에 따라 입찰 금액은 그만큼 올라갔고, 능력이 되지 못하는 사람들은 자연스럽게 떨어져 나가고 있었다. 이런 식으로 입찰이 계속되자 결국 남은 사람은 두 명뿐이었다.

"17만 천 겔피!"

아직 포기하지 않고 남아 있던 살찐 남성의 목소리였다. 그의 얼굴에는 두 가지의 표정이 동시에 떠올라 있었다. 그것은 크라이츠와 뮤스가 입찰을 하지 않는 것에 대한 의아함과 여신의 눈물이 거의 자신의 수중에 들어왔다는 흥분감이었다. 경매지기가 다른 입찰자를 찾기

위해 주변을 돌아보았지만 이제 더 이상의 입찰자는 없는지 쥐 죽은
듯 조용한 분위기였다. 한차례 고개를 끄덕인 그는 낙찰 선언을 위해
손가락을 펴 보았다.

"자, 지금부터 셋까지 세겠습니다. 그때까지 입찰자가 없으시면 여
신의 눈물은 29번 손님께 넘어가겠습니다."

다시 한 번 주변을 둘러봤지만 여전히 변화가 없었다.

"하나… 둘… 셋……. 네! 이것으로 여신의 눈물 주인은 29번 손님
께 17만 천 겔피로 낙찰되었습니다."

경매지기의 낙찰 선언과 함께 살찐 남성은 크게 환호를 하기 시작했
고, 다른 이들은 부러운 눈빛으로 그가 기뻐하는 모습을 바라보고 있었
다.

"우하하하! 드디어 여신의 눈물이 내 손에 들어왔구나!"

"축하하네! 저것이 자네 수중으로 들어오다니!"

"정말 대단하군! 운이 좋았어! 공학원의 주인도 있었는데 말이야!"

그때 그 남성들의 앞쪽에 앉아 있던 크라이츠는 그들이 세상을 모두
가진 듯 좋아하는 모습을 보며 비릿한 웃음을 짓고 있었는데, 그들이
먼 훗날 여신의 눈물이 가짜 다이아몬드라는 것을 알고서 충격받는 장
면들을 상상하고 있는 중이었던 것이다. 한동안 고민을 하던 뮤스는
짓궂은 생각에 빠져 있는 크라이츠의 어깨를 두들기며 웃었다.

"누님, 마침 저것이 다이아몬드가 아님을 증명할 방법을 찾았어요."

"응? 다이아몬드가 아닌 걸 증명할 방법?"

그녀의 물음에 뮤스는 확신에 찬 표정을 지었다.

"네, 저 대신 이의를 제기해 주시겠어요? 아무래도 이런 일에 익숙
하지가 않아서……."

하지만 크라이츠는 별로 그것을 원하지 않는지 고개를 가로저었다.

"난 별로 증명하고 싶지 않은걸? 내 동생을 우습게 본 대가를 저들에게서 받아내고 싶구나."

"누님, 사람이란 누구나 실수를 할 수 있는 거예요. 그러니까 이번에 한번 크게 당했으니 다음부턴 정신을 차릴걸요?"

뮤스의 말에 잠시 생각해 보던 크라이츠는 어쩔 수 없다는 듯 어깨를 으쓱거리며 말했다.

"솔직히 인간을 긍정적으로 생각하는 네 의견에는 동의하지 못하겠지만, 정작 수모를 당한 네가 괜찮다면 어쩔 수 없구나."

"후훗, 그렇다면 더 늦기 전에 서둘러 주세요."

"녀석… 알았으니 잠시 기다려 보렴."

뮤스의 재촉에 손을 내저어 보인 크라이츠는 특유의 도도한 표정을 지으며 의자에서 몸을 일으켰다. 그리곤 당당한 목소리로 경매지기를 향해 외쳤다.

"이번 경매에 이의를 제기합니다!"

살찐 남자를 부러운 눈으로 바라보고 있던 사람들은 갑자기 크라이츠의 목소리가 장내에 울려 퍼지자 시선을 모두 그녀에게로 향하기 시작했다. 그리고 그들의 시선을 즐기며 앉아 있던 살찐 남자 역시 득의의 표정을 짓다 말고 가슴이 철렁임을 느껴야만 했다. 마침 낙찰자들에게 낙찰받은 물건의 권리 이전에 대한 설명을 하려 하던 경매지기는 의아한 표정으로 그녀에게 물었다.

"11번 손님, 무슨 일이시죠?"

경매지기의 말을 들은 크라이츠는 눈을 가늘게 뜨고 그를 바라보며 싸늘한 목소리로 입을 열었다.

"최고 수준의 경매를 자랑하는 곳에서 가짜 다이아몬드를 내놓다니! 이게 말이 되는 건가요?!"

잠시 크라이츠가 내뱉은 말을 생각해 보던 사람들은 그녀가 여신의 눈물을 두고 하는 말이라는 것을 깨닫고 웅성거리기 시작했다.

"자네, 들었나? 여신의 눈물이 가짜 다이아몬드라는군."

"저 여자 머리가 약간 이상한 것 아닌가? 광택이나 색을 봐도 완전한 다이아몬드인데 말이야."

"이 사람 말조심하게! 누군인지는 모르지만 경매 번호표를 봐!"

"이럴 수가! 11번이라니! 이 자리에 참석한 유일한 10번 대의 번호표군! 대체 저 여자가 누구길래?"

경매장 안이 그녀의 말로 인해 시끄러워지자 깜짝 놀란 경매지기는 장내를 진정시키기 위해 진땀을 빼야만 했다.

"손님 여러분, 조용히 해주십시오! 아직 확인되지 않은 사실이니 진정해 주십시오!"

하나 한번 일어난 소요는 그의 목소리까지 집어삼키며 수그러들 기미가 보이지 않고 있었다. 경매지기가 당황한 표정으로 어쩔 줄 몰라 하고 있을 때 검은 정장을 입은 노인이 앞쪽의 문을 통해 장내로 걸어 들어오고 있었는데, 불편한 몸인 듯 한쪽 발을 쩔뚝거리며 지팡이를 짚고 있었다. 노인은 경매지기에게 다가와 손을 내저으며 나직이 말했다.

"스쿠트, 수고했네. 아무래도 내가 이야기를 해봐야겠구먼."

경매지기는 그 노인을 이미 알고 있었는지 공손한 자세로 인사를 건넸다.

"안녕하십니까, 루퍼스 어르신. 어찌 이런 곳까지!"

"허헛, 너무 당황하지 말게나. 이것이 어찌 된 일인지는 모르겠지만 진실은 밝혀질 것이고 저 여성 손님의 말이 맞다면 책임은 우리가 져야 할 것이네."

"죄, 죄송합니다, 어르신!"

푸근한 미소를 지은 노인은 그의 어깨를 두들기며 말했다.

"허허허, 자네가 미안할 거야 있겠는가? 이만 내려가 보게."

경매지기와 루퍼스라는 노인이 대화를 하고 있을 때 장내의 사람들 역시 루퍼스의 모습을 발견했는지 조금씩 웅성거림이 잦아들고 있었다. 누군가의 입에서 조용한 목소리가 흘러나왔다.

"경매계의 거물인 루퍼스 어르신까지 나오셨군. 하긴, 이 정도의 경매 건이면 직접 나서셔야지."

루퍼스 돌리아드라는 이름은 이곳 플란포르뿐만 아니라 경매가 성행되는 모든 도시에서 유명한 인물이었다. 제국의 전역에 걸쳐 십여 군데의 경매장을 가진 그는 젊었을 시절 수백 건의 고가 경매를 성공시키며 경매계 전설적인 인물의 대열에 올랐고, 나이가 든 지금에 와서는 신용도 높은 경매장을 직접 경영하며 뛰어난 사업 수완을 자랑하고 있었다. 경매지기와 자리를 바꾼 그는 단상에 올라서며 크라이츠를 향해 낮은 톤의 목소리로 입을 열었다. 듣는 사람의 마음을 이끄는 듣기 좋은 목소리였다.

"흠… 제 이름은 루퍼스 돌리아드라고 합니다. 레이디의 소개를 해주시면 고맙겠소."

"네, 그렇게 하도록 하죠. 저는 라이델베르크에서 온 크라이츠 드라켄입니다."

당당한 크라이츠의 소개에 장내는 또 한 번 소요가 일어나기 시작했다.

"자네, 지금 들었나? 드라켄이라는 성을 가지고 있어!"

"혹시 공학원의 가문을 말하는 겐가?"

"그럼 이 대륙에 드라켄이라는 특이한 성을 쓰는 가문이 또 있기라도 하단 말인가?"

질문을 하던 루퍼스 역시 놀라움에 눈동자가 심하게 떨렸지만 자리가 자리인만큼 큰 내색을 하지 않고 있었는데, 이렇게 감정을 조절하는 모습만 보더라도 유능한 경매지기임을 간접적으로 알 수 있었다.

"혹 공학원의 분이십니까?"

"네, 그렇습니다. 공학원의 모든 재무를 담당하고 있습니다."

"아! 공학원에 대한 위명은 귀가 따갑게 듣고 있었습니다. 저뿐만 아니라 이곳에 모인 사람들 역시 그럴 것인데, 이렇게 젊은 레이디께서 공학원의 재무를 담당하신다니 놀랍기 그지없습니다. …한데 레이디께서 이 여신의 눈물이 가짜라고 생각하시는 이유가 있으십니까?"

루퍼스와 대화를 하는 와중에도 주변의 반응에 귀를 기울이던 그녀는 자신의 유명세를 실감하자 기분이 좋아졌는지 굳혔던 표정을 풀며 가볍게 웃고 있었다. 그리곤 옆에 앉아서 돌아가는 상황을 주시하고 있던 뮤스를 일으켜 세우며 말했다.

"그 이유에 대해서는 옆에 있는 제 동생이 증명해 줄 거예요."

그녀의 말에 눈을 돌려 뮤스를 보던 루퍼스는 고개를 갸웃거리며 의아한 표정을 짓고 있었다.

"보아하니 아직 젊은 청년 같은데……."

약간의 의심이 담긴 루퍼스의 말을 듣던 크라이츠는 고개를 끄덕이며 주변을 둘러보았다.

"이 아이가 바로 뮤스 드라켄입니다. 비록 어린 나이지만 공학원의 원장인만큼 우습게 보는 일이 없으셨으면 하는군요. 이 아이는 저희 공학원에서 판매되는 모든 제품들을 직접 설계했답니다."

유심히 그녀의 말에 귀를 기울이던 사람들은 그저 나이 어린 청년으로만 보이던 뮤스의 정체를 알게 되자 자신의 눈을 비비며 그의 얼굴을 다시 한 번 확인하기 시작했다. 이곳이 아닌 다른 장소에서 그가 공학원의 원장이라 말한다면 장난쯤으로 치부하고 넘겼겠지만, 지금은 어쩔 수 없이 이 놀라운 사실을 받아들여야 하는 상황이었다.

"들었는가? 저 젊은이가 공학원의 모든 제품들을 설계했다는군."

"흠… 지나가는 소문에 굉장히 젊은 사람이 공학원의 원장이라는 소리를 듣긴 들었지만 그 소문이 사실일 줄이야……."

"허허! 생각보다 더욱 어리군. 우리 막내딸과 잘 어울릴 것 같지 않나?"

"말도 말게! 어디 공학원의 원장에게 자네의 딸이 눈에 찰 것 같은가?"

사람들이 저마다 놀라움에 한마디씩 하고 있었다. 루퍼스는 그들의 놀라운 심정을 십분 이해했고, 또 계속되는 이야기를 듣기 위해 곧 조용해질 것을 알았기에 자신이 하고자 하는 말을 이었다.

"그렇다면 뮤스 드라켄이라는 분이 바로 이 청년이란 말씀이십니까?"

그의 입에서 자신의 이름이 흘러나오자 의자에 앉아 있던 뮤스가 몸을 일으키며 대답했다.

"네, 제가 뮤스 드라켄입니다."

"호오… 이거 정말 놀랍군요. 이런 엄청난 손님들이 저희 경매장을 찾아주셨다니……."

손을 들어 올려 루퍼스 감탄을 잠시 멈추게 한 뮤스는 젊은이 특유의 당찬 미소를 띠며 말했다.

"그런 것은 아무래도 좋으니 먼저 그 여신의 눈물에 대해 이야기하고 싶은데요?"

"네, 알겠습니다. 이쪽으로 나오셔서 설명해 주시죠. 감사하게 경청하겠습니다."

고개를 한차례 끄덕인 뮤스는 서슴없이 단상으로 걸어나왔고, 그의 동작을 주시하고 있던 사람들의 입에서는 탄성이 이어지고 있었다.

단상으로 걸어나와 사람들을 마주 보고 있는 뮤스의 몸에서는 기이한 기운이 은연중에 풍기고 있었다. 그것을 무엇이라고 설명하기에는 불가능해 보였지만, 타인을 압도하는 동시에 강한 인상을 심어주는 모습이었다. 그래서인지 장내의 사람들은 아주 작은 잡음조차 내지 않은 채 뮤스에게 집중하는 모습이었다. 설명하기에 아주 좋은 분위기가 되었다고 생각한 뮤스는 조심스럽게 손을 모으며 입을 열기 시작했다.

"사실 벨링으로 가던 도중에 이런 일을 겪게 될 줄은 정녕 몰랐습니다. 하지만 우연스럽게 이 경매에 참여하게 되었고, 저 여신의 눈물의 진위 여부가 의심스러워 이렇게 이의를 제기하여 단상에 오르게 되었습니다."

여기까지 인사말을 마친 뮤스는 자신의 가방에 무엇인가를 꺼냈다. 그것을 손가락으로 집어 든 뮤스는 이리저리 돌리며 자신에게 시선을 집중하고 있는 사람들을 향해 내보였다.

"이것은 아주 작은 다이아몬드입니다. 이것을 여신의 눈물을 감정하기 위한 재료로 쓰도록 하죠."

이렇게 말한 뮤스는 그것을 자신의 옆에서 이야기를 듣고 있던 루퍼스에게 건네주었다.

"이것을 한번 감정해 주시겠습니까?"

그에게서 조그마한 다이아몬드를 건네받은 루시퍼는 그것을 등 아래 비춰 보며 색을 살펴기도 하고 반짝이는 정도를 관찰하기도 하더니 이내 고개를 끄덕였다.

"네, 확실히 다이아몬드입니다."

루퍼스의 감정이 끝나자 뮤스는 다시금 자신의 가방에 손을 넣어 또 다른 물건을 꺼냈는데, 그것은 손가락 두 개 정도의 굵기를 가진 짧은 금속 봉이었고 끝 부분에 어떠한 장치를 한 모습이었다.

"지금 제 손에 들린 물건은 '휴대용 가열로' 입니다. 이것은 특수한 가연성 원료를 강제적으로 산소와 혼합하는 작용을 하는데, 상당히 높은 열을 낼 수 있어서 저희 공학원에서는 전뇌거를 수리하는 데 주로 쓰입니다."

뮤스의 설명을 듣고 있던 사람들은 그가 한 말을 모두 이해할 수는 없었지만 높은 열을 낼 수 있다는 것은 쉽사리 이해할 수 있었다. 설명을 마친 뮤스는 휴대용 가열로의 스위치를 넣으며 간단하게 불을 붙였다.

따다닥! 후우우욱!

그와 동시에 금속 봉 끝 부분으로부터 작고 파란 불꽃이 뿜어지기 시작했는데, 손톱만큼 작은 불꽃임에도 불구하고 뮤스의 옆에 서 있던 루퍼스까지 그 열기를 느낄 정도였다. 이제 준비가 다 되었다고 생각한 뮤스는 금속으로 된 집게를 루퍼스에게 건네주며 말했다.

"그럼 이 집게로 다이아몬드를 이 불에 직접 태워주시죠. 부탁드립니다.”

　뮤스의 말을 들은 루시퍼는 멍청한 표정이 되어 자신의 귀를 의심해야만 했다.

　“네? 다이아몬드를 여기에 태우라는 말씀이신가요? 유리라면 모를까 돌보다 훨씬 단단한 다이아몬드가 녹을 리도 없고…….”

　“아무튼 해보시면 알게 됩니다.”

　“뭐, 해보라시면 어쩔 수 없죠.”

　집게로 다이아몬드를 잡은 루퍼스는 뮤스의 얼굴을 한 번 더 확인했다. 하지만 여전히 마음의 변화가 없다는 듯 고개를 끄덕일 뿐이었다. 침을 한번 삼킨 그는 별일이야 있겠냐는 생각으로 다이아몬드를 휴대용 가열로의 새파란 불꽃에 가져다 대었고, 그 모습을 보던 사람들의 눈은 똑똑히 보려는지 커지고 있었다.

　치지지지직!

　그때였다. 다이아몬드가 휴대용 가열로의 불꽃에 닿자 놀랍게도 밝은 불꽃이 튀기며 타 들어가기 시작했는데, 그것을 보던 모든 사람들이 저마다 다른 표정이었다. 그 누구도 다이아몬드를 불에 태우면 이런 결과가 생길 것이라는 것을 예측하지 못했기에 놀라워하는 모습이 반이었고, 나머지 반은 불꽃과 함께 사라진 다이아몬드에 아쉬움을 표하는 중이었다.

　한동안 그렇게 타 들어가던 다이아몬드가 형체를 잃으며 사라져 버리자 집게만을 들고 있던 루퍼스는 뮤스의 얼굴을 바라보며 아무런 말도 하지 못하고 있었다. 그의 표정을 보며 가볍게 웃은 뮤스는 테이블 위에 올려져 있는 여신의 눈물을 들어 보이며 말했다.

　“다이아몬드는 탄소라는 성분으로 이루어져 있는데 석탄과 같은 성질을 가지고 있죠. 하지만 탄소가 다이아몬드로 변하기 위해서는 엄청난 압력과 온도가 동시에 필요하기 때문에 인위적으로 만들기가 극히 힘들다는 것이죠. 한마디로 다이아몬드는 발화점이 높은 석탄이라고 말할 수 있기 때문에 높은 열에 닿는다면 즉시 타버린다는 것입니다."

지금 그가 하고 있는 설명은 도이첸 제국에서 성행하고 있는 연금술에 엄청난 파장을 끼칠 만한 내용이었다. 하지만 안타깝게도 그 내용에 대해 심각하게 생각할 만한 자들은 없었기에 '그저 신기한 이야기'로 남게 되었다. 뮤스가 직접 실험까지 보이자 별다른 이견을 제시할 수 없었던 사람들은 앞으로 전개될 그의 설명을 호기심 어린 눈으로 기다리고 있었다. 이제 뮤스는 여신의 눈물을 들어 올리며 사람들을 향해 외쳤다.

"지금까지 눈으로 확인하셨듯이 만약 제 손에 들려 있는 여신의 눈물이 진짜 다이아몬드라면 휴대용 가열로의 불꽃에 모두 타버릴 것이고 그렇지 않다면 다른 반응을 할 것입니다."

이제 모든 사람들이 그의 말과 행동에 빠져들었기에 하나같이 고개를 끄덕이고 있었다. 그중 유일하게 그렇지 않은 사람이 있다면 여신의 눈물 낙찰자인 살찐 남성이었는데, 그만이 이제 곧 타서 사라질 것만 같은 여신의 눈물을 보며 울먹이고 있었다. 그런 그의 모습을 보기라도 했는지 뮤스는 안심시키기 위해 가볍게 웃으며 말했다.

"후훗, 만약 이것이 진짜 다이아몬드여서 타버린다면 그에 대한 배상은 저희 공학원에서 해드리겠습니다."

시선을 내려 의자에 앉아 이야기를 듣고 있는 크라이츠를 바라보니 그녀는 자신감있는 표정으로 뮤스에게 눈길을 보내고 있었다. 이제 생각을 굳힌 뮤스가 손에 들려 있던 여신의 눈물을 루퍼스에게 건네주자 그는 복잡한 표정으로 그것을 받아 들었다. 만약 여신의 눈물이 진짜 다이아몬드라서 타버린다면 자신의 손에서 17만 겔피에 달하는 보석이 날아가 버리는 것이었고, 반대로 만약 가짜라는 판명이 난다고 해도 자신의 이름에 먹칠을 하는 경우가 되었기에 웃지도, 울지도 못하는 이상한 상황이 되어버린 것이다.

하지만 그렇다고 해서 지금에 와서 안 할 수도 없는 법. 두 눈을 질끈 감으며 여신의 눈물을 푸르게 타오르고 있는 휴대용 가열로에 가져다 대었고, 주변의 분위기도 다들 숨을 죽인 듯 불안하리만치 조용해졌다.

그러나 시간이 흘러도 눈을 감은 루퍼스의 귀에는 아무런 소리도 들리지 않았다. 궁금함에 조용히 눈을 떠보니 휴대용 가열로 위에서 천천히 녹아 내리고 있는 여신의 눈물이 보였는데, 이로써 그것이 가짜 다이아몬드라는 것을 깨닫게 되었다. 이제 모든 것이 명백해지자 루퍼스는 안색을 붉히며 외쳤다.

"이럴 수가! 정녕 이것이 가짜일 줄이야! 스쿠트! 이것을 경매에 내놓은 자를 당장 찾아내 도시 치안청에 넘기게나! 아니면 신고라도 하게!"

대강 보더라도 굉장히 분노한 모습이었는데, 여신의 눈물 진위 여부를 함께 확인하던 사람들 역시 감쪽같이 속은 느낌에 어안이 벙벙하지 않을 수 없었다.

"허허, 살다 보니 별일이 다 있네. 나름대로 보석에는 일가견이 있다고 생각했는데……."

"그보다 저 공학원의 젊은 원장이 더 대단하군. 한번 보고 그 진위 여부를 알아내다니……."

"후훗, 우리 같은 일개 상인과 다른 점이 있으니까 저렇듯 유명한 것이 아닌가!"

그들 중 가장 큰 충격을 받은 사람은 뭐니 뭐니 해도 가짜 다이아몬드인 여신의 눈물을 무려 17만 겔피에 구입하려던 살찐 남자였는데, 손으로 가슴을 쓸어 내리며 다행스러워하고 있었다. 뮤스는 이제 할 일을 끝마쳤다고 생각했기에 제일 앞 의자에 앉아서 미소를 띠고 있는 크라이츠에게 다가갔다.

"후훗, 결국 모든 것이 밝혀졌네요."

"호홋! 정말 대단했단다. 다이아몬드에 불을 붙이면 타버리다니… 레어에서는 함부로 브레스를 뿜으면 안되겠는걸? 그런데……."

크라이츠가 말끝을 흐리자 의아한 얼굴을 한 뮤스가 물었다.

"왜 그래요, 누님?"

"혹시 너, 다이아몬드를 마음대로 만들어낼 수도 있는 거니?"

그녀의 보석에 대한 욕심에 두 손 두 발 다 든 뮤스는 어처구니가 없음을 느꼈다.

"에휴! 누가 누님 아니랄까 봐… 다이아몬드를 만들려면 아무리 계산해 봐도 그보다 많은 돈이 필요해요. 그러니 미안하지만 꿈은 접는 게 좋을 거예요."

"쳇! 혹시나 했더니 역시나였군."

뮤스가 크라이츠의 아쉬움이 그득 담긴 불평을 들어주고 있을 때 마음을 다소 진정시킬 수 있었던 루퍼스가 그를 향해 다가왔다. 그리곤 뮤스의 손을 굳게 잡으며 말했다.

"뮤스님, 이거 정말 감사합니다! 덕분에 큰 실수를 만회할 수 있었습니다!"

크라이츠의 얼굴을 한번 살핀 뮤스는 루퍼스의 감사에 쑥스러운지 머리를 긁적였다.

"아닙니다. 겨우 이런 일 가지고……."

별것 아니라고 말을 했지만 루퍼스는 그렇게 생각하지 않는지 크게 손을 내저었다.

"겨우 이런 일이라니요! 저희에게는 신용만큼 중요한 것이 없는데, 그것을 지켜주셨으니 어찌 그냥 넘어갈 수 있겠습니까? 아무래도 감사에 대한 보답 정도는 해드려야겠으니 잠시만 기다려 주십시오."

말과 함께 양해를 구한 루퍼스는 뮤스가 뭐라고 말할 틈도 없이 단상으로 올라가 사람들을 향해 특유의 낮은 목소리로 입을 열었다.

"오늘 이곳에 모인 분들께 정말 죄송스럽습니다. 이런 일이 일어날 줄 몰랐다는 말을 한다 해도 변명으로 들리실 것입니다. 해서 다시 한 번 사죄드리면서 오늘 낙찰되신 분들은 낙찰가의 반만을 받겠습니다. 그럼 오늘 경매를 마치겠습니다."

경매 종료를 알리는 그의 말을 듣던 사람들은 기분 좋은 표정으로 자리를 뜨기 시작했는데, 귀금속에 안목이 밝은 그들의 눈에도 진짜 다이아몬드로 비춰졌던 여신의 눈물에 속아 실수한 것은 결코 루퍼스의 잘못이 아니란 것을 알고 있었기에 낙찰받은 물건을 반값으로 사게 되어 기분이 좋지 않을 수가 없었던 것이다. 사람들이 하나둘 빠져나가고 있을 때 뮤스를 비웃던 살찐 남자가 다가와 불현듯 고개를 깊이 숙이며 입을 열었다.

"뮤스 원장님, 제가 무례하게 굴었음에도 불구하고 이렇듯 큰 은혜를 베풀어주셨으니 어찌 감사의 말을 드려야 할지 모르겠습니다."

그의 깍듯한 사과에 놀란 뮤스는 손을 내저으며 말했다.

"그런 것으로 이러시다니 몸 둘 바를 모르겠습니다. 어차피 거짓은 밝혀져야 하는 것이었으니 괘념치 마시고 빨리 몸을 일으키시죠."

고개를 든 그의 얼굴에는 감동의 물결이 일렁이고 있었는데, 미리 예견했던 그의 태도에 크라이츠는 식상한 표정을 하고 있었다.

"저는 롤드 로슈머라고 하는 상인으로 제국의 북부 지방을 중심으로 광석 매매를 하고 있습니다. 혹여 제 도움이 필요하시다면 언제든지 로슈머 상가를 찾아주십시오."

그의 소개를 귓등으로 흘려듣던 크라이츠는 언제 그랬냐는 듯이 식상한 표정을 접으며 되물었다.

"그렇다면 철의 롤드 씨가 당신인가요?"

"네, 맞습니다. 저를 알고 계시다니 영광입니다."

크라이츠는 자신의 예상이 맞자 가식적인 냄새가 풀풀 풍기는 미소를 지으며 악수를 청했다.

"호홋! 마침 잘되었군요! 그렇지 않아도 저희 공학원에서 철 공급 계약을 맺고자 했는데 이런 데서 만나게 되다니."

"아! 그러셨습니까? 그렇다면……."

대화의 내용이 엉뚱한 곳으로 흘러가자 따분해진 뮤스는 그들 사이에서 빠지기로 했고, 크라이츠와 롤드는 순식간에 거래에 대한 이야기를 나누기 위해 어디론가 사라져 버렸다. 결국 장내에는 뮤스와 루퍼스만이 남아 있게 되었다. 장내의 정리가 끝났다고 생각한 루퍼스는 단상에서 내려와 뮤스를 향해 입을 열었다.

"흠, 어떻게 보답을 해드려야 할지 모르겠습니다."

"보답이라뇨. 어차피 밝혀야 할 사실이었을 뿐입니다."

뮤스의 대답에 루퍼스는 손을 내저으며 어림없다는 듯 말했다.

"결코 그럴 수는 없죠! 이런 엄청난 은인께 대충 보답을 해드렸다가는 오히려 저희가 손가락질당하기 일수이니 부디 사양치 마십시오."

루퍼스가 이 정도로까지 나오자 뮤스는 점점 사양하기 힘들어지고 있었다. 루퍼스는 뮤스에게 줄 만한 것을 잠시 생각하더니 문득 생각나는 것이 있는지 지팡이로 땅을 한번 치며 말했다.

"아! 그렇지! 혹시 검에 관심이 있으십니까?"

"검? 칼 말인가요?"

"그렇습니다. 마침 저희에게 경매에서 유찰된 멋진 검을 하나 가지고 있습니다. 그것을 소장하고 있던 집안의 형편이 안 좋아져 어쩔 수 없이 내놓았다가 유찰이 되자 저희가 사들이게 되었던 것이죠. 하지만 평화의 시기인 지금에야 누가 검에 관심을 두겠습니까? 게다가 예식용 검은 가문에서 내려오는 것이 있으니 살 이유도 없고 말입니다."

잠시 생각을 해보던 뮤스는 웃으며 고개를 흔들었다.

"하하, 저라고 무슨 검이 필요하겠습니까. 검술을 익힌 적도 없고 익힐 생각도 없습니다."

하지만 루퍼스는 그와 생각이 다른지 손을 내저었다.

"결코 그렇지 않습니다. 예식용 검이라는 것은 가문에 하나씩은 있어야 하는 것입니다. 들리는 소문으로는 공학원이 신흥 가문인 듯한데, 앞으로 대를 이어 내려줄 예식용 검 하나는 있어야 하지 않겠습니까?"

루퍼스의 말을 듣던 뮤스는 속으로 웃고 있었다. 사실 이곳에서 가문까지 만들어가며 살 생각도 없을 뿐만 아니라 장영실을 만난다면 이곳을 떠나야 했기 때문이었다. 하지만 그것을 설명해 줄 수도 없었고 루퍼스의 태도를 볼 때 무엇인가 하나는 꼭 받아야만 이곳을 빠져나갈 수 있다고 생각했기에 어쩔 수 없이 고개를 끄덕일 수밖에 없었다.

"그렇게까지 말하신다면 그 검을 받을 수밖에 없겠군요."

"허허허! 잘 생각하셨습니다."

뮤스가 루퍼스의 호의를 받아들이기로 결정을 하자 루퍼스는 기쁜 얼굴로 사람을 시켜 그것을 가져오라 이른 후 그의 안내와 함께 경매장 내의 사무실로 자리를 옮겼다.

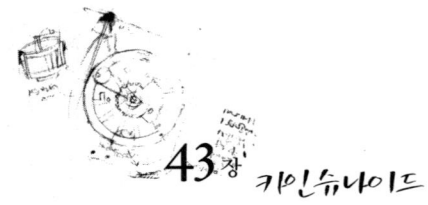

43장 카인슈나이드

방의 이곳저곳에는 빈 병들이 굴러다녔고 넘어진 탁자의 옆으로 과일 조각들이 널려져 있었다. 그 주변으로는 네 명의 드워프들이 만취의 상태로 술 주정을 하고 있었는데, 짧은 다리를 서로의 배에 힘겹게 올려놓고서 허덕거리는 모습은 우스꽝스럽기 그지없었다. 웃옷 속으로 손을 넣어 뱃가죽을 긁던 켈트가 레딘의 발을 귀찮은 듯 치우며 중얼거렸다.

"음냐… 레딘, 내 배에는 멋진 각선미를 가진 다리만 올려놓을 수 있다고. 자네 다리는 자격 미달이야… 무거워서 숨도 못 쉬겠네. 딸꾹~"

그의 말에 피식 웃은 레딘은 자신의 짧은 다리를 덮고 있던 바지를 보란 듯이 걷어 올리며 말했다.

"클클… 형님, 이 정도 각선미면 드워프 족에서는 보기 드문 수준이오. 딸꾹! 요 꼬부랑하게 자라난 털 좀 보시오. 형이상학적인 모습이 예술이지 않소? 딸꾹!"

"푸하하하! 그것도 각선미면 내 다리는 야들야들한 엘프 다리다! 헐헐헐… 헉! 콜록콜록!"

"크큭! 그럼 나는 크라이츠님의 다리를 하지! 푸하하학! 케엑! 콜록콜록!"

둘의 대화를 듣고 있던 브라이덴과 블뤼안이 켈트와 레딘을 비웃으며 바닥을 구르다가 너무 심하게 웃은 나머지 결국 사레가 들렸는지 연신 기침을 해댔다. 드워프들이 이런 추태를 보이고 있을 때 요란하게 문 두들기는 소리와 함께 뮤스의 목소리가 들려왔다.

쾅쾅쾅!

"아저씨들, 문 열어요! 켈트 아저씨!"

뮤스의 목소리를 들은 레딘이 힘겹게 고개를 들어보려 노력하더니 그것조차 마음대로 안 되는지 발가락을 날카롭게 하나로 뭉치며 겨우 기침을 멈추고 있던 블뤼안의 옆구리를 찔렀다.

"이봐, 블뤼안. 자네가 가장 못 마셨으니까 문 열어줘."

하지만 블뤼안 역시 그대로 당하기에는 자존심이 너무 셌기에 콧방귀를 뀌며 말했다.

"콜록! 크윽… 이제 겨우 살겠네. 흥! 어떻게 해서 내가 제일 못 마셨다는 거야? 다시 한 번 붙어볼까?"

"끌끌, 자네가 다시 한 번 한다면 이길 수 있을 것이라고 믿는 건가? 어림없지!"

"좋아! 어디 한번 붙어보자고! 대결에서 지는 드워프가 문을 열어주기야!"

두 드워프가 알량한 자존심을 걸고 다투려 할 때 뮤스는 더 이상 참지 못하겠는지 스스로 문을 열었고, 투덜거리며 방 안으로 발을 들이밀었다.

"아, 나참! 열쇠를 가지고 나가길 잘했지, 이런 것도 꼭 제가 직접 열어야겠어요?"

뮤스가 문을 닫고서 잠시 방 안을 훑어보자 난장판이 되어 있는 광경이 한눈에 들어왔는데, 그는 이 모습을 보기만 해도 머리가 아픈지 손으로 머리를 짚으며 답답함의 한숨을 내쉬었다.

"에휴! 내가 못살아! 아무튼 술만 드시면 이렇다니까! 방 모양이 대체 이게 뭐예요?! 게다가 카펫은 어쩌고저쩌고……."

뮤스의 악에 받친 잔소리가 한동안 계속되었지만 방바닥을 헤엄치던 드워프들은 그의 말에는 전혀 관심이 없는지 드워프 특유의 굵직한 새끼손가락을 이용해 귀를 후비며 딴청을 부리고 있는 중이었다.

더 이상 말해 봐야 그들이 듣지도 않을 것이라고 생각한 뮤스는 체념을 하며 손에 들려 있던 긴 막대기를 침대 위에 던져 놓았다. 그 막대기는 흰 천에 싸여 있었기에 무엇인지는 알 수 없었지만 길이는 약 120셀리가량 되었고, 가벼운 재질로 되어 있었는지 침대의 매트는 거의 눌려지지 않았다. 그것을 본 켈트가 어렵사리 몸을 일으키며 물었다.

"그런데 그건 뭐냐? 경매에서 산 거냐?"

옷을 갈아입기 위해 옷걸이를 뒤지던 뮤스는 침대 위를 한번 바라보더니 나직한 한숨을 내뱉으며 대답했다.

"아무튼 술에 취해도 호기심 하나는 대단하다니까. 경매장에서 일이 있었는데 그걸 해결해 줬더니 선물로 주더군요. 예식용 검이라던가?"

"검? 호오! 구경해도 될까?"

켈트는 누가 드워프 아니랄까 봐 눈이 번쩍 뜨이는 모습이었다. 그 것은 다른 드워프들 역시 마찬가지였는데, 하나같이 눈에는 생기가 돌 고 있었다. 그들의 장인 근성에 또 한 번 혀를 내둘러야 했던 뮤스는 고개를 끄덕이며 대답했다.

"뭐 그렇게 하세……?"

"호오! 이거 굉장하군! 미스릴로 만든 검이라니!"

"그러게 말이오, 형님. 게다가 가공 스타일을 보니 드워프의 실력인 것 같은데?"

"그것도 상당히 오래전에 사용하던 방법을 썼군. 하긴 옛 방법보다 좋은 것은 없지."

"이 정도의 물건이라면 가격도 엄청날 텐데……."

뮤스가 대답을 하기도 전에 벌써 흰 천을 벗겨냈는지 어느새 감탄성 을 내뱉는 드워프들이었다. 여전히 멋대로 행동하는 드워프들을 향해 또 한 번 잔소리를 하려 했던 뮤스는 그들의 감탄의 목소리를 듣자 잠 시 생각을 접어두었다.

"그 검이 대단한 건가요?"

아무것도 모르는 듯 머리를 긁적이며 물어오는 뮤스를 본 켈트는 답 답한 듯이 가슴을 치며 말했다.

"허허! 이런 명품도 몰라보다니, 이것은 미스릴로 만든 검으로 정말 높은 수준의 가공 기술로 만들어진 것이라고!"

켈드의 설명에 허공을 보며 잠시 생각을 하던 뮤스는 고개를 갸웃거 렸다.

"미스릴이라니요? 그런 금속도 있나요?"

뮤스의 되물음에 더욱 의아해진 것은 켈트였는데, 세상에 모르는 것이 없는 줄로만 알았던 뮤스가 미스릴을 모르는 듯했기 때문이었다.

"넌 미스릴에 대해 모르냐?"

그의 물음에 긍정을 표현하는지 고개를 끄덕이는 뮤스를 바라보던 켈트는 수긍이 가는 점이 있는지 검을 건네주며 말했다.

"어쩌면 네가 살던 세계에 없던 금속이 이곳에 있을 수도 있지. 이 검이 바로 미스릴이라는 금속으로 제작된 것인데 한번 살펴보거라. 강도와 무게가 철과는 비교도 안 된단다. 게다가 그 가격 역시 같은 무게를 지닌 금의 두 배에 달하기 때문에 아무나 이런 검을 가질 수는 없어."

검을 받아 든 뮤스는 켈트의 설명에 따라 찬찬히 살펴보기 시작했다. 루퍼스에게 그것을 받았을 때만 해도 그저 장식용 검이라고 생각했기 때문에 외형이 특이함에도 불구하고 별다른 호기심을 가지지 않았지만 그 속내를 알게 되자 호기심이 일지 않을 수가 없었다.

검의 브레이드(칼날)와 가드(코등이), 그리고 그립(손잡이)이 모두 순백색을 하고 있었다. 게다가 순백색의 브레이드를 이리저리 돌려 보자 무지갯빛의 문양이 보였다 말았다 했는데 특이한 가공 방법을 거친 듯했다.

무게 역시 일반 검과는 비교가 되지 않았다. 뇌공력을 쓰지 않고 이리저리 휘둘러 봐도 손에 전혀 무리가 가지 않을 만큼 가벼울 정도였으니 말이다.

"이야! 이거 정말 대단하군요. 이런 금속이 있었다니……."

모르고 있던 검의 실체를 깨달으며 놀라고 있을 때 그의 옆에서 지

커보고 있던 레딘이 입을 열었다.

"그리고 이것은 결코 평범한 예식용 검이 아니야."

"예? 그게 무슨 말이죠?"

뮤스가 궁금한 표정을 지으며 되물어오자 레딘은 테이블 천의 귀퉁이를 찢어내어 그것을 뮤스에게 건네주었다.

"이것을 날 위에서 떨어뜨려 보게."

"날 위에다가 그냥 떨어뜨리라고요?"

"그냥 시키는 대로 해보게나."

"뭐 그러죠."

머리를 긁적인 뮤스는 손에 들린 천을 검의 날 위로 들어 올렸고 곧 손가락을 놓으며 그것을 떨어뜨렸다.

사각.

그 천은 검의 날에 닿자마자 두 개의 조각으로 분리되었는데, 검을 들고 있던 뮤스의 입은 그 날카로움에 놀라 저절로 벌어지고 말았다.

"이, 이럴 수가! 어떻게 날을 가공했기에……."

"후훗, 이것이 바로 우리 드워프들의 실력일세! 어쨌든 간에 과연 예식용 검이었다면 이렇게까지 날을 세울 필요가 있었을까?"

"그렇다면 이것이 무기로 쓰였을 것 같다는 말이에요?"

놀라며 물어오는 뮤스의 말에 손을 턱에 가져간 레딘은 고개를 끄덕이며 대답했다.

"아무래도 그렇지 않을까? 형님 생각은 어떻수?"

"흠, 그럴 수도 있지. 미스릴로 검을 만든다면 예식용 검의 크기만으로도 충분한 강도를 지닐 수 있으니 이 정도면 충분하다고 볼 수 있지."

켈트 역시 그의 추측에 동의하는 모습이었다. 불빛에 반짝이는 검의 날을 응시하던 뮤스는 켈트의 말을 듣고 뭔가 마음을 먹었는지 켈트를 바라보며 말했다.

"이거 뭉툭하게 만들어줘요."

"엥? 그게 무슨 말이냐? 설마 날을 망가뜨리라는 것은 아니겠지?"

뜬금없이 내뱉은 그의 말에 켈트와 드워프들은 무슨 헛소리냐는 듯 놀라는 모습이었는데, 뮤스는 이미 마음을 굳혔는지 계속 말을 이었다.

"남을 상하게 할 검은 갖고 싶지 않아요. 그렇지만 예식용 검은 있어야 한다고 하니 별수없잖아요?"

뮤스의 말을 다 들은 드워프들은 울상을 짓고 있었고, 그 울상은 주인을 잘못 만나 그 가치를 잃게 되는 검에 대한 아쉬움이었다. 하지만 뮤스의 뜻을 이해하지 못하는 것도 아니었기에 한참 동안 고민하던 켈트가 고개를 끄덕이며 말했다.

"흠… 네가 주인이니 원한다면 어쩔 수 없지. 그래도 이 좋은 무기가 이렇게 어이없이 망가져야 하다니……."

"후훗, 아무리 가치있는 무기라도 생명의 가치에는 비할 바가 아니죠. 게다가 생명을 해하기 위한 가치란 것은 말할 필요도 없고요."

여전히 아쉬움을 흘리는 켈트의 목소리에 아무렇지도 않은 듯 자신의 철학을 늘어놓는 모습으로 봐서 뮤스는 자신의 결정에 후회를 하지 않는 듯했다.

똑똑!

차를 마시며 앞으로 지나갈 곳의 위치를 짚으며 지도를 보고 있던 뮤스는 문을 두들기는 소리에 고개를 돌렸다.

"누구세요?"

"문이나 좀 빨리 열어! 누님이시다."

크라이츠의 거친 목소리를 들은 뮤스는 보던 지도를 접으며 문 앞으로 걸어가 방문을 열었다. 그러자 문밖으로 수많은 상자들을 들고 서 있는 크라이츠의 모습이 보이고 있었는데 상자들 사이로 그녀의 목소리가 새어 나오고 있었다.

"뭘 그렇게 가만히 보고만 있는 거야? 빨리 이것들 좀 받을 생각은 안 하고!"

"아… 네, 이리 주세요."

서둘러 대답한 뮤스는 그녀를 가리고 있던 상자들을 하나씩 받아 들었는데, 무게보다는 부피가 너무나 컸기에 상당히 불편한 자세가 되어 버렸다. 뮤스에게 짐을 넘기고서야 두 손이 자유롭게 된 크라이츠는 손과 옷의 먼지를 털며 말했다.

"에휴! 그 녀석 작작 좀 할 것이지 이게 다 뭐냐?"

이번에는 상황이 바뀌었기에 뮤스의 목소리가 상자에 가려 희미하게 들려오고 있었다.

"에고고고… 이게 도대체 다 뭐예요?"

"어디 구석에다가 내려놔. 롤드 녀석이 죽어도 빈손으로는 못 보낸다고 하면서 사준 거야. 물론 선물을 싫어하는 것은 아니지만 그것도 정도껏 해야지."

뮤스는 시간이 조금 지나서야 겨우 상자의 중심을 흐뜨리며 방 한구석에 쏟아놓을 수 있었고, 크라이츠는 어지간히 답답했는지 고상함이라는 단어를 잊은 듯 탁자 위에 놓인 주전자의 주둥이를 입에 가져가며 물을 마셨다.

"헤휴~ 이제야 살겠네. 확 본체로 돌아가서 브레스를 쏠 수도 없고 말이야. 호호호홋! 그래도 엄청난 헐값에 철 공급 계약을 맺었으니 훨씬 많은 이윤을 남길 수 있겠어."

뮤스는 어떻게 입을 열어도 결국 돈 이야기로 돌아가는 크라이츠의 얼굴을 보며 오랜만에 존경의 눈빛을 보내고 있었다. 이제 속이 좀 풀렸는지 주변을 한번 둘러보던 크라이츠가 물었다.

"그건 그렇고, 켈트 씨와 다른 드워프 분들은 다 어디 갔지?"

그녀의 목소리에 존경의 눈빛을 거둔 뮤스는 굳게 닫혀 있는 방문을 가리키며 대답했다.

"저 방에서 검을 손보고 있어요."

"검이라니?"

크라이츠가 의아해하는 얼굴로 되물을 때였다. 방문이 열리며 드워프들이 걸어나오고 있었는데, 상당히 힘들었는지 이마를 타고 볼까지 땀이 흐르고 있었다. 옷으로 부채질을 하며 나오던 켈트는 손에 들린 검을 뮤스에게 건네주었다.

"역시 오랜만에 다뤄보는 미스릴이라 힘들군. 웬만한 온도에서는 녹지도 않으니… 레딘이 없었으면 아직까지 헤매고 있었을 거야."

"하하, 고마워요."

웃으면서 대답한 뮤스가 검을 받아 들고서 그 날을 살펴보자 과연 날은 이미 뭉툭해져 손을 가져다 대보아도 손에는 아무런 상처가 나지 않았다. 이에 뮤스는 고개를 끄덕이며 만족하는 표정을 지었다.

"이 정도면 정말 예식용 검 같겠죠?"

"안타깝게도 그렇겠지."

아쉬움이 풀풀 날리는 목소리로 켈트가 대답하고 있을 때 크라이츠가 뮤스의 손에 들려 있는 검을 봤는지 눈에 이채를 떠올렸다.

"뮤스, 잠깐만 그 검을 줘볼래?"

"누님도 검에 관심이 있어요? 여기 있어요."

그에게서 검을 건네받은 크라이츠는 세심한 눈빛으로 그것을 바라보기 시작했다. 그녀의 손길은 이미 무뎌진 검의 브레이드를 훑은 후 단순하지만 고아한 느낌을 주는 그립까지 천천히 이어졌다.

그중 눈길을 오래 끌고 있었던 것은 브레이드에서 번쩍이는 무지갯빛의 문양이었는데, 그것을 본 그녀의 표정이 조금 바뀌는 것을 볼 수 있었다.

"호오, 이것을 이렇게 만나게 될 줄이야… 순백의 검이라 혹시나 했는데."

"이 검에 대해 아시는 것이 있어요?"

검에서 고개를 돌려 뮤스를 바라본 크라이츠는 턱을 긁적이며 말했다.

"알 수밖에 없지. 오래전에 나의 동료였던 인간의 검이었으니까. 그때가 600년 전쯤이었나?"

"흐엑! 그렇다면 이 검이 어떻게 이런 곳에 있는 거죠?"

크라이츠 역시 그 점이 의아한지 고개를 갸웃거렸다.

"글쎄, 그건 잘 모르겠는걸? 그 역시 일가를 이루고 살고 있었을 텐데… 혹시 켈트 씨는 마크 도나엘이라는 이름을 들어본 적 있지 않아요?"

그녀의 물음에 잠시 생각해 보던 켈트는 떠오르는 것이 있었기에 무릎을 치며 크게 외쳤다.

"섬광의 전사 마크 도나엘! 설마 이것이 그 사람의 검이었단 말입니까?"

"역시 아시는군요."

다른 드워프들 역시 그에 대해서 들어본 적이 있는 듯한 표정을 지었는데, 재미있는 이야기가 시작됨을 느꼈는지 크라이츠의 얼굴에 눈을 맞추며 호기심에 찬 표정을 짓고 있었다. 고개를 끄덕이며 켈트의 추측에 긍정을 하던 크라이츠의 이야기가 계속되었다.

"그때가 도이첸 제국 3차 황궁 반란 때였을 거예요. 저는 그 당시 엘프의 모습으로 유희를 하던 중에 그 사람을 만나게 되었는데 첫 인상이 상당히 좋은 사람이었죠. 그때 그가 가지고 있던 이 슈나이드를 처음 보게 되었어요."

그녀의 이야기를 듣던 뮤스가 검으로 눈을 가져가며 입을 열었다.

"슈나이드가 이 검의 이름인가요?"

"그렇단다. 정말 특이한 이름이 아니니? 칼날이라는 뜻을 가진 슈나이드가 이름이라니 말이야. 그런데 이제는 이 검의 날을 없앴으니 이제 이름값도 못하는 검이 되어버린 건가?"

가볍게 던진 농담에 찔리는 것이 있던 뮤스는 당황한 기색이 역력했다.

"그, 그렇네요. 결국 저는 전설적인 검 하나를 금속 몽둥이로 만들어버린 것이네요."

크라이츠는 조금 시무룩한 표정을 짓는 뮤스의 등을 토닥거렸다.

"너무 상심하지 않아도 된단다. 그 정도의 검은 미스릴만 있다면 여기 있는 켈트 씨도 만들 수 있는 수준이니 별 상관은 없거든. 어쨌든 간에 마크는 일개의 용병으로 시작해서 결국은 전공을 세워 작위를 받게 되었는데, 지금 그의 애검이었던 슈나이드가 이런 데에 떠돌고 있는 것을 보니 그의 가문도 쓰러졌나 보구나."

그녀의 말을 잠자코 듣고 있던 뮤스는 루퍼스에게 들은 것이 떠올랐기에 고개를 끄덕이며 말했다.

"네, 맞아요. 루퍼스님께서 어떤 가문이 망해서 이 검을 경매에 내놓았다고 했거든요."

"역시 그렇게 되었군. 호홋. 정말 우스운 사실을 하나 가르쳐 줄까?"

"예? 그게 뭔데요?"

말을 하던 크라이츠는 문득 재미있는 옛 과거라도 떠오르는지 새어 나오는 웃음을 참으며 입을 열었다.

"푸훗! 그 마크라는 사람은 영웅이라는 호칭에 걸맞지 않게 삼류검사였단다."

"에? 그런데 일가를 이뤘다고요?"

그녀의 말에 더욱 놀란 것은 뮤스보다도 켈트를 비롯한 드워프들이었다. 그들이 전해 들은 이야기들만 늘어놓는다 해도 엄청난 무위를 자랑하던 영웅이 삼류의 검술 실력을 가진 사람이라고 하니 놀라지 않을 수가 없었던 것이다. 레딘이 믿지 못하겠다는 듯 말했다.

"어찌 그럴 수가 있습니까? 그는 순식간에 십여 명의 인물들을 베어넘길 수 있던 전설적인 검사인 동시에 영웅이지 않습니까?"

"호홋, 좀 부풀려지긴 했지만 순식간에 다섯 명을 베어넘긴 적은 있었죠."

레딘은 정확하지는 않았지만 자신의 말이 맞음을 확인했기에 더욱 의아한 표정을 지으며 되물었다.

"그런데도 겨우 삼류의 검술을 가졌다고요?"

그가 아직도 의심의 눈초리로 되묻자 크라이츠는 슈나이드를 들어 올리며 말했다.

"좋아요. 신기한 것을 하나 보여주도록 하죠."

말을 마친 그녀는 가벼운 손짓으로 슈나이드를 이리저리 휘두르더니 중단 자세(검을 몸의 중심에 두는 자세)를 취했다.

휭! 휭!

그와 동시에 슈나이드의 브레이드를 중심으로 엄청난 밝기의 광망을 내뿜기 시작했는데, 주변에서 이야기를 듣고 있던 일행들은 갑작스럽게 일어난 일에 대응을 못했는지 부신 눈을 손으로 가리며 뒷걸음질을 치고 있었다.

잠시 후 그 광망이 걷히며 보통 검의 모습으로 돌아오자 방 안에는 크라이츠만이 태연한 모습이었다. 손에 들린 슈나이드를 흔들어 보인 그녀는 아직 눈을 제대로 뜨지 못하고 있는 뮤스에게 그것을 쥐여주며 말했다.

"호홋, 보셨나요? 이 슈나이드는 마나를 주입하면 엄청난 빛을 발산하기 때문에 대비하지 못한 적들은 순간적으로 앞이 안 보이게 되죠."

조금의 시간이 지나서야 시력을 회복한 뮤스는 아직도 그 여력이 남아 있는지 눈을 비비며 말했다.

"그럼 이런 식으로 앞을 못 보게 한 후에 적을 베어버린 것이군요."

"그렇단다. 게다가 이름만큼이나 검의 날이 엄청나게 날카로웠으니 당해낼 자가 없었지. 아무튼 이제 이 검의 이름은 슈나이드가 아니라 카인슈나이드가 되었으니까 알아서 잘 보관하렴. 무엇에 쓰더라도 나중에 필요할 때가 생기겠지 뭐. 물론 예식용 검으로도 사용해야 하고."

"뭐, 그렇게 하죠."

뮤스는 다시 한 번 자신의 손에 들린 검을 바라보며 나직한 목소리로 되씹고 있었다.

"카인슈나이드… 칼날이 없는 이라… 마음에 드는군."

*　　　　*　　　　*

같은 시간, 해가 저물어 어두워진 방 안을 흔들리는 촛불 몇 개가 힘겹게 밝히고 있었다.

방 안의 중앙으로 둥근 원탁이 놓여 있었고 그 주변으로는 십여 명의 사람들이 앉아 있었는데, 그중 이야기를 이끌고 있는 자는 다름 아닌 장영실이었다. 그 밖에도 여러 모습의 인물들이 자리하고 있었는데, 루스티커와 같이 나이 많은 자가 있는가 싶으면 젊은 청년도 있었고, 남자들 사이에서 여성의 모습도 보이고 있었다. 그러나 그들에게 하나같이 공통점을 찾는다고 하면 이 듀들란 제국에서 내로라하는 두뇌와 능력을 가진 자들이라는 것이었다. 손에 들린 종이를 한번 읽어보던 장영실이 고개를 들어 다른 이들을 둘러보며 굳게 닫혀 있던 입을 열었다.

"지금 이곳에 모인 여러분들께서는 각 분야에서 최고라는 찬사를 받고 계신 분들입니다. 하지만 지금부터는 제가 이번 일의 책임을 맡기로 한 만큼 제 말을 절대적으로 따라주시길 바랍니다."

조금은 거슬리게도 들릴 법한 장영실의 말투였지만 그들이 이곳에 모이기 전부터 재상에게 명령을 받은 바가 있었기에 별다른 반응은 보이지 않고 있었다. 그의 말이 계속되었다.

"황제 폐하 앞에서 제가 설명한 내용들을 대강이나마 기억하고 계시리라 믿습니다. 하지만 그것은 어디까지나 전반적인 설명이었고, 여러분들은 제국 개발 사업의 중추적인 역할을 하실 분들이니 지금부터 사업의 세부 사항을 설명해 드리겠습니다. 이것을 받으시지요."

장영실이 원탁 앞에 놓여 있는 두꺼운 종이 뭉치들을 사람들에게 하나씩 나눠주자 그것을 받은 사람들은 그것을 천천히 넘기며 훑어보기 시작했고, 장영실 역시 종이를 한 장씩 넘기며 말을 이었다.

"지금 여러분들께서 받은 것은 앞으로 5년 간에 걸쳐 이루어질 제국 개발 사업에 대한 계획서입니다. 이 모든 일을 마치는 데 5년이라는 시간은 극히 짧은 시간입니다. 하지만 여러분들께서 최선을 다해주신다면 불가능한 일도 아닐 것이라고 생각했기에 추진을 하려 하는 것입니다."

장영실이 말을 할 때에도 이곳에 모인 사람들은 그가 건네준 종이 뭉치를 훑어보고 있었는데, 다들 경악에 찬 표정을 짓고 있었다. 그중 장영실과 가장 친분이 깊던 루스티커가 가만히 있을 수 없었는지 입을 열었다.

"그때는 막연히 대단하다고 생각을 했지만, 이렇게 엄청난 계획이었나?"

물음에 가볍게 웃은 장영실은 고개를 끄덕였다.

"하하, 그래서 이곳에 모인 분들의 도움이 절대적으로 필요한 것입니다. 일단 한 가지씩 설명을 해드리지요."

자신의 앞에 남겨진 종이 뭉치 하나를 집어 든 장영실은 첫 번째 페이지를 펼치며 입을 열었다.

"일단 이곳에 모이신 분들께서 가장 먼저 해야 할 일은 도이첸 제국에서 생산해 내고 있는 전뇌거를 이곳 듀들란 제국에서도 생산해 내는 것입니다. 도이첸 제국에서 이곳으로 건너온 전뇌거를 살펴보니 대단히 정밀했고, 설계 역시 거의 완벽에 가까웠습니다. 하지만 처음 만들어진 기계인만큼 모자라는 부분이 여러 곳 발견되었습니다. 우리는 그것을 완전히 개선한 전뇌거를 만들어낼 것입니다. 자세한 것은 여기 적힌 것들을 한 번씩 읽어보시고 그 이상의 것은 이후로 미루겠습니다."

그는 목이 마름을 느꼈는지 물을 한 모금 마시며 말을 이었다.

"다음은 제국 내의 거대 도시 연결입니다. 비록 전뇌거라고 하더라도 도로의 한계로 인하여 거대 도시들을 왕복하는 것은 며칠이 걸릴 정도로 힘든 일입니다. 이것을 극복하기 위해서 기관차라는 것으로 도시를 연결할 것입니다. 이것의 동력원은……."

이때부터 장영실의 설명이 계속되었는데, 그것을 정리하자면 크게 두 가지였다.

하나는 도이첸 제국의 공학원에서 생산해 낸 물건들에 필적하는 것들을 제작해 내는 것이고, 나아가서는 그것을 능가하는 물건들을 만들어내는 것이었다. 또 다른 하나는 대도시를 연결하여 제국의 발전 기반을 만든다는 것이었다. 모든 산업의 발전은 효율적인 운송 수단이 기반이 되어야 했지만 지금의 낙후된 운송 수단으로는 큰 발전을 꾀하기 어려웠기 때문이다.

시간이 지나자 장영실의 이야기는 점점 세분화되기 시작했고 그의 말을 듣던 청중들 역시 더욱 몰입하는 모습이었다.

"…자료들을 검토해 본 결과 몇몇을 제외한다면 필요한 인력들이 거의 전무한 상태입니다. 그나마 화공학 분야의 전문가가 있기는 하지만 아직 미비한 단계더군요."

그의 맞은편에 앉아서 이야기를 듣던 루스티커는 원탁 위로 손을 모으며 입을 열었다.

"흠, 자네 말이 맞네. 수많은 연금술사들이 연구를 하고 있다지만 그럴듯한 것을 만들어내지는 못하고 있지. 쓸데없는 것들이나 만들어내서 헛된 자원만 낭비한단 말이야. 내 생각에는 기본이 잘못된 것 같아."

루스티커의 말이 끝나자 그의 옆에 앉아 있던 여성이 조금 격앙된 모습으로 그의 얼굴을 주시했다.

"루스티커님, 말이 너무 지나치다고 생각하지 않으십니까? 저희 연금술사들이 불필요한 존재라는 말인가요?"

"흠… 말이 그렇게 되는 건가? 뭐, 그런 의도의 말은 아니었네만 솔직히 틀린 말도 아니지 않나?"

말투에서 묻어 나오는 것만 봐도 알 수 있듯이 루스티커는 상당히 괴팍한 성격을 가지고 있었는데, 못마땅한 것을 그냥 지나치지 못하는 그의 성격 때문에 수석 마법사라는 권력 중심의 위치임에도 불구하고 궁내의 인물들은 그를 대하기 꺼려했다. 상황이 감정적으로 돌아가는 것을 주시하던 장영실은 원탁을 가볍게 두드리며 주위를 환기시켰다.

"루스티커님, 그리고 소냑님, 두 분 모두 참으시지요. 일단 이곳의 연금술은 조금 부족한 면은 있지만 조금만 연구 방법을 달리한다면 충분한 효용이 있을 것입니다. 또 그 연구에 루스티커님의 도움이 필요하니 두 분의 사이가 원만하셨으면 합니다. 아무래도 두 분께서 함께 일을 해야 할 듯하니까요."

장영실의 말을 들은 루스티커와 소냑은 뭐라고 말을 하려 했지만 이번 일의 책임자는 누가 뭐라 해도 장영실이었고 국가의 중대사가 달린 일인만큼 입을 다물 수밖에 없었다. 나름대로 진정하고 있는 그들을 바라보며 가볍게 웃은 장영실은 자신의 왼쪽에 앉아 서류를 검토하고 있는 남성에게 말했다.

"포스텀 후작님께서는 듀들란 최고의 토목업자라고 들었습니다."

그의 말을 듣고서 어깨에 힘이 들어간 포스텀은 고개를 끄덕이며 다음 말을 기다렸다.

"일단 이곳 역시 이 모든 일을 주도할 공학원을 건립해야 하니 적당한 지역을 선택해 건물을 만들어주시기 바랍니다. 자세한 것은 그곳에 모두 쓰여 있으니 참고해 주시고 건축에 관한 것은 후작님께 맡기겠습니다."

말을 마친 장영실은 고개를 돌려 자신의 왼쪽에 앉아 있는 청년을 바라보았다.

"그리고 라이네트 경께서는 각 전국 각지의 대학에서 연금술에 일가견있는 인재들을 선별해서 공학원으로 보내주십시오. 또 손재주가 좋은 대장장이들을 가능한 한 많이 모아주시길 바랍니다."

그 말을 마지막으로 설명이 끝났는지 손에 든 종이 뭉치를 원탁 위에 내려놓으며 의자 등받이에 몸을 뉘었다.

"오늘은 이 정도에서 끝내도록 하겠습니다. 질문있으십니까?"

하지만 이곳에 모인 모든 사람들 모두가 그의 치밀한 계획에 감복해 있는 상태였기에 아무런 질문도 들려오지 않았다.

그제야 만족한 표정을 띤 장영실은 자리에서 몸을 일으키며 말했다.

"그럼 내일부터 당장 착수하겠습니다. 잘 부탁드립니다."

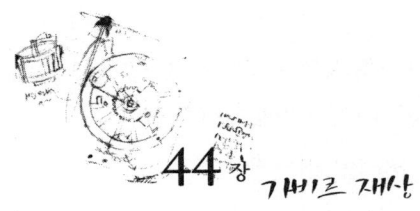

44장 가비르 재상

　벨링의 시가지에서 생선 장사를 하는 쿠빈테른은 언제나 목이 아프다. 이 시끄러운 도시에서 자신의 목청을 다른 이들에게 전한다는 것이 여간 어려운 것이 아니었기 때문이다. 그중 가장 바쁜 무렵인 늦은 오후, 이곳을 지나는 주부들은 그날의 저녁거리를 구하기 위해 갈등하고 있었다. 쿠빈테른은 그들의 선택을 조금이나마 돕기 위해 오늘도 이렇게 노력하는 중이었다. 물론 조금이라도 손님을 많이 끄는 것이 자신의 주머니 상태를 위해서도 좋음은 두말할 필요조차 없었다.

　"자자! 쌉니다, 싸요! 소금에 절인 생선이 단돈 10실피! 이런 물건은 아무 곳에서나 구할 수 없습니다!"

　목청이 터져라 외치는 소리에도 불구하고 다들 귀가 먹었는지, 아니면 단체로 생선을 먹지 말자고 약속을 했는지 아무런 반응 없이 발걸음을 옮기고 있었다.

"이봐요, 아름다운 아주머니! 이번에 들어온 생선이 기가 막힙니다! 아주머니!"

아부까지 떨어가며 몇 번을 더 외쳐 보던 쿠빈테른은 얼마 못 있어 포기했는지 쓰고 있던 모자를 벗어 쥐며 의자에 걸터앉았다.

"제기랄! 오늘은 왜 이렇게 장사가 안 되는 거야."

"이보게, 쿠빈테른. 이 녀석으로 서른 마리 싸주게."

그가 낙담하고 있던 때 귀 익은 목소리를 듣고서 고개를 돌려보니 황실 중앙 호텔의 주방에서 일하고 있는 훈트밀이 다급한 표정을 짓고 있었다. 마침 장사가 안 되고 있었는데 생선을 서른 마리씩이나 사 간다고 하니 늘어져 있던 기분이 살아나기도 했지만, 그보다 언제나 낙천적인 그가 다급한 모습을 하고 있으니 의아하기도 했기에 웃으며 물었다.

"허허, 훈트밀 아닌가. 뭐, 생선이야 많으니 침착하게. 그런데 자네가 그런 표정을 짓고 있다니, 무슨 일이라도 있는가?"

하지만 훈트밀은 이러고 있는 시간조차 아까운지 손을 내저으며 대답했다.

"빨리 싸기나 하게! 이상한 손님들이 들이닥쳐서 호텔의 주방이 난리도 아니라네!"

"아, 알겠네. 근데 도대체 무슨 일이길래 그래?"

"나참! 내 살다 살다 그렇게 엄청난 식욕을 가진 사람들은 처음이네. 저녁 무렵 다섯 명의 손님이 식당으로 와 생선 요리를 주문했는데, 무려 열 접시를 시키고도 눈 깜짝할 사이에 먹어치우고서 또 이만큼을 더 주문했다는 것 아니겠는가."

이제 쿠빈테른은 생선을 거의 다 담았는지 그것을 종이 봉투에 넣으며 물었다.

"재료가 없어서 안 된다고 하면 되지 않아?"

"자네 같으면 금을 50겔피나 내놓았는데 싫다고 하겠는가? 이것은 거래표에 적어 놔두게."

급히 대답을 한 훈트밀은 쿠빈테른의 손에 들린 생선 봉투를 낚아채 듯이 빼앗아 들고선 사람들 사이로 이내 사라져 버렸다. 그의 뒷모습을 바라보던 쿠빈테른은 거래표에 거래량을 기입하며 조금은 우울한 표정으로 중얼거렸다.

"허, 고작 200셀피가 50겔피로 변하다니 별일이 다 있군 그래."

실내의 벽으로는 고급 목재들을 깎아서 만든 벽면이 부분적인 도금으로 인해 더욱 유려한 멋을 뽐내고 있었고, 조금은 어두운 듯한 조명이 어울려 중후한 느낌을 주고 있었다. 또 실내를 가득 채운 테이블들은 무려 500석 이상이나 되어 보였는데, 테이블 수가 많은 와중에도 결코 흐트러지거나 손질에 소홀함이 없어 보였다.

이곳을 가득 채우고 있는 손님들 역시 그에 걸맞는 모습을 하고 있었다. 하나같이 최고급 천으로 만들어진 화려한 옷을 입고 있었고, 몸에 걸치고 있는 장신구들 역시 평범한 가격에 구할 수 없는 것들이었다.

한데 지금 그들의 모든 시선은 한곳에 집중되어 있었는데, 그곳에는 수십 년에 걸쳐 이루어온 식당의 분위기를 한순간에 무너뜨리고 있는 일단의 무리가 있었으니 바로 벨링에 도착한 뮤스 일행들이었다.

입으로부터 생선의 가시들만 묘기처럼 빼내던 켈트는 그것을 내려놓으며 손에 묻은 기름기를 입으로 빨았다.

"시장하다 보니 엄청나게 먹히는군. 근데 왜 이렇게 음식이 뒤따라
안 나오는 거야?"

그의 옆에서 함께 식사를 하던 드워프들 역시 각자 앞에 놓여 있는
접시들을 거의 혀로 닦다시피 마무리하며 한마디씩 던지고 있었다.

"벌써 만 하루째 굶었으니 죽지 않은 것만 해도 다행이유."

"그러게 말이야. 다른 드워프들이 우리가 굶은 것을 안다면 땅을 치
고 통곡했을 거야."

"허허, 부끄러운 일이야. 드워프가 굶다니… 절대 이번 이야기는 입
밖으로 꺼내지 말아야지."

드워프 특유의 걸걸하고 우렁찬 목소리가 식당 안을 메우자 신기한
듯 그들을 바라보던 사람들의 눈살이 찌푸려졌다. 심지어는 일행인 뮤
스와 크라이츠마저 달가운 표정이 아니었다. 그들에 비해 너무나 조용
하고 교양있게 식사를 하던 뮤스가 천으로 입을 닦아내며 불만 섞인
목소리로 말했다.

"아저씨들의 마음은 잘 알겠지만 사람들의 눈도 좀 생각해 주세요."

그의 말을 들은 켈트는 이해가 안 간다는 표정이었다.

"그것은 인간들의 매너일 뿐이다. 드워프인 우리들에게 인간들의 매
너를 강요하는 것은 한참 잘못된 것이지."

물을 마시며 입을 씻어내던 블뤼안 역시 고개를 끄덕였다.

"형님의 말이 지당하지. 우리 드워프들은 이렇게 떠들면서 식사를
하는 것이 매너라고. 그렇지 않은 경우는 요리가 엄청 맛이 없다고 항
의할 때뿐이거든."

블뤼안의 합세로 뮤스가 밀리는 듯하자 역시 못마땅하게 생각하던
크라이츠가 조용히 입을 열었다.

"저도 드래곤의 매너를 따져 볼까요? 흠… 아무튼 이곳은 인간들의 세상이니 이곳의 매너를 따라주세요."

크라이츠의 말에 드워프들은 아무런 말도 할 수 없었는지 기가 죽은 모습으로 딴청을 피워댔다. 그들을 바라보던 뮤스는 조금 불쌍해 보이는 면도 없지는 않았지만, 덕분에 다른 이들의 눈길을 끌지 않아도 된다는 만족감이 더 우선하고 있었다.

이곳 황실 중앙 호텔은 황궁으로 입궐하기 위한 수속을 밟는 목적으로 건립된 곳으로서 수속 절차가 끝나기 전까지는 이곳에 머물게 되는 것이었다. 뮤스 일행 역시 수속 신청을 해놓은 상태로 이곳에서 저녁 식사를 하는 중이었는데, 다른 사람도 아닌 재상의 정식 초대였기에 당일의 수속 처리가 가능했고 승인이 나기를 기다리던 중이었다.

이윽고 크라이츠는 배가 부른지 손에 든 포크와 나이프를 접시 위에 내려놓으며 말했다.

"가비르 재상은 아직도 시간을 안 지키는 나쁜 버릇을 고치지 못하고 있군요."

인간의 매너를 최대한 지키며 음식이 나오기만을 기다리던 켈트는 그녀의 말에 고개를 갸웃거리며 물었다.

"가비르라면 우리를 초청한 재상의 이름 아닙니까? 크라이츠님은 그자를 만나본 적이 있었습니까?"

"호홋, 뭐 재상이 된 후에 만나본 적은 없었지만 그가 젊었을 적에는 몇 번 얼굴을 마주친 적이 있죠. 그에게는 별로 좋지 않은 기억이었겠지만."

"좋지 않은 기억이오?"

크라이츠의 말에 뭔가가 있다는 것을 느낀 켈트는 호기심 가득한 눈빛을 띠며 되물었지만, 그녀는 대답 대신 다른 곳으로 눈길을 돌렸다.

"저기 직접 행차를 했군요. 하긴 내 이름을 듣고 호기심을 느꼈을 테니……"

켈트가 고개를 돌려 입구 쪽을 바라보니 그곳이 술렁이고 있음을 느낄 수 있었다. 식사를 하던 사람들은 급히 장내로 들어온 한 중년의 남성에게 머리를 가볍게 숙이며 예를 갖추기 시작했는데, 정작 당사자는 그들에게 전혀 신경 쓰지 않고 허겁지겁 장내를 둘러보는 것이었다. 그도 잠시, 크라이츠와 시선이 마주치자 복잡한 표정이 얼굴에 떠오르기 시작했다. 그를 본 크라이츠는 그의 눈길을 피해 켈트를 바라보며 살짝 인상을 썼다.

"역시 절 알아봤군요."

도대체 무슨 일인지 알 수 없었던 일행들은 이상하다는 듯한 표정으로 그 남성과 크라이츠를 번갈아가며 바라보았다. 그가 느린 걸음으로 자신들에게 다가오고 있음을 본 뮤스는 크라이츠에게 물었다.

"그럼 저 사람이 그 가비르 재상이라는 사람이에요?"

"흠, 내가 아는 사람이 바로 저 사람이고 저 사람도 날 아는 듯하니 가비르 재상이 맞겠구나."

별일 아니라는 듯이 말하는 크라이츠였지만 뮤스가 보기에 전혀 그렇지 않은 것 같았다.

"저 사람 누님께 나쁜 감정이 있나요?"

잠시 생각을 해보던 크라이츠는 고개를 서슴없이 가로저었다.

"글쎄… 나쁜 감정을 가지고 있는 것이 오히려 저 사람에게는 더 편할걸?"

"네?"

뮤스가 의아한 표정을 짓고 있을 때 발자국 소리가 식탁 옆에서 멎었다. 생각해 볼 필요도 없이 가비르 재상의 인기척이라는 것을 알고 있던 뮤스는 고개를 살며시 들어 그의 얼굴을 바라보았다.

나이는 50 가까이 되어 보였지만 아직도 눈빛은 맑으면서 생생히 살아 있었고, 보통의 키에 깔끔한 외모를 가지고 있었다. 뒤로 빗어 넘긴 진갈색의 머리칼 아래로 미묘한 표정을 떠올리며 조심스럽게 입을 열었다.

"레, 레이디께서는 역시……."

그의 중얼거림을 들은 크라이츠는 한숨을 쉬었고, 이내 어색한 미소를 지으며 가볍게 고개를 숙였다.

"오랜만이군요, 가비르 경."

그는 크라이츠의 무덤덤한 말투에 알지 못할 서운한 기분이 들었는지 조금은 원망스런 눈빛을 하고 있었다.

"예나 지금이나 크라이츠님의 성격은 하나도 변한 것이 없군요."

분위기가 이상하게 흐를 듯하자 답답함을 느끼며 손을 내저은 크라이츠는 식탁에 놓여 있는 물을 한 모금 마셨다. 그리곤 화제를 돌리기 위해 억지스러운 짜증을 내기 시작했다.

"이봐요, 가비르 경. 아니지, 재상 각하. 우리를 이곳에 초청한 것은 각하와 옛 추억을 되살리기 위한 것이 아니라 공적인 일인 듯한데요?"

"아! 죄, 죄송합니다. 너무나 반가운 나머지 잠시 깜빡했군요."

그녀의 돌연한 태도에 재상이라는 지위에 걸맞지 않게 당황한 모습을 보여준 가비르 재상은 허겁지겁 식당의 문 쪽을 바라보며 자신을 따라온 보좌관에게 신호를 했고 다시 뮤스 일행을 향해 몸을 돌리며 말했다.

"그, 그럼 크라이츠님, 이쪽으로 따라오시죠."

짧게 말을 하며 분주하게 발걸음을 옮기는 가비르 재상의 뒷모습을 본 크라이츠는 일행들을 둘러보며 몸을 일으켰고, 다른 일행 역시 아직 현 상황에 적응을 못한 듯 어깨를 으쓱이며 자리에서 일어났다. 크라이츠를 따라 자리를 옮기기 시작한 뮤스는 아무 말 없이 걷고 있는 그녀에게 물었다.

"보통 이렇게 처음 만났을 때에는 서로 소개라도 해야 하는 것 아닌가요?"

"그거야 당연하지."

"그런데 저분은 소개를 할 생각도 못하는 듯한데요? 마치 나선형 못 하나가 머리에서 빠진 듯한 모습으로……."

뮤스의 말에 고개를 가볍게 끄덕인 크라이츠는 그의 등을 두들기며 그것이 지극히 당연하다는 태도로 말했다.

"그거야 어쩔 수 없지. 거의 30년 만에 약혼녀가 눈앞에 나타났으니 너 같으면 멀쩡할 수 있겠니? 난 그의 행동을 충분히 이해한단다."

그녀의 말이 끝나자마자 뮤스를 비롯한 일행들은 약속이라도 한 듯 발걸음을 멈추며 어이없는 얼굴로 크라이츠를 바라보고 있었다. 자신도 모르게 식은땀을 소매로 한번 훔친 뮤스는 더듬거리는 말투로 물었다.

"하… 하… 서, 설마 결혼을 하기 위한 약속을 뜻하는 약혼은 아니겠죠?"

하지만 크라이츠는 변함없이 무덤덤한 태도를 유지했고, 오히려 그것을 묻는 뮤스가 더 이상하다는 눈빛을 보내고 있었다.

"약혼이라는 또 다른 사전적 의미가 있니? 물론 네가 말하는 약혼이란 뜻이야."

설마라는 단어의 불신임성을 여러 번에 걸쳐 몸소 느낀 뮤스는 이제 놀라기보다는 허탈한 표정을 지었다.

"정말 누님의 머리는 어떤 생각으로 차 있는지 알고 싶어요."

"감히 인간이 드래곤의 생각을 어떻게 안다는 말이냐? 아니, 혹시 너라면 알 수 있을지도 모르겠군. 한번 10년 정도에 걸쳐서 내 이야기를 들어볼래?"

"전 귀중한 인생의 1할을 그런 데 쏟고 싶진 않아요. 그리고 알아봤자 그다지 도움이 될 것 같지는 않군요."

그녀의 말도 안 되는 제안에 뮤스는 고개를 저으며 사양하고 있었다.

호텔 건물의 정문 앞에는 보통의 것들보다 1멜리가량 더 길어 보이는 전뇌거가 그들을 위해 대기하고 있었다. 이 전뇌거는 특별 주문을 받아 공학원에서 황실로 납품한 것이었기에 뮤스 일행들 역시 그것을 기억하고 있었다. 전뇌거의 양 옆으로는 백마가 질주하는 형상이 양각으로 새겨져 있었는데, 말의 근육들은 불빛을 받아 만들어진 명암으로 더욱 생동감이 흐르고 있었고 금빛의 곡선이 동체를 화려하게 휘감으며 우아한 빛을 발하고 있었다. 그 앞에서 발걸음을 멈춘 가비르 재상은 손수 전뇌거의 문을 열며 말했다.

"레이디 크라이츠, 이것을 타고 궁내로 들어갈 것입니다."

그의 말을 들은 크라이츠는 손을 입으로 가져가며 웃었다.

"호홋! 도이첸 제국의 재상께서 손수 전뇌거의 문을 열어주시다니 정말 영광인걸요?"

진담인지 농담인지 모를 말을 건넨 크라이츠는 가비르 재상의 손을 마주 잡으며 전뇌거에 올라탔고, 크라이츠가 전뇌거에 타는 것을 지켜보던 가비르 재상은 그녀의 손을 잡았던 자신의 손을 내려다보며 씁쓸한 웃음을 짓고 있었다.

이때 크라이츠를 따르던 일행들은 그녀와 가비르 재상의 과거에 가려져 찬밥 신세가 된 자신들을 발견하고 있었지만 그다지 대접받을 만한 것도 없었기에 잠자코 있는 중이었다.

가비르 재상을 마지막으로 모든 이들이 올라타자 전뇌거의 문이 닫혔고, 아주 미약한 진동과 함께 전뇌거는 앞으로 나가기 시작했다. 애초 포센트 기종은 6인용으로 설계가 되어 있었지만, 이 전뇌거는 크라이츠의 것과 같은 뼈대로 제작을 하여 8명까지 수용 가능했기에 가비르 재상을 비롯한 뮤스 일행이 타기에는 충분한 공간이었다.

드워프들이 자신들이 만든 전뇌거를 감상하며 흐뭇함에 빠져들고 있을 때 뮤스는 눈동자를 굴리며 크라이츠와 가비르 재상을 살피고 있었다.

전뇌거에 오를 때부터 가비르 재상의 눈은 크라이츠의 얼굴에서 떠날 줄을 모르고 있었지만 크라이츠는 오늘 처음 만난 사람인 양 창밖을 바라보며 무심한 표정을 짓고 있었다. 조금의 시간이 지나도 이러한 분위기가 나아질 조짐이 보이지 않자 가비르 재상을 불쌍히 여긴 뮤스가 손을 내밀며 입을 열었다.

"재상 각하, 저는 뮤스 드라켄이라고 합니다. 크라이츠 드라켄의 동생이죠."

뮤스의 목소리에 잠시 크라이츠의 얼굴에서 눈을 뗀 가비르 재상은 그의 손을 마주 잡고 가벼운 웃음을 지으며 대답했다.

"허헛, 그렇다면 뮤스 군 역시 드래곤이십니까?"

"네? 저……."

잠시 할 말을 잃은 뮤스는 멍청한 얼굴로 크라이츠를 바라보았고, 드워프들 역시 크라이츠의 얼굴과 가비르 재상의 얼굴을 번갈아가며 바라보았다. 잠시 가비르 재상의 말을 정리하던 뮤스는 머리를 긁적였다.

"그렇다면 재상 각하께서는 크라이츠 누님이 드래곤이라는 것을 알고 계시는 건가요?"

"후훗… 사랑하는 여인의 정체조차 모를 정도로 이 가비르가 멍청하지는 않습니다. 재상이 되려면 눈치도 상당히 빨라야 하죠."

가볍게 말하는 그의 표정은 웃고 있었지만 눈동자는 뭔가 허전한 사람마냥 낮게 가라앉아 있었다.

"누님의 정체를 알고 있었는데도 누님을 사랑하셨다고요?"

그의 감정을 이해 못한다는 듯 뮤스가 묻자 이들의 대화를 듣고 있던 크라이츠가 끼어들었는데, 그것이 당연하다는 표정을 짓고 있었다.

"너도 알다시피 이 누님의 매력이 대단하잖니. 그동안 재상 각하 말고도 나에게 반해서 눈물짓던 사람들이 한둘이 아니란다. 호호홋!"

"누님… 그런 말을 자신의 입으로 하고 싶은가요?"

"호홋, 뭐 어떠니? 이런 것도 다 나의 매력이야."

뮤스는 그녀의 말릴 수 없는 성격에 고개를 내저었지만 놀랍게도 가비르 재상은 그녀의 말을 인정하는지 미미하게 고개를 끄덕이고 있었다.

"그것이 크라이츠님의 매력이었지요. 저 또한 그런 모습에 푹 빠졌었으니까요."

과거의 향수에 젖은 듯한 그의 목소리를 들은 뮤스와 드워프들은 속이 울렁거림을 느끼며 인상을 잔뜩 구겨야만 했다.

"아무래도 정상이 아니야."

"혹시 크라이츠님이 순진한 청년이었던 재상에게 마법을 걸었던 것이 아닐까?"

"돈으로 매수를 했을지도 모르지."

드워프들이 서로 의견을 교환하며 둘 사이의 진실을 밝히기 위해 애쓰기 시작하자 그것을 듣고 있던 크라이츠의 손이 복잡한 도형을 그리며 밝은 빛을 내었고, 뮤스는 그녀의 몸 주위로 마나가 움직이기 시작함을 느꼈다.

"내 몸을 감싼 마나를 환원하노니……."

수군덕거리던 드워프들의 입은 크라이츠의 나직한 중얼거림으로 인해 다물어졌는데, 그것이 무엇인지 알아들을 수 있었던 유일한 드워프인 켈트가 급히 허리를 숙이며 빌기 시작했다.

"아이구! 크라이츠님! 여기서 폴리모프를 풀면 다 죽습니다!"

켈트의 행동을 바라던 형제들 역시 뭔가 잘못된 것임을 눈치 챘는지 하나같이 몸을 던지며 빌기 시작했다.

"이번 한 번만!"

"다시는 이런 일이……!"

자신의 앞에서 허리를 숙인 채 떨고 있는 그들의 모습을 힐끔 바라본 크라이츠는 발현한 마나를 회수하며 쌀쌀한 목소리를 내뱉었다.

"흥! 알아서 처신들 잘하세요. 대체 무슨 배짱으로 살아들 가는지……."

그들의 사과에 그럭저럭 화가 풀린 크라이츠는 자신을 바라보고 있는 가비르 재상에게 물었다.

"그냥 우리끼리 있을 때는 가비르라고 불러도 되는 거죠?"

재상이란 국가의 대소사를 직접 맡아 행하는 신분으로서 황제 역시 그에 합당한 대우를 해줄 정도의 위치였다. 또 그만큼 스스로도 자신의 신분에 대한 자부심이 대단했기에 누군가가 업신여기는 것을 참지 못하는 것이 보통이었지만 그녀의 말을 들은 가비르 재상은 오히려 즐거운 듯 미소를 짓고 있었다.

"크라이츠님께서 너무나 깍듯한 존대를 하셔서 정말 불편했습니다. 예전처럼 편하게 부르시죠."

"고마워요, 가비르. 그건 그렇고 우리를 여기까지 부른 이유가 뭔지 좀 들어봐도 될까요?"

크라이츠가 갑작스러운 질문을 해오자 웃는 얼굴로 이야기하던 가비르 재상은 열심히 크라이츠의 눈빛을 피하며 목소리를 낮추었다.

"저… 그것은 이곳에서 말해 드릴 수 없습니다. 황실의 안위가 걸린 문제이기 때문에……."

그녀의 물음에 대답해 주지 못하는 것이 죽을죄라도 되는 듯한 표정이었다. 하지만 그의 입장을 전혀 생각해 줄 리 없는 크라이츠가 눈을 내리깔며 말했다.

"어머! 우리 사이에 이러기예요? 나에 대한 애정이 벌써 식어버린 건가?"

"저… 그게……."

"역시 그런 것이었군요. 하긴, 인간들이란 조금의 시간만 지나면 금방 옛일 따위는 잊어버리곤 하니까."

"아, 아닙니다, 레이디 크라이츠!"

가비르 재상이 걸려들었음을 깨달은 그녀는 팔짱을 끼며 느긋한 모습으로 의자에 몸을 기대었다.

"호홋, 그럼 말해 봐요. 어차피 알게 될 일이잖아요?"

조금 우물거리던 가비르 재상은 고개를 끄덕이며 입을 열었다.

"그렇다면 어쩔 수 없지요. 비밀을 발설하지 않으리라 믿고 말씀드리겠습니다."

"물론이죠. 드래곤의 입은 무겁답니다. 또 드워프들의 입 역시 무겁……."

말끝을 흐린 그녀는 자신과 함께 자리하고 있는 드워프들의 얼굴을 하나씩 뜯어보았다. 레딘의 철없어 보이는 표정, 블뤼엔의 느글느글한 얼굴, 브라이덴의 기름기 흐르는 눈빛, 마지막으로 켈트의 가식적인 진지함. 이 모든 것들이 그녀의 입을 다물게 했던 것이었다. 한번 헛기침을 한 크라이츠는 애써 그들의 눈빛을 외면한 채 가비르 재상을 바라보았다.

"흠흠… 어쨌든 믿을 만하니 말해 보세요."

"알겠습니다. …크라이츠님께서는 황위 대관식이 어떻게 진행되는지 아시겠지요?"

잠시 손을 들어 턱을 쓸던 크라이츠는 고개를 끄덕였다.

"일종의 페어링 마법이 걸린 상자와 책으로 확인하는 것 아닌가요?"

"네, 맞습니다. 황위 대관식은 '황혈의 상자', 또 그것과 페어링 되어 있는 '황인의 서'로 대관식의 인정을 받습니다."

크라이츠와 가비르 재상의 대화를 듣던 뮤스는 전혀 알지 못할 그들의 이야기에 질문을 던졌다.

"저… 페어링이 뭐죠? 또 상자나 책 이야기는 뭐예요?"

하지만 그들의 대화를 중단시키기 싫었던 켈트가 뮤스의 어깨를 잡으며 조용한 목소리로 간단한 설명을 하기 시작했다.

"그건 내가 대신 설명을 해주마. 도이첸 제국의 황위 대관식에는 두 가지의 물건들이 쓰인단다. 그중 하나는 황혈의 상자라 불리는 작은 금속 상자인데, 그 상자에 황실의 혈통을 이어받은 자의 피를 떨어뜨리면 상자의 문이 열리게 되지."

"신기하군요. 유전자 정보를 인식하는 건가? 그럼 그 황인의 서라는 것은 무엇이죠?"

"그것은 내용이 없는 책이란다. 나도 대관식을 직접 본 적이 없으니 자세히는 모르지만, 황혈의 상자에 들어 있는 내용물의 모습이 황인의 서를 여는 순간 그림으로 그려진다고 하더구나."

켈트의 이야기가 잠시 끊어지자 뮤스의 귀로 크라이츠의 목소리가 들려오고 있었다.

"그런데 우리가 할 일이라는 것이 무엇이죠? 뭔가 심상치 않은 일이 있는 것 같은데요?"

크라이츠의 말대로 그 내면에 뭔가 일이 있었는지 가비르 재상의 얼굴은 딱딱하게 굳어지고 있었다. 그와 함께 전뇌거의 내부는 침묵이 흐르고 있었는데 재상의 입이 열리기 전까지는 이런 분위기가 계속될 듯했다. 전뇌거에 타고 있는 인물들을 한번 쓸어본 가비르 재상은 조심스럽기 그지없는 목소리로 말했다.

"이것이 앞으로 여러분께서 비밀로 해주셔야 할 일입니다."

가비르 재상이 잔뜩 긴장을 하고 있다는 것을 느낀 크라이츠가 그를 안심시키고자 고개를 끄덕였고 뮤스와 드워프들 역시 진지한 눈빛이었다. 한번 숨을 가다듬은 가비르 재상은 초조한 듯 손가락을 만지작거리며 이야기를 시작했다.

"사실 현 황제 폐하께서는 아이를 가지지 못하는 몸이십니다. 쉽게 말해서 이번에 대관식을 치러야 할 태자 전하께서 황실의 혈통이 아니란 것이죠."

이야기를 듣던 켈트는 뭔가가 짚이는 바가 있었기에 나직한 탄성을 내질렀다.

"흠… 그렇다면 대관식에서 황혈의 상자를 여는 것이 불가능하겠군."

"그렇습니다."

대답을 하던 가비르 재상은 문득 켈트와 드워프들의 얼굴을 바라보며 당황스러워했다.

"아… 그런데 드워프 분들을 어떻게 불러야 할지… 상황이 상황이다 보니 소개조차 못했군요."

새삼스럽게 그 사실을 깨닫고 있는 가비르 재상을 보며 켈트는 실소를 터뜨렸다.

"허허! 그 상황이란 것이 국가의 중대사 때문인지 아니면 크라이츠 님을 다시 만난 충격 때문인지 모르겠습니다그려. 내 이름은 케르히트, 그리고 이쪽은 사촌 동생들인 레딘, 브라이덴, 블뤼안이오."

켈트의 정곡을 찌르는 말에 주름진 얼굴을 붉힌 가비르 재상은 안색을 되찾으려 애쓰고 있었다.

"마, 만나뵙게 되어 반갑습니다. 도이첸 제국의 재상인 가비르라고 합니다."

각자와의 간단한 인사가 끝나자 켈트는 다시 정색을 하며 말했다.

"뭐 어쨌든 소개를 했으니 됐고, 하던 이야기를 계속하는 것이 좋겠소."

"네, 그렇게 하겠습니다. 먼저 말씀드린 대로 태자 전하께서 황실의 피를 이어받지 못했기 때문에 이대로 가다가는 대관식에서 인정을 받지 못할 것이 자명한 사실입니다. 하지만 궁내의 그 누구보다 총명하며 마음이 깊으신 것은 물론이고 학문 분야에서는 천재라는 찬사를 받을 정도로 뛰어난 분이십니다. 때문에 황제 폐하께서는 그분을 특별히 총애하셔서 어떠한 일이 있더라도 그분을 황제의 위에 올리고 싶어하시는 것입니다. 그래서 마침 여러분들의 위명을 들었기에 방도를 찾을 수 있지 않을까 해서 이렇게 초청을 하게 된 것입니다. 물론 대외적인 초청 이유는 '실크로스 교' 시공 때문입니다."

그의 말을 이해할 수 없었던 것은 아니지만 여러 가지 측면에서 다른 방도를 생각해 보던 뮤스가 물었다.

"저… 그렇다면 황제 폐하의 피를 몰래 숨겨서 상자에 뿌리면 되지 않을까요?"

"뮤스 군, 선조들은 그렇게 아둔하지 않았답니다. 한번 뿌려진 피로는 다시 상자를 열 수 없죠."

"흠… 그렇다면 상자 안의 내용물을 황제 폐하께서 미리 귀띔해 주시면 되지 않나요?"

이번 역시 가비르 재상은 고개를 내저었다.

"그것의 모양은 일정하지 않은 시간의 간격을 두고 변한답니다. 황제 폐하께 듣기로는 그것이 슬라임이나 푸딩같이 말랑한 재질로 되어 있다고 하더군요."

"흠, 정말 난처하군요."

　잔머리가 통하지 않을 것이라는 것을 깨달은 뮤스의 머리에는 그 괴이한 상자에 대한 호기심이 진하게 일어나기 시작했다.

45장 벨링 궁

골치 아픈 생각들을 잠시 접은 뮤스 일행들과 가비르 재상은 켈트의 이야기에 귀를 기울이고 있었다. 그는 자부심이 한껏 깃든 목소리를 하고 있었는데 다른 드워프들 역시 이야기가 계속될수록 기대감에 얼굴이 밝아지고 있었다.

"엄청난 공사 규모 때문에 무려 삼천 명가량의 드워프들이 그 공사에 투입되었지. 그 당시 제국 각지의 드워프들은 소금이 필요했기에 인간들의 요청을 받아들였고, 그 외에도 엄청난 양의 금은보화들을 지불받았으니 손해날 것도 없었어. 그것보다 더욱 중요한 것은 후세에 남길 걸작을 남긴다는 자부심이었고, 그렇게 탄생한 것이 벨링 궁이었단다. 이제 도착하면 알겠지만 궁의 곳곳에 위치한 선조들의 예술품들은 하나하나가 값으로 환산할 수 없는 것들이라고. 이거 정말 가슴 설레이는군!"

그의 이야기를 들으며 상상의 나래를 펼치던 다른 드워프들 역시 기대가 되는지 상기된 표정이었다.

"우리는 정말 운이 좋군, 선조들의 혼이 살아 숨 쉬는 곳을 가게 되다니."

"누가 아니래? 이게 다 뮤스 군을 잘 만나서 그렇지."

"이제 얼마나 더 가야 하는 거지?"

  블뤼안의 말을 들은 가비르 재상은 전뇌거의 창밖을 내다보며 대답해 주었다.

"이제 십 분 정도만 있으면 궁의 내부에 들어서게 됩니다. 켈트님의 말씀대로 정말 아름다운 궁전이죠. 하지만 켈트님의 설명을 듣고 있자니 매일 그곳을 들락거리던 저 역시 다르게 보일 듯하군요."

  켈트는 털털한 웃음을 띠며 팔짱을 꼈다.

"원래 일반인들에게 예술 작품이란 그런 것이죠. 설명을 듣기 전에는 그것이 얼마나 대단한지 모르는 게 보통이니까요."

"맞습니다. 막상 꾸며놓기는 했지만 지금에 와서 그것들을 유심히 즐기는 사람이 벨링 궁 안에 얼마나 있을지……."

"후훗, 정말 씁쓸한 일이죠."

  몇 마디의 대화가 더 이어지자 전뇌거의 진동이 더욱 잦아들어짐을 느낄 수 있었다. 이는 포장된 도로에 올라섰다는 신호였는데, 이제 거의 도착했음을 안 뮤스는 전뇌거의 창을 아래로 내리며 머리를 밖으로 내밀었다. 바람에 헝클어지는 머리카락이 시야를 가리긴 했지만 그것을 한쪽으로 치우자 뮤스의 눈에 벨링 궁으로 보이는 건물들 일부분이 들어오고 있었다.

  과연 도이첸 제국의 황궁답게 그 규모는 작은 도시라고 불러도 과언

이 아닐 만큼 굉장했고 대강 보더라도 경복궁 면적의 수배는 됨 직해 보였다.

"우와! 거의 도시 속의 작은 도시라고 할 만한 규모군요!"

크게 놀란 목소리로 떠들자 못마땅한 표정을 지은 크라이츠가 그의 옷깃을 당기며 창문에서 머리를 빼내었다.

"뮤스, 조금 점잖게 행동하렴. 이제 황궁으로 접어들게 되니 그곳의 콧대 높은 녀석들에게 약점을 잡히면 안 된단다."

"네… 알겠어요."

그녀의 말에 기가 죽은 뮤스는 고개를 끄덕이며 다시 의자에 자리를 잡았다. 전뇌거가 잠시 멈추자 가비르 재상은 자신이 앉은 쪽의 창문을 내렸다. 창밖으로 근위병인 듯한 인물이 내부를 둘러보다 가비르 재상의 얼굴을 보자 황급히 예를 표했다.

"어서 오십시오, 재상 각하!"

그가 경직된 태도를 취해오자 재상 역시 지금까지와는 다르게 사무적인 표정으로 얼굴을 바꾸며 대답했다.

"쉬어도 좋네. 지금 중요한 분들을 모시고 들어가는 중이니 서둘러 처리해 주게나."

"알겠습니다, 재상 각하!"

근위병이 인사를 하고 급히 사라지자 가비르 재상은 전뇌거의 창문을 다시 닫았고, 곧 전뇌거가 다시 움직이기 시작했다. 이제 창밖으로 머리를 내밀지 않더라도 궁전의 모습을 볼 수 있게 되자 뮤스는 자리에 앉은 채로 이리저리 고개를 돌리며 구경하기 바빴다.

가장 먼저 그의 눈에 들어온 것은 아주 잘 손질된 잔디밭이었는데, 겨울이었기에 초록의 싱그러움은 없었으나 금빛으로 빛나고 있어 또 다른 느낌을 주고 있었다. 그 잔디밭 너머로 수많은 건물들이 일정한 위치를 고수하며 서 있었는데, 그것을 보던 뮤스의 눈빛은 미미하게 흔들리고 있었다. 어렴풋이 봤을 때에는 각각 개별적인 건물인 줄 알고 있었으나 모든 건물이 중심의 건물을 모체로 하여 하나로 연결되어 있었기 때문이다.

대로의 중심에 위치한 대규모의 분수를 지나치고 있을 때 켈트가 입을 열었다.

"후훗, 다들 이곳에서 길을 잃지 않도록 조심하게나. 일단 들어가면 외부로 나올 일이 별로 없을 것일세."

이곳에서 기거하고 있는 가비르 재상 역시 그의 말에 수긍을 하고 있었다.

"부끄러운 일이지만 저 역시 재상을 지낸 지 4년이라는 시간이 지났음에도 불구하고 아직 길을 잃고 헤맬 때가 많죠. 후훗."

그의 말에 미소를 지은 켈트는 손으로 거미줄 모양을 허공에 그려 보이며 말했다.

"그것은 부끄러울 일이 아닙니다. 황궁은 이런 식의 연결 고리를 가지고 있는데, 우리의 선조들이 이곳을 설계할 때 드워프들의 동굴을 기본으로 했기 때문입니다. 다들 알다시피 드워프들의 동굴은 복잡하기 그지없고 그만큼 전쟁이 일어났을 경우 중요 인물들을 보호하기가 쉬워지기 때문에 이런 모습의 설계를 사용했다고 전해지고 있죠."

"그랬었군요! 저는 그것도 모르고 매일 투덜거리기나 했습니다."

잠깐 몸이 앞으로 쏠림을 느낀 가비르 재상은 웃음을 멈추며 뮤스 일행들에게 말했다.

"이제 도착한 모양입니다. 여러분들이 이곳에 오신 이유가 대외적으로는 실크로스 교를 시공하기 위한 것임을 명심해 주십시오. 하인들에게 미리 지시해 두었으니 숙소를 안내받을 수 있을 것입니다. 그럼 이만 내리실까요?"

그의 말이 마침과 동시에 전뇌거의 문이 열렸고 그들을 마중 나온 궁녀들과 하인들이 보이고 있었다.

조금은 시끄럽다고 느낄 정도로 사람들의 대화 소리가 실내를 울리고 있었다. 하지만 고요하기만 한 황궁 안에서는 유일하게 활력적인 곳이었기에 궁내의 사람들은 떠들썩한 이곳을 좋아했다.

이곳 황궁의 중앙 복도는 시내의 대로를 연상시킬 만큼 넓었고 많은 사람들이 복도의 한 켠에 서서 대화를 나누고 있었다. 한데 그중 단연 눈에 띄는 일행들이 있었으니, 뮤스와 드워프들이었다. 재상의 안내를 받아 숙소에 짐을 푼 그들은 크라이츠의 만류를 겨우 뿌리치며 황궁 구경을 나선 것이었는데, 가는 곳마다 눈치에 구속받지 않는 특유의 성격으로 인해 사람들의 이목을 끌고 있는 중이었다. 그들 중 레딘이 복도가에 놓여 있는 조각상을 유심히 뜯어보더니 과장된 몸짓을 하며 탄성을 질렀다.

"이야! 켈트 형님, 이것 정말 굉장하지 않수? 이렇게 정밀한 세공이라니……!"

그의 옆으로 다가온 켈트 역시 손끝으로 조각의 표면을 만져 보며 말했다.

"물론 가능하긴 하겠지만 엄청난 노력이 필요하지. 그러니 우리도 여기서 만족하지 말고 계속해서 노력해야 해."

"형님 말이 맞소!"

계속해서 그 조각상의 주변을 맴돌던 켈트는 뭔가를 발견한 듯이 턱을 쓸었다. 그리곤 그 부분을 손가락으로 세심하게 만져 보더니 고개를 끄덕이며 레딘에게 말했다.

"흠… 그런데 이 부분이 마무리가 덜된 것 같군. 이런 것을 보고 있을 수만은 없지. 레딘, 망치와 정을 좀 주게."

"여기 있소, 형님."

허리에 차고 있는 공구 벨트에서 망치와 정을 꺼낸 레딘은 그것들을 켈트에게 건네주었고, 양손에 침을 한 번씩 뱉은 켈트는 어처구니없이 그 자리에서 조각상에 정을 대고 그 뒷부분을 망치로 때리며 깎아내기 시작하는 것이었다.

따앙! 따앙!

비록 사람들의 대화 소리가 시끄럽긴 했지만 귀청을 울리는 정의 소리에 비할 바는 아니었기에 그들에게 별 신경을 쓰지 않던 사람들조차도 정 소리에 시선을 돌리며 당황한 얼굴을 하기 시작했다.

"저… 저… 저들이 뭐 하는 것인가?!"

"빨리 근위병들을 부르게!"

과연 이곳이 한 국가의 황궁임이 틀림없었는지 얼마의 시간이 지나지 않아서 십여 명의 근위병들이 호각을 불며 달려오기 시작했다.

삐익! 삐익!

"저놈들을 잡아라!"

장내가 소란스러워지자 선조들의 실수를 보완하는 성스러운 행위를 하던 켈트가 의아한 표정으로 손길을 멈추며 레딘에게 물었다.

"저 인간들이 왜 저렇게 오크 똥 씹은 표정이지?"

레딘 역시 켈트와 같이 상황 정리가 잘 안 되는 얼굴이었다.

"글쎄, 나도 잘 모르겠수."

이때 나름대로 눈치가 빠르다고 자부하는 드워프인 브라이덴이 그들의 옆구리를 찌르며 뒷걸음질치기 시작했다.

"형님, 그리고 형제들, 아무래도 저들의 분위기가 심상치 않으니 도망부터 치고 봐야겠는걸? 잘못하다간 감옥이라도 갈 분위기야."

"흠… 자네 말이 맞는 듯하군."

그의 말에 동의를 하며 고개를 끄덕인 드워프들은 급히 연장을 챙겼고 짧은 다리를 놀려 줄행랑을 놓기 시작했다. 뒤늦게서야 그곳에 도착한 근위병들은 허리춤에서 공학원으로부터 지급받은 원거리대화기를 꺼내 들었다.

"드워프 세 명이 도주 중! 제21황실 근위병들은 주변을 봉쇄하라!"

―치익! 대기하고 있겠습니다!

원거리대화기를 다시 허리에 꽂은 근위병은 자신이 이끌고 온 부하들을 향해 행동 지시를 하기 시작했다.

드워프들과 근위병들의 술래잡기가 시작되는 모습을 본 뮤스는 이마에서 뺨으로 흐르는 식은땀을 닦아야만 했다.

"쯔쯧… 어디서든 저런 말썽만 피우신다니까."

어깨를 한번 으쓱해 보인 뮤스는 그러나 그들에게 별일이 생기지 않을 것임을 알고 있었기에 평소와 다름없는 목소리였다.

"황궁에 오면 재미있는 일이라도 있을 줄 알았는데 전혀 없군. 벌써부터 따분한데 어쩌지?"

몇 마디의 혼잣말을 중얼거린 뮤스는 매끄럽게 깎인 대리석 바닥을 느끼며 발걸음이 가는 대로 자리를 옮기기 시작했는데, 허리 옆에 차고 있는 카인슈나이드가 그의 허벅지를 일정한 박자로 때려주어 따분한 기분을 조금이나마 덜어주고 있었다.

    뮤스가 어떤 생각에 빠져 한 시간 정도를 걷다 보니 그의 옆으로 지나치는 사람들의 수가 현저히 줄어들기 시작해 이제는 아무도 없음을 느낄 수 있었다. 처음에야 아무런 생각 없이 무작정 걷기 시작했지만 어느덧 낯선 곳에 서 있는 자신을 발견하곤 약간의 불안감을 느꼈다.

    "어라? 내가 언제 여기까지 걸어왔지?"

    혹시나 하고 자신이 걸어왔던 길을 돌아봤지만 그의 눈이 미치는 곳에는 여러 갈래의 복도가 나 있었기에 어느 방향으로부터 걸어왔는지 기억해 내기가 불가능해 보이는 것이었다. 이제 길을 잃은 것이 확실해지자 뮤스는 인상을 찡그렸다.

    "이것 참 큰일이군. 이럴 줄 알았으면 방에 추적 장치라도 달아두고 나오는 건데. 휴우."

    한숨을 내쉬어 보이긴 했지만 천성적으로 이런 상황을 크게 걱정할 뮤스도 아니었기에 어느새 그의 표정은 풀어져 있었다.

    "어차피 이렇게 된 일, 건물이 다 연결이 되어 있다고 하니까 누군가 만나서 물어보면 되겠지."

    긍정적인 생각으로 마음을 가볍게 한 그는 다시금 가던 길을 재촉하기 시작했다. 하지만 그것도 잠시, 복도의 왼쪽에 위치한 문틈으로 새어 나오는 남성의 우렁찬 기합 소리를 듣게 되었고 그의 발걸음은 자연스럽게 멈추게 되었다.

    "하압! 합!"

    "이건 또 무슨 소리지? 누가 달밤에 체조라도 하는 건가?"

    아무 일 없이 지나치기에는 호기심이 너무나 왕성한 뮤스였기에 조금 열려 있는 문틈으로 고개를 들이밀며 방 안을 둘러보기 시작했다.

그의 시선이 머문 곳엔 한 중년의 사내가 목검을 휘두르고 있었다. 비록 목검이긴 했지만 그곳에서 뿜어져 나오는 예기는 진검을 방불케 했으며 중년인의 표정 역시 진지하기 이를 데 없었다. 뮤스가 호기심에 이끌려 방 안으로 발을 들여놓고 있을 때였다. 중년인의 발걸음이 바뀌는가 싶더니 눈을 깜짝할 사이 뮤스가 서 있는 곳까지 이르는 것이었다.

"하앗!"

"으윽!"

대경한 뮤스는 부지간에 뒷걸음질쳤지만 등을 막고 있는 딱딱한 문에 의해 그의 행동은 제지될 수밖에 없었다. 몸이 얼어붙어 움직이지 못하던 뮤스는 눈동자를 조심스럽게 내려 자신의 목젖에 닿아 있는 목검의 끝을 바라보았다. 긴장감에 마른침을 삼키고 있을 때 중년인의 입에서 낮게 가라앉은 목소리가 흘러나왔다.

"자네는 누군데 이곳에서 나의 수련을 훔쳐보고 있는 것인가?"

하지만 목젖이 목검에 의해 눌려 대답을 하지 못하고 있자 자신의 손을 내려다보고선 굳어 있던 표정을 풀며 말했다.

"아! 이것 미안하군. 수련을 할 때면 종종 감정이 격해질 때가 자주 있으니 이해해 주게나."

자신의 실수를 깨달은 중년인이 그의 목을 짓누르고 있는 목검을 치웠다. 그제야 목이 자유로워짐을 느낀 뮤스는 자신의 목을 어루만지며 한숨을 내쉬었다.

"후우… 정말 죽는 줄 알았어요."

뮤스의 엄살을 보며 사람 좋은 미소로 웃어 보인 중년인은 그의 어깨를 두들기며 말했다.

"그렇지만 다른 사람의 수련을 몰래 훔쳐보는 것 역시 좋은 버릇은 아니지."

"그 점은 죄송해요. 박력적인 분위기에 이끌려서 그만……."

"후훗, 그렇게까지 사과할 필요는 없으니 괜찮네. 그건 그렇고 황궁에서 못 보던 얼굴인데?"

"네, 오늘 처음 이곳에 왔으니까요."

뮤스의 대답에 고개를 갸웃거리던 중년인은 손에 들고 있던 목검을 어깨에 걸치며 말했다.

"하긴 하루에도 이곳을 왕래하는 사람이 한둘이 아니니 이상한 것이 아니지."

이제야 분위기에 여유가 생긴 뮤스는 중년인의 모습을 찬찬히 살펴볼 수 있었다. 중년의 나이임에도 불구하고 잘 발달된 갈색의 근육이 땀에 젖은 튜닉 위로 비쳤고, 키는 190셀리 정도나 되어 보통보다는 훨씬 큰 키였다. 이마로 흘러내린 붉은 머리카락을 쓸어 넘기던 중년인은 문득 뮤스의 허리에 매달려 있는 카인슈나이드를 보며 고개를 갸웃거리며 눈에 이채를 띠었다.

"자네, 그 검… 이상하군. 예식용 검에서 피 냄새가 진하게 피어나고 있다니……."

그의 눈길을 따라 자신의 허리춤을 바라본 뮤스는 코를 킁킁거리며 의아한 듯 물었다.

"네? 냄새라고요? 전 아무런 냄새도 못 맡겠는데요?"

"허허! 느낌을 말하는 걸세. 매번 검을 닦을 것인데 설마 피 냄새가 정말 날 리가 없지. 혹시 검의 이름이라도 있나?"

"아… 저는 또… 이 검의 원래 이름은 슈나이드라고 하더군요. 지금은 카인슈나이드로 바뀌었지만."

별 의미 없이 던진 뮤스의 설명이었지만 막상 그것을 듣고 있던 중년인은 크게 놀라는 모습이었다.

"그렇다면 그 검이 섬광의 전사 마크 도나엘의 검이란 말인가?"

"알고 계시는군요?"

"정말 대단하군. 슈나이드라… 그런데 이제 카인슈나이드, '칼날이 없다' 라니?"

중년인의 물음에 머리를 한번 긁적여 보인 뮤스는 손가락으로 카인슈나이드를 가볍게 두들기며 대답했다.

"처음 이 검을 가지게 되었을 때 날카로운 검날이 마음에 들지 않아 뭉뚝하게 갈아버렸죠."

그의 말을 듣던 중년은 너무나 커다란 충격을 받았는지 턱을 아래로 떨어뜨리며 뮤스를 응시했다.

"하… 그, 그것이 사실인가? 나에게 보여줄 수 있겠나?"

"뭐, 그러죠."

흔쾌히 승낙을 한 뮤스는 카인슈나이드를 조심스럽게 뽑아 들었는데, 비록 날이 없다고 해도 무기라는 관념이 지배적이었기 때문이다.

"여기 있어요."

뮤스에게서 카인슈나이드를 건네받아 살펴보던 중년인은 그것의 날을 직접 손가락으로 쓸어 내려 날의 유무를 확인하곤 곧 나직한 탄성을 내뱉으며 안타까운 표정을 지었다.

"흠… 희대의 명검 하나가 빛을 잃었구나. 그건 그렇고, 이 명검의 이빨을 서슴없이 갈아버린 대단한 인물의 이름이나 들어볼까?"

가시가 담겨 있는 그의 은근한 말에 머쓱한 기분을 느낀 뮤스는 어색하기 그지없는 미소를 지으며 대답했다.

"뮤, 뮤스 드라켄입니다. 라이델베르크에서 왔죠."

"흠… 뮤스라… 어디선가 들어본 이름인데… 뭐, 어쨌든 나는 황실 근위대 대장을 맡고 있는 프라이어 할로먼이라고 하네."

"와! 근위대 대장이면 굉장히 높으신 분이군요?"

어떻게 보면 순진하다고 할 수도 있을 그의 행동에 피식 웃은 프라이어 대장은 손에 들려 있던 카인슈나이드를 되돌려주었다.

"훗! 이곳에는 워낙 높으신 분들이 많으니 그리 높은 지위는 아니지. 자네는 이곳에 어쩐 일로 왔는가?"

그의 물음에 잠시 생각해 보던 뮤스는 가비르 재상이 미리 일러준 말을 자연스럽게 떠올릴 수 있었다.

"음… 실크로스 교인가를 시공하기 위해서 이곳에 초청을 받았어요. 아직까지 자세한 사항은 알지 못하지만요."

그의 말을 듣던 프라이어 대장은 뭔가가 떠오른 듯 손으로 이마를 두들기며 말했다.

"아아! 이놈의 정신머리는! 라이델베르크 공학원의 젊은 원장 뮤스 드라켄! 그게 자네였군!"

"저를 알고 계시다니 놀랍군요."

"후훗, 자네의 명성은 정말 귀가 따갑게 듣고 있었지. 세상 소식에 별로 밝은 것이 아닌 나에게까지 자연스럽게 흘러 들어오더군."

프라이어 대장의 계속되는 칭찬에 어쩔 줄을 몰라 하던 뮤스는 손을 내저었다.

"프라이어님, 이제 그만 하시죠. 몸 둘 바를 모르겠어요."

"젊은 사람이 겸손할 줄도 아는군. 그나저나 실크로스 교를 시공한 다면 골치깨나 아프겠구먼."

"네? 그게 무슨 말씀이신지… 그냥 교각으로 알고 있습니다 만……."

"나 이것 참, 일반 교각이라면 굳이 공학원에까지 도움을 얻고자 했 겠나?"

"그렇다면 어떤……?"

뮤스의 되물음에 소매로 흐르는 땀을 닦은 프라이어 대장은 뮤스에게 자리를 권하며 입을 열었다.

"자, 여기 좀 앉게나."

"아, 감사합니다."

프라이어 대장이 권한 의자는 여러 명이 간단하게 앉아서 쉴 수 있어 보였는데, 그 한쪽으로 물주전자와 컵, 수건 등이 준비되어 있었다. 그곳에 편안한 자세로 걸터앉은 뮤스는 하던 말을 이었다.

"실크로스 교에 대한 설명 좀 부탁드려도 될까요?"

"뭐, 조금 있으면 알게 될 테니 설명해 주도록 하지. 애초 실크로스 교는 제국 북쪽으로 접하고 있는 쥬론 공국과의 왕래를 위해 만들 계획이었고, 강의 폭만 150멜리에 달하는 젠타카 강을 가로지르는 대규모의 공사였네."

"흠… 그런데 문제가 되는 것이 무엇이죠?"

고개를 한차례 끄덕인 프라이어 대장은 의자에 올려진 수건으로 이마와 목에 남은 땀을 마저 닦아냈다.

"물론 제국의 토목 기술이 상당한 수준에 올라 있기 때문에 그 자체가 불가능한 일은 아니었지만 문제는 바로 강물 아래의 땅이었지. 바로 지진이 발생하는 횟수가 많다는 것이야."

그제야 대충이나마 상황을 이해할 수 있게 된 뮤스는 자연스럽게 고개를 끄덕이고 있었다.

"그렇겠군요. 무려 150멜라나 되는 교각을 세운다 하더라도 일반적인 방법이라면 지진에 의해 붕괴될 우려가 있으니까요. 흠."

"만약 이러한 부탁을 받더라도 해낼 자신이 있겠는가?"

잠시 생각을 해보던 뮤스는 가볍게 웃으며 그의 말을 받았다.

"글쎄요, 연구를 해봐야겠죠. 지금은 뾰족한 수가 없더라도 불가능한 일은 아닐 것 같아요."

"후훗, 자네의 능력이 기대가 되는군."

"기대는요 무슨. 그저 막연한 느낌일 뿐인걸요."

머리를 긁어가며 잠시 생각에 빠져 있던 뮤스는 문득 시간이 늦었다는 것을 깨닫곤 의자에서 몸을 일으켰다. 그리곤 자신의 옆에 앉아 물로 목을 축이던 프라이어 대장을 바라보며 말했다.

"뭐 방법이 생기겠죠. 그럼 늦었으니 이만 돌아가 보겠습니다."

"허헛, 그렇게 하게나. 그럼 다음에 또 보도록 하지."

가볍게 머리를 숙여 인사를 건넨 뮤스는 가벼운 걸음으로 방 밖으로 나갔고, 그 자리에 남은 프라이어 대장은 입에서 떼어낸 물컵을 의자 위에 내려놓으며 혼잣말을 중얼거렸다.

"후훗, 재미있는 젊은이군. '검이 날카로워서 날을 갈아버렸다' 라……."

그때였다. 방금 전 방에서 나간 뮤스가 쑥스러운 표정의 얼굴을 문틈으로 들이밀곤 자신의 모습을 보고서 의아해하는 프라이어 대장에게 물었다.

"저… 황궁 중앙 복도로 가려면 어떻게 가야 하죠?"

어처구니없는 그의 물음에 잠시 넋 나간 표정을 해야만 했던 프라이어 대장은 겨우 원래의 안색을 되찾으며 대답했다.

"왼쪽 복도를 따라서 무조건 가장 왼쪽 모서리로 돌면 된다네."

"헤헤… 감사합니다. 그럼 이만……."

뮤스가 다시 한 번 문을 닫고 사라지자 그곳을 응시하고 있던 프라이어 대장은 실소를 터뜨리고 말았다.

"푸훗, 정말 재미있는 젊은이야."

뮤스는 이후에도 몇 번의 시행착오를 겪어야만 했고, 한 시간 정도나 헤매고 나서야 자신의 숙소 앞에 서게 되었다.

"헤휴~ 정말 남들 앞에서 고개도 못 들 뻔했군. 명색이 공학원의 원장이라는 녀석이 길이나 잃고 헤매다니 말이야."

그가 한숨을 내쉬며 문을 열기 위해 손을 움직일 때 맞은편에 위치한 드워프들의 방으로부터 화가 난 듯한 목소리가 흘러나와 그의 손을 멈추게 만들었다. 아무래도 켈트의 목소리였는데 그의 심정이라도 대변해 주는 듯이 격한 목소리였다.

"흥! 아무튼 인간들이란 언제나 이런 식이지! 아무것도 모르는 주제에 잘난 듯 떠들기 좋아하고 남들의 눈을 가리면 모든 것이 진실이 되는 양 행동하는 꼴이라니!"

"형님 말에 동감하우. 선조들께서 공들여 세우신 이 황궁을 보고 있자니 서글픈 생각마저 들고 있수!"

켈트의 말에 전적으로 동의하고 있는 블뤼안의 목소리였는데, 그의 목소리 역시 불만에 가득 차 있었다. 드워프들의 대화를 잠시 엿듣던 뮤스는 그들의 방으로 들어가 무슨 일인지 물어보려고 했지만 인간들

을 욕하고 있는 중에 들어가 봐야 별 좋은 소리 듣지 못한다는 것을 깨
달았기에 생각을 바꾸며 자신의 방문을 열었다.

다음날, 뮤스 일행의 아침 식사 분위기는 살벌하기 그지없었다. 드
워프들은 평소답지 않게 식사를 하는 둥 마는 둥 했고, 그들의 굳어 있
는 표정 역시 실내의 공기를 더욱 낮게 가라앉도록 만들고 있었다. 포
크를 몇 번 움직여 보던 뮤스는 이 적응 못할 분위기에 결국은 참지 못
하고 입을 열었다.

"아저씨들, 분위기가 아침부터 왜 그러죠? 무슨 일이 있었어요?"

그의 물음에 켈트는 마침 질문을 기다렸다는 듯 손에 들고 있던 식
기를 내려놓으며 간단하고 냉랭하게 말했다.

"우리는 오늘 공학원으로 돌아간다."

갑작스런 켈트의 말에 놀란 뮤스는 두 눈을 부릅떴다.

"네?! 그게 무슨 말씀이세요? 돌아간다뇨?"

"들은 그대로야. 우리는 잠시라도 이곳에 더 있고 싶은 생각이 없거
든."

"이곳에 올 때만 해도 선조들의 손길이 느껴진다면서 좋아하시더니
요!"

잠시 말이 없던 켈트는 크라이츠와 뮤스의 얼굴을 번갈아 보며 진지
한 표정으로 말했다.

"그랬었지. 하지만 이곳 인간들의 어이없는 행동들 때문에 이곳에
있고 싶은 마음이 추호도 없어졌다."

더욱 답답해진 뮤스는 자신의 가슴을 두들겼는데, 켈트의 태도에 적
잖게 당황하고 있는 모습이었다.

"답답하네! 좀 자세하게 설명 좀 해주세요."

고개를 내저은 켈트는 뮤스의 눈을 피하며 브라이덴을 바라보았다.

"생각만 해도 화가 나는구먼. 자네가 대신 설명 좀 해주게."

켈트의 부탁을 받은 브라이덴은 고개를 끄덕였다.

"그렇게 하죠, 형님. 어제 자네와 우리가 헤어졌을 때 기억나는가?"

"네, 기억나고말고요. 그때 근위병들에게 잡히기라도 했나요? 그래서 기분이 상하신 건가요?"

"아닐세. 우리같이 노련한 드워프들이 그런 굼벵이들에게 쉽게 잡힐 리가 없잖나. 재빠르게 줄행랑을……."

말을 하던 브라이덴은 순간 자신의 얼굴 찔러오는 눈총에 입을 멈췄고, 켈트와 다른 드워프들의 눈치를 살피더니 이내 말을 바꾸었다.

"뭐… 도망이라기보다는 잠시 상황을 피해 자리를 옮겼다고나 할까."

대충 상황을 좋은 쪽으로 돌린 브라이덴은 계속해서 말을 이었다.

"흠! 흠! 어쨌든… 그때 우리가 자리를 옮긴 곳은 어딘지 알 수 없는 곳이었지. 일단은 어떤 줄 모르더라도 빨리 몸을 숨겨야만 했으니까. 하지만 그 내부를 둘러보던 우리는 정말 경악을 해야만 했다네."

"음… 그곳에 뭐가 있었는데요?"

"바로 그 안에는 부서진 골동품들이었지. 쉽게 말하자면 우리 선조들께서 피땀 흘려 만드신 유산들이 마치 쓰레기마냥 바닥에 나뒹굴고 있었다네. 한데 그것은 시작일 뿐이었어. 오랜 세월이 지난 만큼 수많은 사람들의 손이 이 황궁에 닿았을 것이고, 아무리 우리 선조들이 만든 견고한 건물이라 하더라도 부서지기 마련이지. 그것까지는 우리도 이해할 수 있었다네. 하지만 그에 대한 인간들의 대처는 도저히 납득

할 수 없었어. 엉터리 같은 실력으로 대강 땜질해 버린 것은 기본이고, 부서진 석상들 대신 어디선가 조잡하기 이를 데 없는 돌덩이를 가져다 세워놓고 우리 선조들의 이름을 가져다 붙인다네. '이것이 고대 드워 프들이 만든 최고의 작품이다' 라면서."

그의 이야기를 들으며 대강이나마 상황 파악이 된 뮤스는 답답한 한 숨을 내쉬었다.

"물론 아저씨들의 기분은 이해하지만 그렇다고 갑자기 이곳을 떠나 겠다니, 그게 말이나 되나요? 안 그래요, 누님?"

크라이츠의 도움을 받고자한 뮤스는 그녀의 얼굴을 받으며 동의를 구했다. 하지만 크라이츠의 표정은 전혀 자신이 상관할 필요가 없다고 생각했는지 별 동요가 없었다.

"뭐, 나는 켈트 씨와 형제 분들의 태도에 공감한단다. 인간들의 그런 습성은 나도 알고 있었고 다른 종족들 사이에서도 충분히 비난을 받고 있지."

"하지만 누님! 아저씨들께서 돌아가신다면 이곳의 일들은 어떻게 하 죠?"

울상을 지은 뮤스의 얼굴을 바라보던 크라이츠는 잠시 생각하는 시 늉을 하더니 어깨를 으쓱거렸다.

"만약 이곳에 계속 남는다 하더라도 이미 마음이 떠나 있는데 제대 로 일할 생각이 있을 리는 없다고 생각하는데요?"

그녀의 물음에 침묵하고 있던 켈트는 고개를 끄덕였고, 그 모습을 본 크라이츠는 다시 뮤스를 바라보며 입을 열었다.

"그렇다면 이렇게 하도록 하죠. 켈트 씨와 형제 분들이 직접 이곳의 인간을 위해 일할 필요는 없지만 이곳을 떠나는 것은 용납할 수 없습

니다. 그저 뮤스가 하는 일에 대해 조언만 해주시는 것은 불만없으시

겠죠?"

"흠… 그 정도라면 괜찮습니다."

곰곰이 생각을 해보던 드워프들은 그럭저럭 괜찮은지 그 제의에 수긍을 했고, 뮤스 역시 그들이 떠나지 않기로 했다는 것에 마음을 놓을 수 있었다. 이렇게 문제가 해결되자 드워프들은 애써 참고 있던 식욕이 조금씩 기지개를 켜는지 다시 포크와 나이프를 들었고, 순식간에 분위기가 바뀌며 평소 같은 분위기를 회복하기 시작했다. 빵 조각 하나를 입에 넣던 켈트는 아직까지 웃지 않는 얼굴로 투덜거렸다.

"제길… 다른 것은 못해도 요리 하나는 인간들이 잘한다니까. 이것만 아니더라도 당장 여길 떠났을 거야."

조금씩 켈트의 화가 풀리는 듯하자 안심한 뮤스는 가볍게 웃으며 말했다.

"그럼 이곳의 요리장들에게 감사를 해야겠군요. 후훗."

"그야 물론이지! 우리가 직접 도와주지 않는 것이 네게는 조금 미안하다만 우리를 이해해 다오. 이것도 많이 양보를 한 것이니까."

"물론이죠. 남아주셔서 감사해요."

"그만큼 네가 더욱 많이 노력을 해야 하니 수고하거라. 우리는 괘씸한 이곳의 인간들에게 복수를 하고 있을 테니!"

켈트의 말에 다시 한 번 긴장한 뮤스는 불안한 눈빛으로 그를 바라보았다. 자신을 바라보는 불안한 눈빛을 느낀 켈트는 크게 웃으며 말했다.

"녀석, 걱정 말거라. 이곳에서 행패를 부릴 생각은 전혀 없으니까."

"휴우! 그럼 다행이고요. 그럼 어떻게 복수를 한다는 말이죠?"

뮤스의 물음에 서로의 얼굴을 바라보며 의미심장한 미소를 띠던 드워프들은 약속이라도 한 듯 입을 모아 말했다.

"이곳의 식량을 축낸다!"

그들이 농담 따먹기와 별반 다를 바 없는 대화를 나누고 있을 때 혼자 편안하게 식사를 하던 크라이츠가 입가를 닦으며 입을 열었다.

"오늘 오후부터 일이 바쁘니까 뮤스, 너는 준비하고 있거라. 황제도 알현해야 할 것이고 지원 내역과 대외적인 초청 목적에 따라 실크로스교의 현장에도 나가봐야 할 테니까. 다시 한 번 말하지만 이곳의 귀족들에게 비웃음을 살 행동은 하지 말거라. 예를 들어 길을 잃는다거나 하는 바보 같은 짓 말이야."

"윽… 알겠어요."

가슴이 뜨끔거림을 느꼈기에 어색한 웃음을 지으며 대답하는 뮤스였다.

46장 황태자

　창 너머로 들어오는 겨울 햇살이 방 안을 밝히고 있었다. 어두운 색상의 가구들은 밝은 빛과 함께 어우러지며 이질적인 멋을 더했고 방안에서 대화를 나누고 있는 인물들 역시 몸을 따뜻하게 녹여주는 햇살에 만족해하고 있었다.

　방 안의 인물들은 모두 네 명이었다. 식사를 마치고 이곳에 자리한 뮤스와 크라이츠, 그리고 이들을 직접 안내해 온 가비르 재상, 마지막으로 노년의 남성이었는데, 온몸에는 화려한 장신구들을 걸치고 있었고 심성의 강인함을 대변하는 듯 단단해 보이는 턱과 뒤로 잘 빗어 넘긴 백발이 인상적인 인물이었다. 한동안 침묵이 이어지고 있던 분위기에서 그 노년의 남성은 목이 타는지 탁자 위에 올려진 찻잔을 들어 목을 축였다.

　"흐음… 짐이 여러분들을 이곳에 초청한 이유에 대해서는 가비르 재상에게 들었을 것이네. 솔직한 심정으로 여러분들이라고 해도 이 일을 해결해 줄 수 있을 것이라 굳건히 믿고 있는 것은 아닐세. 다만 조금의 기대나마 걸어보고자 한 것일 뿐이지."

도이첸 제국 황제 카로이트 3세. 만인이 이 노년인을 칭하는 이름이었다. 20년이라는 시간 동안 황제의 자리에 앉아 있던 그는 평화로운 시대를 만난 것이 복이었는지 아무런 어려움 없이 도이첸 제국을 이끌어올 수 있었다. 하지만 특별한 위업이 없는 황제 중의 한 명으로 역사서의 끝자락에 남게 된 것도 그 때문이었다. 황제의 말을 듣던 뮤스는 자신의 손에 들린 종이 뭉치를 넘겨보며 재상에게 물었다.

"재상 각하, 여기에 쓰여 있는 대로라면 황태자께서 황혈의 상자를 여는 곳과 하객들이 황인의 서를 보는 곳이 서로 다르군요?"

그의 물음에 고개를 끄덕인 가비르 재상은 탁자 위에 펼쳐져 있는 도면 위를 손으로 짚었다.

"그렇습니다. 하객들은 객석에 위치해 황인의 서를 확인하게 되고 태자 전하께서는 밀실에서 황혈의 상자를 열게 되는 것이죠. 일반인들이 황실 혈통의 피를 보는 것이 예로부터 금기시되어 왔기 때문입니다."

손으로 턱을 한번 긁적인 뮤스는 재상의 손길이 지나간 도면을 한번 쓸어보았다.

"흠, 그렇다면 그나마 다행이겠군요. 일이 쉬워질 수도 있으니 말입니다."

"뭔가 방법이라도 있겠습니까?"

"글쎄요… 아직 일주일이라는 시간이 남아 있으니 두고 봐야겠죠."

이렇다 할 확신이 없는 뮤스의 말을 듣던 가비르 재상은 조금 아쉬운 듯한 표정을 짓고 있었지만 국가의 중대사임에도 불구하고 담담하기만 한 그의 태도가 황제와 재상에게 알지 못할 믿음을 심어주고 있었다. 이어 뮤스의 말이 계속되었다.

"이 일도 중요하지만 실크로스 교에 대한 설명을 좀 듣고 싶습니다만… 듣자 하니 지진이 자주 일어나는 곳에 실크로스 교를 시공해야 한다던데……."

뮤스의 물음을 들은 가비르 재상은 조금 놀라는 표정을 지었다.

"흠… 그것은 어디서 들으셨죠?"

"우연찮게 근위대 대장님을 만나 대화를 하던 중 듣게 되었습니다."

"흠, 그렇다면 그 일 역시 쉽지 않음을 알고 계시겠군요. 실크로스 교 시공은 쥬론 공국과의 원활한 교류를 위해서 계획 중입니다. 지금까지는 배를 사용해서 교류를 해왔지만 교류량이 많아지다 보니 한계가 드러나고 있습니다."

가비르 재상의 계속된 설명은 프라이어 대장에게 들은 것에 비해 크게 다른 점은 없었지만 보다 세밀한 내용을 담고 있었기에 예전에 비해 깊이 이해할 수 있었다. 한참 동안을 설명하던 가비르 재상은 가볍게 웃으며 말했다.

"하나 뮤스 군은 실크로스 교에 대해 크게 신경을 쓰지 않아도 됩니다. 다른 이들이야 진척없는 실크로스 교 시공에 불만을 털어놓을 수 있겠지만, 사실 그보다 더욱 중요한 것이 태자 전하의 대관식 아니겠습니까? 폐하와 제가 주변 인물들은 무마시키겠습니다."

잠시 생각을 해보던 뮤스는 그의 말에 고개를 내저으며 반대의 의견을 내놓았다.

"아닙니다. 어차피 저만이 할 수 있는 일이라면 실크로스 교의 일도 제가 해보겠습니다."

"그렇지만 두 가지의 일을 동시에 하는 것은 무리가 아닐지……."

걱정스러운 듯한 가비르 재상의 말에도 불구하고 뮤스는 의지를 굽힐 생각이 없는 듯했다.

"대관식이 끝난 후에 실크로스 교 시공에 매달린다고 하더라도 별 무리가 없을 듯합니다. 그러니 제게 맡겨주시죠. 그럼 대관식이 끝나는 대로 현장을 둘러보겠습니다."

뮤스의 확고한 대답을 듣고 있던 황제가 너털웃음을 터뜨리며 둘 사이에 끼어들었다.

"껄껄껄! 가비르 재상, 나는 뮤스 원장이 하겠다는데 굳이 말리고 싶지 않구려. 그렇지 않더라도 그 일을 해낼 사람이 우리 주변에는 없지 않소? 실크로스 교의 일까지 원장에게 맡겨봅시다."

"알겠습니다, 폐하. 그럼 실크로스 교의 일 또한 뮤스 군에게 맡기기로 하겠습니다."

황제까지 뮤스의 생각에 동의하고 나오자 어쩔 수 없이 그의 제의를 받아들인 가비르 재상이었다. 흐뭇한 듯 미소를 짓던 황제는 뮤스를 응시하며 너그러운 목소리로 말했다.

"뮤스 원장, 내 비록 오늘 자네를 처음 만났지만 자네의 자신감있는 행동 하나하나가 마음에 든다네."

그의 칭찬을 들은 뮤스는 쑥스러운 표정을 지었다.

"황공하옵니다, 폐하."

"아닐세. 자네 나이에 그만한 능력을 갖춘 인물도 없을 것일세. 그래서 말인데 우리 태자와 친분을 가져 보면 어떻겠나? 나이 또한 자네와 비슷할 듯한데……."

"제가 어찌 감히 태자 전하와……."

어쩔 줄 몰라 하는 뮤스의 모습을 본 황제는 손을 내저으며 말했다.

"허허, 자네라면 충분히 자격이 있지. 제국 최고의 유명 인사 아닌가? 내일 있을 연회에서 자네와 태자의 만남을 주선해 줄 테니 대화라도 한번 나눠보게나."

제국의 황제라는 사람이 이렇게까지 나오자 더 이상 거절할 수가 없어진 뮤스는 크라이츠의 얼굴을 한번 응시했고 그녀 역시 좋은 경험이 될 것이라고 생각했는지 고개를 끄덕였다.

"그리하도록 하겠습니다, 폐하."

"허허허! 좋네! 아주 좋아!"

넓은 방 안으로 황제의 호탕한 웃음소리가 메아리치고 있었다.

방에서 나온 크라이츠는 늘어지게 하품을 하고 있었는데, 벽난로가 붙어 있는 방 안에 비해 복도는 상당히 싸늘했기에 그녀의 입에서는 입김이 하얗게 뿜어져 나왔다.

"으휴! 지루해 죽는 줄 알았네. 그 황제 녀석은 무슨 무게를 그렇게 잡고 난리야."

막무가내로 말하는 그녀를 본 뮤스는 서둘러 주변을 살펴보았는데, 아무도 없음을 확인하고 나서야 한숨을 내쉬었다.

"누님, 다른 사람이 듣기라도 한다면 바로 처형감이에요!"

뮤스의 말에 피식 웃은 크라이츠는 엄지손가락으로 자신을 가리키며 말했다.

"훗, 누가 감히 이 크라이츠님을 처형할 수 있단 말이니? 그건 그렇고 너 아까 이상하더구나? 황제 앞에서 왜 그렇게 고분고분한 거야?"

"네? 당연히 황제니까 고분고분해야죠!"

"이 녀석아! 그럼 황제가 이 누님보다 더 대단하단 말이니?"

"하긴 누님보다 대단할 수는 없죠. 아무래도 조선에서의 습관 때문인가 봐요."

"습관이라니?"

크라이츠의 되물음에 뮤스는 발걸음을 옮기며 쓴웃음을 지었다.

"후훗, 제가 살던 조선에서는 군신의 관계가 철저하죠. 게다가 아버님께서 고위 관리였으니 백치였던 제 몸에도 자연스럽게 배어 있는 건가 봐요. 아참, 저도 물어볼 게 하나 있어요. 가비르 재상님은 제게 왜 존대를 하시죠?"

"호호호호홋!"

자신의 물음에 크라이츠가 갑작스러운 웃음을 터뜨리자 뮤스는 의아한 표정을 지었다.

"왜 그렇게 웃어요?"

"호홋… 미안하구나, 뮤스. 갑자기 옛날 생각이 나서 말이야."

"옛날 생각이라니요?"

"재미있는 일이 있었거든."

크라이츠는 말을 하다 말고 잠시 옛날의 회상에라도 빠진 듯 허공을 응시하더니 곧 입을 열어 옛이야기를 꺼내기 시작했다.

"음… 36년 전이었지. 그때 가비르와 처음 만나게 되었는데, 지금의 모습과는 전혀 다른 열혈 청년이었단다. 당시만 해도 대륙 최고의 명문인 스윈 제국의 대학을 우수한 성적으로 졸업하고서 두려울 것이 없을 때였으니까. 한데 그에게 숙명적인 라이벌이 한 명 있었단다. 투르코스 드레스텐이라는 인물이었는데, 같은 대학교를 비슷한 성적으로 졸업했고 지금은 듀들란 제국의 재상으로 있다는 소문이 들리더구나. 뭐, 투르코스가 가비르를 따라 재상이 되었다는 소문도 있지만 근거는 없고."

"그래서 어떻게 되었는데요?"

"그들이 나와 만난 때가 졸업을 하고 각자의 모국으로 돌아가던 때였는데, 너도 알다시피 가비르는 나의 미모를 보고 한눈에 반해 버렸지."

점점 자아 도취 증세가 심해지는 것을 보며 눈살을 찌푸린 뮤스는 입을 삐죽 내밀었다.

"칫, 다 마법 덕분에 유지하는 미모면서……."

"뭐라고! 이야기 듣기 싫다 이거니?"

"아, 아뇨."

"잔소리 말고 계속 들어보렴. 그런데 투르코스 역시 나에게 한눈에 반해 버렸단 말씀이야. 그렇지 않아도 라이벌인 두 사람 사이에 내가 끼어듦으로써 더욱 치열해졌던 것이지. 이쯤 되다 보니 서로의 능력도 비슷하고 지위도 비슷했던 까닭에 우열을 가리기가 힘들었던 거야. 결국 서로 의견을 맞춰 세 번의 내기를 하기로 했는데, 그 내기의 결과물이 가비르의 태도란다."

고개를 갸웃거린 뮤스는 팔짱을 끼며 답답한 표정을 지었다.

"아직도 이해가 안 가요."

"뭐, 간단히 말하자면 내기에 질 때마다 자신의 개성을 하나씩 포기하기로 했는데, 당시 거만하기가 따를 자가 없던 가비르는 내기에서 져버리자 누구에게나 존대를 하게 되었고, 항상 밝게 웃는 얼굴을 하고 있던 투르코스도 내기에서 짐으로써 더 이상 웃을 수 없게 되어버렸지."

"네?! 고작 그런 내기로 아직까지 저러고 산다는 말이에요?"

비록 오래 살았다고 말할 수 없는 뮤스였지만 이런 어이없는 이야기는 들어본 적도 없었기에 믿지 못하겠다는 표정을 지을 수밖에 없었다.

"하긴, 보통 인간들이면 절대 그런 짓을 못하겠지만 둘 다 평범한 인물들은 아니지."

거짓말이라고 치부하기에 크라이츠는 너무나 진지한 모습을 하고 있었는데, 결국 그녀의 말을 믿기로 한 뮤스는 머리를 긁적이며 물었다.

"그럼 세 번째 내기는 뭐였어요?"

"뭐, 이건 자가 나를 차지하는 것이었지."

"아! 그럼 가비르 재상님이 내기에서 이기고 누님과 약혼을 한 것이군요!"

"바로 정답이야. 자, 이제 가자꾸나."

간단히 대답한 크라이츠는 계속해서 가던 길을 따라 발걸음을 옮기기 시작했고 대충 이야기를 정리할 수 있었던 뮤스 역시 그녀의 뒤를 따랐다.

유리로 이루어진 반구형 천장 밖으로 맑은 하늘과 떠가는 구름이 보이고 있었고 그 아래로는 아름드리나무 한 그루와 화초들이 자라나고 있었다. 한겨울에 무슨 꽃이겠냐 하겠지만 이곳은 겨울을 위해 만들어 놓은 실내 정원이었기에 추운 날씨임에도 불구하고 따뜻한 공기가 감돌고 있었던 것이다.

아름드리나무의 우거진 나뭇잎이 하늘을 가리고 있는 곳의 벤치에 앉아 있던 뮤스는 무엇인가에 열중하고 있었다. 그의 앞으로 넓고 하얀 종이가 올려진 나무판이 있었고, 설계도를 꾸미기 위한 용구들이 여기저기 널려 있었다. 그 종류도 상당히 다양했기에 그중 한 가지를 찾아내기가 힘들어 보였지만 뮤스는 아무렇게나 어질러져 있는 용구들의 위치를 다 외우고 있기라도 한 듯 고개조차 돌리지 않은 채 손을 내밀어 짚어내고 있었다. 끝이 뾰족한 흑연으로 종이 위에 무엇인가를 적던 뮤스는 뭔가 풀리지 않는 것이 있기라도 한 듯 인상을 찡그렸다.

"흠… 이 정도가 아닐 텐데. 외장이 금속이라고 했으니 그것의 성분상 흡수되는 일정한 양이 있을 테고… 그렇다면 상대적으로 흡수하는 양이 더 많거나 적은 물체는……."

혼잣말을 중얼거리던 뮤스는 그 뒷부분이 완전히 막혀 버리자 손으로 머리를 두들기며 흑연을 살며시 입에 물었다.

"흠… 만에 하나 철과 같은 흡수량을 가지고 있다면? 쳇, 막혀 버렸군. 에라, 모르겠다… 조금 쉬었다가 하자!"

한번 혀를 찬 뮤스가 손에 든 흑연을 등 뒤로 던지며 웅크려 있던 몸을 활짝 펴자 관절 사이에서 미미한 소리가 나기 시작했다. 전신이 홀가분해진 그는 실내 정원을 한번 살펴보았는데, 따분하기 그지없는 궁내였기 때문에 몇몇의 사람만이 자신의 갈 길을 재촉하고 있을 뿐 이곳에서 쉬고 있는 사람은 뮤스뿐이었다.

"정말 이곳은 따분해 죽겠군. 드워프 아저씨들은 방에서 배만 채우고 있고 크라이츠 누님은 가비르 재상님과 놀러만 다니고 결국 일하는 사람은 나밖에 없잖아? 하긴… 크라이츠 누님과 드워프 아저씨들은 사람도 아니니……."

일단 일거리에서 손을 한번 놓자 다시 잡기 힘들어지는 것이 인간이라는 존재이던가? 뮤스 역시 그에 속했기에 몸은 자연스럽게 늘어지기 시작했고 머리 속으로는 다른 생각의 비중이 점차 커져 가고 있었다.

"아… 조선에 있을 때는 어떻게 혼자서도 그렇게 잘 놀았는지 모르겠군. 저런 막대기 하나만 있어도 하루 종일 재미있게 놀 수 있었는데 말이야."

문득 고개를 돌리던 그의 시선이 닿은 곳에는 약 15셀리 정도의 작은 막대가 있었다. 그것을 본 뮤스는 빙그레 웃었다.

"하핫, 오랜만에 자치기나 해볼까? 여러 명이 하면 재미있겠지만 혼자니 어쩔 수 없지 뭐."

드디어 할 것을 찾아낸 뮤스는 그 막대를 주워 들며 또다시 주위를 두리번거리기 시작했다.

"흠, 긴 막대가 필요한데 어디 없나?"

한참을 둘러보던 뮤스는 마땅한 긴 막대를 찾을 수 없었기에 고개를 저었다.

"쩝, 이것도 내 맘대로 안 되는군. 개똥도 약에 쓸려면 없다고 했나?"

체념한 뮤스가 발걸음을 옮겨 벤치로 가려고 할 때 그의 종아리를 때리는 물체가 느껴졌는데 눈을 돌려보니 다름 아닌 카인슈나이드였다. 그것을 본 뮤스는 무슨 생각을 하기 시작했는지 표정이 눈에 띄게 밝아졌고 서둘러 카인슈나이드를 칼집에서 빼내었다.

"하하핫! 이 정도면 충분하겠는걸? 조금 길긴 하지만 가벼우니 큰 무리는 없겠어."

아무래도 또 한 번 수난을 당할 조짐이 보이는 카인슈나이드였다.

프라이어 대장의 일과는 주로 검과 함께한다. 아침에 기상하는 즉시 검을 손질하고 식사를 마친 후에는 대원들에게 검술을 가르치거나 훈련을 시킨다. 또 오후가 되면 세 시간 정도의 개인 수련 시간을 가지는데, 지금이 바로 하루 중 개인 수련 시간이 끝나는 때였다. 그는 발걸음을 옮기며 자신의 손 위에 소중하게 들려 있는 반 토막의 검을 안타깝게 바라보고 있었다.

"벌써 네 번째 꺾였는가? 그럭저럭 쓸 만하다고 생각하던 녀석이었는데 오늘 또 이렇게 보내게 되다니……."

씁쓸한 목소리를 내뱉은 그는 자신의 숙소로 들어가기 위해 거쳐야 하는 실내 정원으로 발을 내디뎠다.

까강!

그때 정원의 한쪽으로부터 금속 울리는 소리가 들려오기 시작했는데, 그 음이 맑기 이를 데 없었기에 궁금함을 느낀 프라이어 대장의 시선은 자연스럽게 소리가 들려오는 쪽으로 향했다. 아름드리나무 뒤에서 한 청년이 진지한 얼굴을 하며 검을 휘두르고 있었는데 바로 자치기를 하고 있던 뮤스였다. 햇빛에 검의 날이 번쩍이는 순간 그것의 광채가 현란하게 일어나며 주변을 뒤덮었고 어느새 검에 격중된 나무 막대는 잘려질 것으로 예상되었다. 하지만 프라이어 대장의 생각과는 달리 빠른 속도로 어디론가 날아가 버리는 것이었다. 그의 모습을 본 프라이어 대장은 가슴 끝에서 치미는 분노에 몸을 떨어야만 했다.

"으… 저 청년은 명검을 금속 막대기로 만들어 버린 것도 모자라 이제는 저런 장난질까지 하고 있다니……!"

아무래도 자신의 애검이 부러진 좋지 않은 상황에서 뮤스의 모습을 봤기 때문인지 예전의 온화하던 그의 성격은 온데간데없고 이글거리는 불꽃이 검은 눈동자 속에서 타오르고 있었다. 하지만 그의 눈빛을 느끼지 못한 뮤스는 자신의 손을 내려다보며 투덜거리고 있었다.

"쳇, 정말 예전만 못하군. 동시에 6개의 나무 막대를 쳐낼 때도 있었는데 지금은 저 하나를 제대로 못 보낸다니 말이야."

불만을 토로한 그는 나무 막대가 날아간 곳으로 달려가 그것을 주워 들며 다시 해볼 채비를 하기 시작했다.

"이번에야말로 해내야 될 텐데……."

나직한 목소리로 말한 뮤스가 바라보고 서 있는 벽에는 동전만한 크기의 구멍이 나 있었는데, 잠시 정신을 집중한 그는 카인슈나이드를 휘둘러 나무 막대를 때려냈다. 그러자 막대는 마치 마법에라도 걸린 듯 벽의 구멍을 향해 날아갔으며 막대와 구멍의 거리가 짧아질수록 지켜보던 프라이어 대장의 눈은 커져만 갔다. 정녕 한순간이라고 말할 정도의 짧은 시간이 지나자 벽의 구멍에는 나무 막대가 보기 좋게 박혀 있었고 뮤스는 쾌재를 부르며 정원을 뛰어다니기 시작했다.

"야호! 뮤스의 실력이 죽지는 않았구나!"

이 놀라운 광경을 주시하고 있던 프라이어 대장은 자신의 눈을 의심해야만 했다. 비록 그것이 그저 막대기를 쳐내는 단순한 행동이라고 할 수도 있었지만, 뮤스가 해낸 일은 단순의 차원을 넘어선 것이었기 때문이다. 정신을 수습하지 못하던 프라이어 대장은 나직한 목소리로 입을 열었다.

"흠… 타격 점을 정확히 노리는 집중력과 타격을 위한 힘의 조절, 물체의 반응까지 예측해 내는 감각… 대단한 청년이군."

그가 감탄을 하고 있을 때까지도 여기저기 뛰어다니던 뮤스는 그제야 프라이어 대장을 발견하며 민망한 얼굴을 하고서는 뛰던 발걸음을 멈추었다.

"헛! 프, 프라이어 대장님, 잘 지내셨나요?"

너무나 놀라운 장면으로 인하여 화를 내던 것까지 깜빡 잊은 채 미소를 지어 보인 프라이어 대장은 고개를 끄덕이며 대답했다.

"허헛, 나야 별일이 있겠는가? 얼마 전 정체 모를 드워프들이 난동을 피워서 골치가 조금 아팠지만 이제 잠잠해져서 괜찮아졌다네."

드워프들의 이야기가 나오자 등허리로 식은땀이 흐르는 것을 느낀 뮤스는 어색한 웃음을 띠었다.

"하… 하… 그런 일이 있었군요."

"자네는 여기서 뭘 하던 중인가?"

"오늘부터 당장 일을 시작해야 하는데 생각대로 잘되지 않아서 잠시 쉬고 있던 중이었어요."

"아, 실크로스 교 말이군. 그래, 그것이 가능하겠나?"

"실크로스 교요? 아, 네! 뭐 해봐야 알겠지만 불가능할 것 같지는 않아요."

대관식만 생각하고 있던 뮤스였기에 순간적으로 당황하긴 했지만 다행스럽게도 실수는 하지 않을 수 있었다.

"후훗, 이곳의 사람들을 자네의 실력으로 깜짝 놀라게 만들어보게나."

뮤스의 대답에 가볍게 웃어 보이던 프라이어 대장은 뮤스의 손에 들려 있는 카인슈나이드를 바라보며 물었다.

"그건 그렇고, 방금 전 자네가 한 것이 무엇이었나? 실력이 굉장하던데 검술이라도 익히는 것인가?"

자신의 손에 들린 카인슈나이드와 프라이어 대장의 얼굴을 번갈아

보던 뮤스는 자치기를 하던 것을 떠올릴 수 있었기에 웃으며 고개를 내저었다.

"하하, 이건 그냥 놀이예요. 긴 막대로 작은 막대를 때려서 멀리 보내는 것이죠. 한데 이곳에는 저 혼자뿐이니 이렇게 놀 수밖에요. 겨우 하루를 이곳에서 보냈지만 여간 심심한 것이 아니거든요."

"허허, 한 시대를 풍미했던 명검 슈나이드가 놀잇감 취급을 받다니……."

아쉬움이 진득하게 묻어나는 말을 내뱉던 그는 문득 어떤 생각이 났는지 말을 이었다.

"아! 그렇지. 자네, 그렇게 심심하다면 나에게 검술을 한번 배워볼 의향이 없나?"

"예? 검술요?"

"뭘 그렇게 놀라는가?"

잠시 생각을 해보던 뮤스는 머리를 긁적였다.

"살상을 위한 무기는 다루고 싶은 생각이 없어요."

뮤스의 말을 듣던 프라이어 대장은 그의 어깨를 짚으며 말했다.

"후훗, 그것은 자네가 잘못 생각하는 것이라네. 검술이란 살상 무기로 생각할 수도 있겠지만, 그 이전에 자신의 몸을 지키고 정신을 수양하는 것이야."

하지만 뮤스의 생각을 바꾸기엔 프라이어 대장의 말이 너무나 미약했는지 여전히 같은 태도를 보이고 있었다.

"그렇다고 하더라도 별로 마음이 없어요. 지금도 제 몸을 지킬 만큼의 능력은 되니까요."

자신만만하게 대답하는 뮤스를 바라보던 프라이어 대장은 의외인 듯한 표정을 띠며 되물었다.

"자네는 그럼 다른 격투기를 배우기라도 했나?"

"그냥 혼자 익힌 것이 있어요. 하지만 남과 싸울 일이 없어서 실전에서 활용을 해보지는 못했고요."

"호오… 그렇다면 이렇게 하는 것이 어떻겠나?"

"어떤?"

"나와 맨손으로 대련을 해서 내가 이긴다면 자네가 나에게 검술을 배우는 것이고 그 반대라면 강요하지 않도록 하지."

조금은 억지성이 있는 제의였지만 뮤스 역시 자신의 실력이 어느 정도인지 궁금했고, 그러한 제의를 거부하기에는 너무나 젊은 피가 그의 몸에 흐르고 있었다.

"음… 좋아요! 대장님의 제의를 받아들이도록 할게요. 그럼 어디서 하면 좋을까요?"

잠시 주변을 둘러보던 프라이어 대장은 손에 들려 있던 반 토막의 검을 땅 위에 내려놓으며 말했다.

"이곳이 어떻겠나? 땅도 흙이라 괜찮고 사람들도 없는 듯하니."

프라이어 대장의 눈길을 따라 함께 주변을 살펴보던 뮤스 역시 괜찮다 생각했는지 카인슈나이드와 몸에 지니고 있던 물건들을 하나씩 몸에서 풀어냈다.

"괜찮군요. 그럼 규칙은 어떻게 하죠?"

뮤스의 물음에 팔짱을 낀 프라이어 대장은 생각하는 시늉을 하기 시작했다.

"흠… 둘 중 한 사람이 먼저 쓰러지는 것으로 하지. 물론 먼저 쓰러진다는 것이 정신을 잃게 만든다는 것은 아니네. 실수로 발이 엉켜 넘어지더라도 지게 되는 것이야. 이것은 내기이지 상대방을 해하기 위한 것이 아니지 않나?"

마음에 드는 그의 제의에 미소를 지은 뮤스는 고개를 끄덕이며 대답했다.

"저도 동의해요! 그럼 시작하도록 하죠."

"좋아, 시작하세."

한마디씩을 주고받은 두 사람은 대련을 준비하기 위해 일정한 간격 만큼 떨어져 서로를 마주 보며 가벼운 목례를 했다. 뮤스는 움직이기 편하도록 소매를 접으며 상대방을 바라보고 있었는데, 그의 눈빛을 받고 있는 프라이어 대장의 표정은 이것이 남의 일이라도 되는 듯 느긋하기 그지없었다. 뮤스는 조금 의아한 기분이 들지 않는 것도 아니었지만, 그의 경험에서 나오는 자연스러움이라 여기기로 한 뮤스는 개의치 않고 발걸음을 옮기기 시작했다. 프라이어 대장 역시 옆으로 발걸음을 옮겼는데 그의 손은 뒷짐을 지고 있어 전혀 대련을 할 사람처럼 보이지 않고 있었다.

"자네가 먼저 공격을 하게나."

프라이어 대장의 자신만만한 태도에 또 한 번 찜찜한 느낌을 강하게 받은 뮤스였지만 그런 생각을 머리에서 지워 버리려 애쓴 그는 살짝 고개를 끄덕이며 전신의 근육을 긴장시켰다. 이내 긴장감이 극에 달하자 기합과 함께 재빠른 발놀림으로 프라이어 대장의 바로 앞까지 뛰어들었고 약간 몸을 숙이는 듯하더니 주먹을 위로 뻗으며 그의 턱을 노렸다.

"하앗!"

하지만 미미한 웃음을 머금은 프라이어 대장은 한 발자국 뒤로 물러서는 것만으로 그의 공격을 완전하게 회피할 수 있었다. 자신의 주먹이 허공을 때린 것을 느낀 뮤스는 들어 올린 손을 아래로 내려치며 공격 방향을 바꾸었는데, 이번 역시 프라이어 대장은 옆으로 물러나며 공격을 피해냈다.

"후훗, 너무 뻔한 공격이군. 이렇게 해서야 내 몸을 건들기라도 하겠는가?"

"두고 보시라고요!"

프라이어 대장의 건들거리는 말에 뮤스는 은근히 화가 치미는 것을 느꼈다. 그의 말대로 단순한 공격이 먹혀들지 않자 생각을 바꾼 뮤스는 뇌공력을 쓰지 않는 한도 내에서 뇌동체술법 특유의 밟기를 해 보이며 프라이어 대장과의 간격을 줄여 나가기 시작했다.

뮤스의 모습을 보던 프라이어 대장은 처음 보는 그의 동작에 호기심이 일렁이는 눈빛을 보냈는데, 큰 동작으로 손을 휘젓는 것과 발의 불규칙한 움직임이 듣도 보도 못한 것이기 때문이다. 잠시 그의 동작을 분석해 본 프라이어 대장은 지금까지와는 조금 달라질 공격을 예측했는지 뒷짐을 지고 있던 손을 풀며 왼손으로는 턱을 가렸고 오른손은 주먹을 쥐며 머리 높이로 들어 올렸다. 뮤스의 공격에 대한 대비를 한 프라이어 대장은 호기롭게 외쳤다.

"후훗. 자, 아직도 숨겨놓은 재주가 더 있다면 다시 한 번 들어와 보게!"

"지금 공격합니다! 각오 단단히 하시죠!"

기합이 잔뜩 들어간 뮤스의 경고를 들은 프라이어 대장은 긴장을 하기는커녕 대뜸 취하고 있던 자세를 풀며 어이없다는 표정을 지었다.

"허허! 완전 초보군. 공격해 올 것을 미리 말하면 어떻게 하나? 적이 대비를 하기 전에 공격을 해야 성공할 확률이 높아지지 않겠는가?"

"네… 네? 저… 그게……."

프라이어 대장의 지적이 가슴에 와 닿는 뮤스였다. 하나 지금의 상황은 그의 지적에 감사하고만 있을 상황이 아니었는데, 집중력을 잃게 된 그의 발이 엉키는 듯했기 때문이다.

"으윽!"

이러한 상황은 발 동작이 큰 뇌동체술법을 펼칠 때 집중이 흩어지게 되면 자주 생기는 일로써 뇌동체술법이 완전하게 몸에 익지 않은 상태의 뮤스에게는 지극히 당연한 일이었다. 그 모습을 본 백전노장 프라이어 대장이 허점을 놓칠 리는 없었기에 재빨리 몸을 낮추며 그가 땅을 딛고 있던 다리를 후려 찼다.

퍼퍽!

비록 중년을 넘어선 나이였지만 청년 못지 않은 힘이 실려 있었는데, 정확히 허점을 격타당한 뮤스는 무릎이 굽혀지며 힘없이 넘어질 수밖에 없었다. 쓰러진 몸을 재빨리 뒤집은 뮤스는 마치 뭐라도 씹은 양 인상을 구기고 있었다.

"으윽! 이런 게 어디 있어요? 방심한 사이에 다리를 걸다니!"

불만을 토로한 뮤스는 옷이 묻은 흙을 털며 일어나 다시 자세를 바로잡았다.

"이제부터는 절대 당하지 않을 테니 각오하세요!"

그의 외침을 듣고만 있던 프라이어 대장은 예의 느긋한 모습으로 혀를 차며 대꾸했다.

"쯧쯧, 젊은 사람이 어찌 그리 기억력이 나쁘나? 먼저 쓰러진 사람이 지는 것이었으니 벌써 자네가 진 것이 아니던가? 뭐, 할 말 있으면 해보게나."

"그런 것이 어디……!"

뮤스는 엉겁결에 변명을 하려 했지만 과연 그의 말대로 약속을 했던 것이 떠올랐기에 분한 기분을 접으며 패배를 인정할 수밖에 없었다.

"좋아요! 제가 졌어요! 이제 어떻게 하면 되죠?"

"하하! 그럼그럼, 사나이라면 자신의 패배를 인정해야지. 그럼 저녁 식사가 끝나면 처음 우리가 만났던 장소로 오게. 카인슈나이드를 가지고 오는 것을 잊지 말게나."

시무룩한 표정을 지은 뮤스는 힘없이 어깨를 으쓱거렸다.

"네… 알겠어요."

"그럼 나중에 보세."

짧은 인사말을 남긴 프라이어 대장은 땅에 내려놓은 반 토막의 검을 주워 들었고, 뭐가 그리 즐거운지 휘파람을 불며 어디론가 사라져 버렸다. 혼자 남은 뮤스는 뭔가 속았다는 기분에 땅바닥에 주저앉아 허공을 응시했다.

"나도 나를 잘 모르겠군. 멍청한 건지 똑똑한 건지. 에휴~ 결국 검술을 배워야 하는 건가?"

답답한 한숨을 내쉬고 있던 뮤스의 눈에는 자신의 옆쪽에 놓여진 카인슈나이드가 오늘따라 얄밉게 보여지고 있었다.

어둠이 살짝 깔리기 시작할 무렵, 간단하게 저녁 식사를 마친 뮤스는 간편한 옷차림으로 방을 나섰다. 그의 허리춤에는 카인슈나이드가 매달려 있었는데, 자체의 무게보다 검집의 무게가 더 나갔기에 카인슈나이드만 들고 다녔으면 하는 마음도 있었다. 하지만 궁중에서 검만을 들고 다닌다면 큰 소요가 일어날 수도 있었기 때문에 참을 수밖에 없었다. 어제나 지금이나 여전히 복잡하게 느껴지는 복도들을 지나던 뮤스는 눈에 익은 주변의 모습을 통해 거의 다 왔음을 알 수 있었다. 발걸음을 멈춘 뮤스는 닫혀져 있는 문 앞에 서며 고개를 갸웃거렸다.

"음? 아직 안 오셨나? 문이 닫혀 있네?"

혼잣말을 중얼거리고 있을 때 닫혀진 문 안으로부터 기다렸다는 듯이 기합 소리가 흘러나오기 시작했다.

"하얏! 핫! 핫!"

그 소리를 들은 뮤스는 의아함을 느껴야만 했는데 프라이어 대장의 목소리라고 하기에는 너무나 앳된 목소리였기 때문이다. 궁금함에 문을 살짝 열어 방 안을 둘러보던 뮤스는 나이가 자신과 비슷하거나 조금 많아 보이는 청년이 검술을 수련하는 모습을 발견할 수 있었다. 그는 상당히 유약한 몸을 가지고 있었고, 심지어는 목검마저도 휘두르기 벅차 보이는 모습이었다. 게다가 검술에 대해 문외한인 뮤스가 보더라도 능숙하지 못한 검술 실력이 한눈에 드러나고 있었는데, 아무래도 허약한 몸으로 인해 검술을 펼치는 데 한계가 있는 듯했다. 하지만 자신도 비웃을 처지가 아니었기에 그저 보고만 있을 뿐이었다. 청년이 검술 수련에 몰입하기를 이십여 분, 돌연 움직임을 멈춘 그는 힘겨운 듯 손에 들려 있던 목검으로 땅을 짚으며 허공을 응시했다.

"후우… 이렇게 허약한 나의 몸이 부끄럽기 짝이 없구나. 진검도 아닌 목검조차 몇 번 휘두르지 못하는 몸으로 무엇을 하겠다는 말인가?"

이마로 흐르는 땀을 훔쳐 낸 청년은 무거운 한숨을 내쉬었다.

"조금만… 조금만 나에게 힘이 있었더라면……."

청년의 탄식을 듣고 있던 뮤스는 분위기가 기묘한 방향으로 흘러감을 느낄 수 있었는데, 본의 아니게 청년의 고민을 듣게 되자 뮤스 역시 그의 분위기에 이끌려 가게 된 것이었다.

뮤스가 애처로운 눈빛을 하며 감상적인 기분에 빠지기 시작할 때였다. 등 뒤로부터 누군가가 다가옴을 느끼곤 반사적으로 몸을 돌리던 뮤스는 갑작스럽게 허리를 찔러오는 상대의 행동에 비명을 질렀다.

"으악!"

수련실에서 고민에 빠져 있던 청년은 난데없는 비명 소리에 자연스럽게 문 쪽으로 시선을 돌렸고 뮤스의 등 뒤에서 갑자기 나타난 인영, 즉 프라이어 대장 역시 조금 놀랐는지 엉거주춤한 모습을 하고 있었다.

"허헛! 거참, 젊은 사람이 이렇게 놀라다니… 들어가지 않고 여기서 뭘 하고 있던 것인가? 혹시 검술을 배우는 것이 무서워서 숨어 있었던 겐가?"

양쪽에서 자신을 바라보는 눈빛에 무안해진 뮤스는 얼굴을 붉혔다.

"누가 무서워했다고 그러세요! 지, 지금 막 와서 대장님을 기다리고 있었죠! 왜, 왜 이렇게 늦으신 거예요?"

당황한 모습이 빤히 들여다보이는 뮤스의 행동에 가볍게 웃은 프라이어 대장은 가볍게 그의 등을 떠밀며 말했다.

"아니면 아니지 왜 그렇게 당황하는 겐가? 먼저 왔으면 태자 전하와 인사라도 나누고 있을 것이지."

태자 전하라는 말에 깜짝 놀란 뮤스는 눈을 크게 뜬 채로 수련실 안에서 자신을 바라보고 있는 청년을 응시하며 말을 더듬었다.

"태, 태자 전하라고요? 저 청년… 아니지, 저분께서요?"

"자네 오늘 자주 당황하는군. 평소에도 많이 놀라는 편인가? 그럼 몸에 안 좋을 텐데."

진담인지 농담인지 걱정의 말을 한 프라이어 대장은 뮤스와 자신을 바라보고 있는 태자를 향해 가볍게 고개를 숙이며 예를 취했고 뮤스 역시 엉겁결에 고개를 숙이고 있었다.

"태자 전하, 오늘도 일찍 나오셨군요?"

그의 인사에 뮤스를 보며 놀라고 있던 표정을 얼굴에서 지운 태자는 이내 미소를 띠며 프라이어 대장의 인사를 받았다.

"네. 배우는 입장에서 먼저 나오는 것은 지극히 당연한 일이죠. 그런데 옆에 있는 분은?"

잠시 자신의 옆에 서서 어쩔 줄 몰라 하고 있는 뮤스를 바라본 프라이어 대장은 빙그레 웃으며 대답했다.

"태자 전하께서도 많이 들어보셨을 것입니다. 공학원의 원장인 뮤스 드라켄이라는."

"라이델베르크의 공학원 말씀이시죠? 낮에 아바마마께 이야기를 들었습니다만 본인이셨을 줄이야……."

사뭇 놀라는 태자였다. 뮤스와 태자가 서로의 소개를 하며 인사를 마치자 프라이어 대장은 미리 준비해 온 수건을 한 장 뮤스에게 건네며 말했다.

"이것은 나중에 쓸 일이 있으니 허리춤에 걸어두고 검을 한번 꺼내 보게."

뮤스에게 간단한 지시를 한 후 고개를 돌려 태자의 얼굴을 바라본 그는 공손한 말투로 말을 이었다.

"태자 전하께서는 몸이 약하신 만큼 무리를 하면 안 되시니 잠시 쉬도록 하시지요."

그의 말을 듣던 태자는 고개를 가로저었다.

"아닙니다, 프라이어 대장님. 저 역시 방금 전에 왔기 때문에 아직 무리라고 말할 정도까지는 하지 않았습니다. 그러니 뮤스 군과 함께 수련을 하도록 하죠."

"하나……."

프라이어 대장이 무엇이라 말을 하려 했지만 태자의 굳은 눈빛을 봤기에 더 이상 만류할 수 없었다.

"흠… 좋습니다. 하지만 언제든지 몸에 무리가 간다고 느끼신다면 수련을 중단해 주십시오."

"하하! 물론입니다. 그럼 시작해 볼까요?"

표정이 밝아진 태자는 바닥을 짚고 있던 목검을 들어 올리며 힘차게 대답하고 있었다. 태자와 이야기를 마친 프라이어 대장은 눈을 깜빡이며 다음 지시를 기다리고 있던 뮤스를 향해 입을 열었다.

"이제 시작해 볼까?"

"네, 그렇게 하죠."

"지금부터 설명하는 것을 잘 듣게나. 약간의 억지로 검술을 익히게 되었지만, 그렇다고 대충 배울 생각을 말게."

"후우… 알겠으니 걱정하지 마세요."

아직도 검술을 배우는 것이 탐탁지 않은 뮤스였지만 남자가 한 입으로 두말을 할 수는 없었기에 억지로 대답을 할 수밖에 없었다. 이렇게 프라이어 대장의 검술 수업이 시작되었다.

"일단 검술의 기본은 세 가지라고 할 수 있네. 첫 번째는 당연한 이야기지만 체력이라 할 수 있겠고, 두 번째는 스텝, 즉 발의 움직임이지. 자네 역시 특유한 스텝을 가지고는 있지만 그것은 검술에 맞지 않으니 나에게 새로 배우도록 하게나. 그리고 마지막으로 검의 효율적인 움직임일세. 세상에는 수많은 검술이 있지만 그 모든 것들이 추구하고 있는 것이 바로 얼마나 효율적으로 검을 움직여 상대를 공격하거나 방어하느냐 하는 것이네. 여기까지 이해가 가는가?"

눈동자를 이리저리 움직이며 내용을 정리해 본 뮤스는 고개를 끄덕였다.

"그럼 되었네. 다른 것들은 차차 나에게 배우면 될 것이고, 우선 자네의 체력이 어느 정도 되는지 모르니 근력 시험을 해보도록 하지."

잠시 말을 멈춘 프라이어 대장은 벽에 기대어져 있는 굵직한 강목을 주워 들었다. 그것은 전체적으로 어른 팔뚝 정도의 굵기였는데, 밝은 갈색을 띠고 있었고 다른 부분보다 얇았기에 손잡이임을 알 수 있던 아랫부분은 사람들의 손때가 묻어서인지 더욱 진한 갈색이 배어 나오고 있었다. 손에 든 강목의 손잡이 부분을 뮤스에게 내민 프라이어 대장은 수련실의 중앙을 가리켰다.

"자, 이 수련봉을 들고 저곳에 서보게."

그의 말대로 수련봉을 건네받고서 수련실의 중앙으로 걸어간 뮤스는 손에 들고 있는 수련봉을 이리저리 돌려보았다. 눈으로 볼 때와는 다르게 묵직한 느낌이라 생각하고 있을 때 프라이어 대장의 목소리가 들려왔다.

"그런 다음 그것을 양손으로 잡고 머리 위로부터 큰 반원을 그리며 내려치는 것이야. 약 200회 정도에서 300회 정도면 괜찮은 정도이고, 400회 이상을 해낸다면 최상의 체력을 가진 것이라고 볼 수 있지. 자, 시작해 보게나."

고개를 끄덕인 후 손에 침을 뱉은 뮤스는 수련봉의 손잡이를 문질러 미끌어지지 않도록 잡았다. 이어 그것을 머리 위로 들어 올린 뮤스는 아래로 힘차게 휘둘렀는데, 수련 봉을 내려치는 힘과 그것의 무게가 합쳐졌기에 팔로 전해오는 무게가 만만한 것이 아니었다.

"으윽!"

아래로 떨어지는 수련봉을 멈추기 위해 상당한 힘을 써야만 했던 뮤스는 혀를 내두를 수밖에 없었다.

"후우! 이거 200회가 쉬운 일이 아니겠는걸?"

이것이 결코 만만치 않다는 것을 깨달은 뮤스는 본격적인 체력 시험에 앞서 조심스럽게 어깨를 풀었고 이내 수련봉을 고쳐 잡으며 그것을 휘두르기 시작했다.

"하나! 둘! 셋! 넷!"

붕! 붕! 붕!

두꺼운 수련봉이 허공 사이로 선을 그을 때마다 공기 가르는 소리가 나기 시작했다. 뮤스가 휘두르고 있던 강목의 빠르기와 움직임을 보아 근력은 충분한 듯싶었고 표정 역시 아직 여유가 있어 보였다. 이런 그의 모습을 프라이어 대장 외에도 주시하고 있는 이가 있었는데, 그의 체력에 대해 부러움이 가득 찬 시선을 보내고 있는 태자였다.

붕! 붕!

어느덧 십여 분이 흘러 백 회를 넘어서게 되자 숫자를 세고 있던 그의 목소리와 숨소리는 점차 거칠어지기 시작했다.

"아흔여덟, 아흔아홉, 백! 백하나… 헉! 헉!"

흔들리기 시작하는 뮤스의 모습을 팔짱을 끼고서 바라보던 프라이어 대장은 이제 잠시 후면 끝날 것이라 예감했는지 두 눈을 지그시 감았으며 회심의 미소를 띠고 있었다. 곧 뮤스가 체력 시험을 하던 곳으로부터 아무런 소리도 들리지 않자 이제 그가 포기했다고 생각한 프라이어 대장은 눈조차 뜨지 않은 상태로 근엄하게 준비해 두었던 말을 꺼냈다.

"자네가 겨우 이 정도밖에 되지 않는 체력이라니 실망이 이만저만이 아닐세. 이제 자네가 가장 먼저 해야 할 훈련이 무엇인 줄 알았겠지?"

하지만 자신의 물음에도 불구하고 아무런 대답이 없자 의아해진 프라이어 대장은 살며시 눈을 떠보았다. 그와 동시에 소스라치도록 놀라야만 했는데, 얇게 떠진 눈꺼풀 사이로 엄청난 속도로 수련봉을 휘두르고 있는 뮤스의 모습이 들어왔기 때문이다. 그것이 얼마나 빨랐던지 움직이는 수련봉은 이제 하나의 면으로 보이고 있었다.

붕! 붕! 붕!

벌어진 프라이어 대장의 입 사이로 자신도 모르게 더듬거리는 목소리가 새어 나오고 있었다.

"어, 어찌 인간의 몸으로 저런 일이 가능하단 말인가!"

그의 옆에서 수련을 하던 태자 역시 프라이어 대장과 전혀 다를 바 없는 모습이었다.

"저, 저 사람이 정녕 뮤스 군인가요?"

태자가 두 눈을 비비며 믿기 힘든 표정을 짓고 있을 때 태연한 기색을 떠올리며 동작을 멈춘 뮤스는 손에 든 수련봉을 프라이어 대장에게 건네주며 말했다.

"후우! 500회 했으니 체력은 통과한 것인가요?"

얼떨결에 고개를 끄덕인 프라이어 대장은 아직도 넋이 나간 표정으로 수련봉을 살펴보기 시작했는데, 자신의 손에 들린 수련봉이 수수깡으로 만든 가짜가 아닐까 하는 의심까지 생겼기 때문이다. 하지만 수련봉은 무게로 보나 느낌으로 보나 틀림없이 나무로 만들어진 진짜

였다.

"지금 내가 꿈을 꾸고 있는 것은 아니겠지? 만일 이것이 꿈이 아니라면 어떻게 이런 일이 일어날 수 있는지 설명 좀 해주게!"

격앙된 그의 말에 흠칫한 뮤스는 머리를 긁적였다.

"헤… 처음 보셔서 조금 놀라셨을 수도 있지만, 원리를 알게 된다면 별 대단한 것이 아니에요. 그저 제 몸에 존재하고 있는 마나를 근육으로 흘려 근육을 강화시키는 작용을 한 것이니까요."

하지만 정작 프라이어 대장은 자신을 진정시키기 위해 던진 뮤스의 설명을 듣고서 더욱 놀라는 모습이었다.

"무엇이라! 마나를 근육으로 흘린다고?! 그렇다면 소드 마스터의 경지를 말하는 것인가?"

"소드 마스터라는 것이 뭐죠?"

"흠… 소드 마스터라고 함은 자네처럼 몸 안의 마나를 다룸에 있어서 능숙의 경지를 벗어나 완숙의 경지에 이르고, 심지어는 검에 이르기까지 몸의 일부분으로 느끼며 마나를 불어넣을 수 있는 경지를 말하는 것이지. 하지만 소드 마스터가 되는 것은 극히 어렵기에 역사적으로도 극히 일부분의 인물들만이 그러한 경지에 올랐었다네. 게다가 평화의 시대가 오랫동안 지속되자 무도의 길을 걷는 이들이 점차 줄기 시작했고, 지금에 와서는 전무하다고 할 수 있지."

그의 말을 듣던 뮤스는 가볍게 웃으며 말했다.

"하하! 저는 대장님께서 말씀하신 소드 마스터인가 하는 것이 아니에요. 그저 특수한 체질 덕분에 팔이나 다리의 물리적인 힘만 강하게 할 수 있는 것이죠."

뮤스가 부정을 하고 나서자 흥분을 감추지 못하던 프라이어 대장은 약간의 실망과 함께 기대감에 부풀어 있던 표정을 가라앉히고 있었다.

"흠… 그것이 사실이라면 힘을 얼마나 강하게 할 수 있다는 것인가?"

"그저 실생활에서 유용하게 사용할 수 있을 정도이죠. 이것은 검술이나 여타의 물리적인 힘을 위해 사용되는 것이 아니기 때문에 직접 힘으로 사용하지 못하고 낭비되는 마나의 양이 대부분이고, 그래서인지 오랜 시간을 지속할 수도 없어 길어봐야 한 시간 정도가 고작이에요. 그 이상이 된다면 기진맥진해져 버리거든요."

그들의 대화를 한편에서 듣고 있던 태자는 뮤스의 말에 유심히 귀를 기울이고 있었는데, 마나를 사용하여 부족한 힘을 보충할 수 있다는 대목이 몸이 허약한 그의 관심을 끌었기 때문이다. 태자가 기대에 찬 목소리로 물었다.

"뮤스 군, 그렇다면 마나를 사용해서 힘을 보충한다는 것이 누구나 가능한 일인가요?"

그의 말을 듣고 의도를 알아챌 수 있었던 뮤스는 어색한 미소를 띠며 대답했다.

"흠… 그렇지는 않습니다. 저는 운 좋게 남달리 많은 양의 마나를 몸에 지니게 되었고 특수한 경험에 의해 마나를 물리적인 힘으로 사용할 수 있게 되었던 것이지만, 태자 전하와 같이 일반적인 신체로는 불가능한 일이죠."

"아… 그렇군요."

부정적인 견해의 설명에 얼굴이 어두워진 태자는 무너지는 기대감에 힘없이 어깨를 늘어뜨렸고, 태자의 얼굴을 조심스럽게 살피던 프라이어 대장은 분위기를 돌리기 위해 입을 열었다.

"자네의 말대로라면 자네는 기초 체력 훈련을 받아야 하겠구먼. 계속해서 그 마나를 사용할 수 있다면 모르지만 한 시간 정도가 한계라면 아무래도 무리가 있다네."

또 태자를 향해서도 고개를 살짝 숙여 보인 그는 가벼운 미소를 지으며 말을 이었다.

"태자 전하께서는 너무 낙담하지 마십시오. 요즘 같은 평화 시기에 태자 전하께서 직접 전장에 나가 병사들을 이끄는 일은 없을 것입니다. 그러니 그저 정신 수련 이상의 의미를 두지는 않았으면 하는 바램입니다."

"네, 알겠습니다. 그럼 저는 계속해서 수련을 할 테니 뮤스 군에게 지도를 하시죠."

프라이어 대장의 위로에도 불구하고 아쉬움이 많이 남는 표정을 지은 태자는 늘어진 몸을 돌렸고, 그의 모습을 보며 안타까운 듯 고개를 가로젓고 있던 프라이어 대장은 뮤스를 바라보았다.

"자, 저쪽으로 함께 가보세."

프라이어 대장이 가리킨 곳은 방의 건너편이었다. 그곳에는 여러 가지의 기구들이 자리하고 있었는데, 주로 철제였기 때문에 그다지 좋은 분위기는 아니었다.

"저 기구들은 뭘 하는 데 쓰는 것이죠?"

"일상생활에서 쓰이는 움직임으로는 신체의 근육들을 균형적으로 발달시킬 수 없는데, 그래서 전신의 근육들을 고루 발달시키기 위해 내가 고안해 낸 것들이지."

말을 마친 그는 그중 하나로 다가가 등 받침에 몸을 뉘었고, 기구들의 부분들을 가리키며 설명을 이었다.

"대개는 이런 식으로 도르래의 반대 편에 매달려 있는 무게 추들을 반복적으로 끌어 올리며 운동을 하게 된다네. 이것은 가슴 근육을 발달시켜 주는 기구인데, 이렇게 하는 것일세."

편안하게 등받이에 몸을 고정시킨 프라이어 대장은 자신의 가슴 위에 매달려 있는 가로막대를 양손으로 미끌어지지 않도록 단단히 잡았다. 그리고는 큰 숨을 들이쉬며 잡아당겼는데, 근육들이 요란하게 떨리며 굵직한 금속 무게 추들이 달려 올라가기 시작했다.

"후우… 하나… 둘… 셋……."

그렇게 십여 회 반복하던 프라이어 대장은 천천히 손잡이를 놓으며 상체를 일으켰다.

"여기 있는 모든 것들은 이런 식으로 하루에 10번씩 3회 반복하면 된다네. 보름만 한다면 전신에 근육이 붙음을 느낄 수 있을 것이야."

그의 설명에 고개를 끄덕인 뮤스는 프라이어 대장이 시범을 보인 기구 주변에 위치한 다른 기구들을 하나씩 뜯어보았고 그것만으로도 대강 쓰임새를 알 수 있었다. 프라이어 대장은 그의 어깨를 짚으며 말했다.

"이것들은 시간이 나는 대로 하면 되고, 오늘은 첫날이니 간단한 스텝을 배워보도록 하지."

손잡이에 묻은 땀을 닦아내고 자리를 정리한 프라이어 대장은 태자가 수련을 하고 있는 곳으로 그를 이끌었다. 이어 주변에 나뒹굴고 있는 목검을 하나 주워 들며 뮤스를 향했다.

"일단 검술이라는 것이 단시간에 이룰 수 있는 것이 아니지만 자네가 언제까지나 궁에 머물 사람이 아니니 기초적인 것들과 중요한 것들을 빠른 시일 내에 가르쳐 주도록 하겠네. 자네는 앞으로 삼 일 동안

이 스텝만 연습하도록 하게. 비록 어려운 것은 없겠지만 어떤 자세로 이동을 하더라도 발의 움직임이 엉키지 않을 정도로 연습을 해야 하니 꾸준히 하는 것만큼 좋은 것은 없을 것이야. 자, 나를 보고 따라해 보게나."

목검의 양끝을 잡은 그는 그것을 등 뒤로 돌려 허리에 대었다. 이는 몸의 중심이 흔들리지 않도록 함과 동시에 상체를 고정시켜 바른 자세를 만들어주는 효과가 있었다. 이어 천천히 한쪽 발로 다른 한쪽의 발을 밀며 움직이는 시범을 보였는데, 앞쪽에 위치한 발이 바닥에서 떨어지지 않음으로써 고요한 움직임을 보여주고 있었다.

"가장 중요한 것은 이동은 하되 몸이 움직이지 않는 것이라네. 몸이 많이 움직일수록 상대에게 많은 약점을 허용하게 되고, 몸의 균형이 무너짐으로써 불안정한 위치가 되어버리는 것이야. 자네도 그렇게 보고만 있지 말고 따라해 보게나."

"그렇게 하는 것이 다인가요? 별로 어려워 보이지는 않는데……."

무료하게 보일 정도의 이 단순한 움직임을 별 대수롭지 않게 생각한 뮤스는 프라이어 대장이 한 것과 같이 목검을 하나 주워 들어 허리를 고정시켰다. 그러한 자세가 어색하기라도 한지 고개를 돌려가며 자신의 모습을 둘러본 그는 천천히 발을 움직이기 시작했다. 뒤쪽에 있는 발을 서서히 밀어 앞쪽에 위치한 발을 이동시켰으며, 다시 발을 바꾸어 뒤쪽의 발을 앞으로 이동시켰다.

이렇게 하기를 십여 분. 허리를 고정시킨 목검과 등 사이에서 땀이 배어 나오기 시작했는데, 무료해 보이는 겉보기와는 달리 전신을 경직시킨 채로 움직이는 것이 쉽지만은 않았기 때문이다. 어느덧 뮤스가 하는 양을 지켜보던 프라이어 대장은 팔짱을 낀 채 불만스러운 표정을 짓고 있었다.

"상체가 너무 많이 움직이는군. 조금 더 부드럽게 할 수 없겠나? 다리가 너무 뻣뻣해! 조금 더 자연스럽게 해봐! 조금 더! 조금 더!"

프라이어 대장의 지시대로 조금씩 고쳐 가고 있다고는 하지만 몸의 움직임은 점점 더 불편해졌고 어떤 것이 바른 것인지 감이 잡히지 않았기에 답답할 따름이었다. 30분도 채우지 못한 뮤스는 더 이상 참기 힘들었는지 허리를 고정시키고 있던 목검을 풀며 짜증을 냈다.

"대체 감이 안 잡히네요! 어떻게 하는 게 잘되는 거예요?"

"후훗, 자네, 지금 하고 있는 스텝이 편한가?"

"아뇨! 절대 안 편해요!"

"그렇다면 그 자세가 편해지면 잘되는 것이지. 계속하게나. 아직 30분도 못했는데 벌써 쉬면 쓰겠나?"

"쳇! 애초 대장님께 속아 넘어가는 게 아니었어!"

한번 투덜거린 뮤스는 다시 자세를 가다듬으며 지루하고 불편하기 그지없는 수련을 계속하기 시작했다.

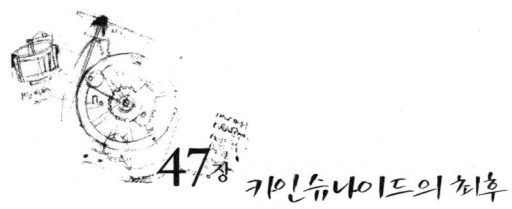

47장 카인슈나이드의 최후

침대에 몸을 뉘인 뮤스는 손을 높이 뻗고 있었다. 그의 두 손에는 젖어 있는 수건이 쥐여 있었는데, 물을 짜내듯 잡고서 쥐었다 풀었다를 반복하는 것이었다.

"고작 이런 것이 검술 수련에 도움을 준다는 거야?"

그렇지 않아도 검술을 배우는 것에 대해 못마땅하게 생각하고 있던 뮤스였기에 아무런 의미도 없어 보이는 이 행동이 곱게 보일 리는 없었다. 그는 검술 수련을 마칠 때 즈음 프라이어 대장이 해준 말을 회상하기 시작했다.

"이제 방으로 돌아간다면 자네에게 먼젓번 줬었던 수건을 물에 적신 후 일정한 시간을 간격으로 물을 짜내게. 처음에는 부드럽게 손목을 돌리다가 마지막에는 짧게 힘을 주는 식으로 말이야. 이것은 검이 물체에 닿을 때의 타격 점을 느끼는 데 꼭 필요한 수련이지. 사람의 뼈는 생각보다 단단하기 때문에 웬만한 힘으로는 한번에 베어내기 힘들다네. 굉장한 괴력의 소유자라면 모를까, 보통의 신체를 가진 자가 적을 벤다면 살은 벨 수 있을지 모르겠지만 뼈에 가로막히기 때문에 적에게 큰 타격을 입히기는 힘들게 된다는 말일세. 그렇기에 검을 익히는 사람들은 이런 수련을 하는데, 부드럽게 휘두르다가 적의 몸에 닿는 순간 짧게 힘을 주어 최대의 힘을 전달하기 위한 것이라네.”

잠시 프라이어 대장의 이야기를 생각해 보던 뮤스는 문득 자신이 왜 남을 베어야 하는지 이해할 수 없었다. 그의 말대로라면 자신은 정신 수양을 위해 검술을 배우는 것이었기에 결코 남을 상해하거나 하는 일이 있을 리가 없었기 때문이다. 여기까지 생각이 닿자 뮤스는 더 이상 생각할 것도 없다는 듯 젖은 수건을 방의 한구석으로 던지며 재빨리 몸을 일으켰다.

“이제 대관식이 일주일도 채 남지 않았는데 물수건이나 짜고 있을 시간이 없지! 괜히 시간만 낭비했네.”

그리곤 뮤스는 곧바로 책상으로 다가가 그 위에 놓여 있는 도면을 펼쳤다.

촤아아악!

종이 소리가 기분 좋게 귀를 간지럽히자 가볍게 웃은 그는 의자를 빼내어 자리에 앉아 끝이 잘 손질된 흑연을 손 위에서 한 바퀴 돌리며 도면을 응시했다.

“그럼 다시 시작해 볼까?”

짤막한 한마디 말을 신호로 그의 손은 도면 위에서 우아한 춤을 추

듯 움직이기 시작했다.

"어디 보자… 방출량의 조절을 한다면 해결할 수 있는 문제고, 흡수량이 같지 않기를 믿는 수밖에… 흡수량이 같은 물질은 거의 존재하지 않으니까. 그렇다면 근본적인 문제는 해결된 것과 마찬가지인데……."

몇 마디의 중얼거림과 함께 그의 흑연이 지나가는 자리에는 기이한 도형들이 그려져 나가기 시작했고, 그 도형들의 양 옆으로는 복잡한 수식들이 하나둘 자리매김했다. 점차 자아를 망각한 듯 건조한 표정으로 변해가는 뮤스의 모습이 어찌 보면 섬뜩하다고 생각할 수도 있었지만 그만큼 자신이 하고 있는 일에 몰입하고 있다는 증거였다. 얼마나 시간이 흘렀을까? 그는 본래의 표정이 돌아오며 손은 천천히 멈추고 있었는데 등 뒤로부터 기이한 기분이 들었기 때문이다.

"이것은……."

무엇인가의 존재감을 느끼며 눈을 살짝 옆으로 돌린 뮤스는 눈가로 스치는 그림자에 소스라치게 놀라야만 했다.

"으악!"

"녀석, 뭘 그렇게 놀라냐?"

뮤스가 놀란 가슴을 부둥켜안고 있을 때 굵직하고 털털한 목소리가 태연히 들려오기 시작했는데 바로 켈트의 목소리였다. 토끼눈을 하고서 그의 얼굴을 확인한 뮤스는 버럭 소리를 질렀다.

"오셨으면 인기척이라도 냈어야 할 거 아니에요! 갑자기 뒤에서 다가오니까 놀랄 수밖에 없죠!"

뮤스의 말에 정작 어이가 없었던 것은 켈트였다.

"허! 이 녀석 보게나. 벌써 아침 식사하라고 몇 번이나 불렀는데 대답도 없길래 들어와 봤더니 완전 넋이 나간 사람처럼 작업을 하고 있더구나!"

"네? 아침이라고요?"

뮤스는 믿기지 않는 그의 말에 확인차 창 쪽을 바라보았다. 과연 커튼 사이로 환하게 들어오는 햇살이 켈트의 말을 직접적으로 확인시켜 주고 있었다.

"아무튼 일만 하면 시간 가는 줄 모른다니까. 다들 기다리고 있으니 정신 차리고 식사나 하러 내려가자꾸나."

"아, 알았어요."

문을 향해 휘적휘적 걸어가는 켈트의 뒷모습을 바라보며 아직도 못 믿겠다는 표정을 짓는 뮤스였다. 식당으로 내려가자 크라이츠와 드워프들은 먼저 내려와 뮤스를 기다리고 있었다. 그중 크라이츠는 뭔가 좋은 일이라도 있는지 밝은 표정이었다.

"어서 오렴, 뮤스. 그런데 얼굴이 왜 그렇게 피곤해 보이니?"

의자를 뒤로 빼낸 뮤스는 힘없이 주저앉으며 대답했다.

"말도 마세요. 저녁 내내 검술 수련을 받은 데다가 밤새워 작업을 했더니 힘이 좀 없네요. 공학뇌동심결을 조금 운용하면 괜찮아질 거에요."

검술 수련이라는 말에 드워프들은 강한 호기심을 드러내고 있었다. 그들은 장인의 종족이기도 했지만 일단 전투가 시작되면 용맹 역시 타의 추종을 불허할 정도로 호승심이 강한 종족이었기 때문이다. 켈트가 목을 앞으로 빼며 물었다.

"검술 수련이라니? 그게 무슨 말이냐?"

설명해 주기가 귀찮긴 했지만 그들이 호기심이 시작된 이상 얼렁뚱땅 넘어갈 수가 없음을 알고 있는 뮤스였기에 피곤함이 가득 묻어나는 목소리로 어제 있었던 일을 이야기해 주기 시작했다. 이야기가 계속되는 내내 드워프들의 비웃음이 떠나질 않고 있었고 이야기가 모두 끝나자 켈트가 웃음을 참으려는지 헛기침을 해댔다.

"흠흠! 그러니까, 그 웃기지도 않는 내기 때문에 프라이어라는 자에게 검술을 배우기로 했단 말이지?"

"뭐, 그렇다고 할 수 있죠. 그런데 막상 배우기 시작하니까 걱정이에요. 체질에 맞지도 않는 듯하고 이런 평화의 시대에 누구와 싸울 일도 없을 텐데……."

뮤스가 푸념을 늘어놓고 있는 것을 보고 블뤼안이 혀를 차며 말했다.

"쯔쯧, 자네는 정말 아무것도 모르는군. 아무리 평화의 시대라고는 하지만 그것은 인간과 인간들 사이의 일이고 마물들과의 관계에서는 전혀 통용되지 않는 말이지. 자네 역시 쉴드옥토퍼스 같은 마물들을 만나서 알지 않나?"

"그렇지만 엄청난 위력의 전뇌지자총통이 있잖아요."

"물론 우리 역시 전뇌지자총통의 위력에 놀랐지만 크게 모자라는 점이 있다네."

의아함에 고개를 갸웃거린 뮤스는 눈을 동그랗게 뜨며 되물었다.

"네? 모자라는 점이라니요?"

"흠, 발사하는 과정이 너무 오래 걸린다는 것이라네. 자네가 전뇌지자총통을 한번 발사하는 데 어떤 과정을 거치는지 생각해 보게나."

"뇌공력을 끌어올리고 전뇌지자총통으로 전뇌력을 흘리면 그곳에 전뇌력이 잠시 충전된 후 발사가 되죠."

손가락을 하나씩 꼽으며 전뇌지자총통의 발사 과정에 대해 생각을 하던 뮤스는 뭔가 깨달은 바가 있는지 무릎을 치며 외쳤다.

"아! 정말 그렇겠군요!"

그의 행위에 고개를 가볍게 끄덕인 블류안이 낮은 목소리로 말했다.

"싸움에서 빠르기란 정말 중요한 것이지. 자네가 전뇌지자총통을 한 번 발사하기도 전에 본능으로 움직이는 마물들은 이미 자네의 몸을 갈기갈기 찢어놓을 수도 있거든."

"후우… 그렇군요."

생각만 해도 소름 끼치는 것을 느꼈기에 자신의 몸을 한번씩 훑어보고 있었다. 하지만 검술을 계속해서 배우는 것 역시 그에 못지 않게 마음에 안 들었기에 미련이 남은 목소리로 말을 이었다.

"하지만 정말 검술은 배우기 싫은데……."

"정 싫다면 애써 권하지는 않도록 하지. 자네에겐 뇌동체술법이라는 것도 있으니 자신의 몸 정도는 지킬 수 있을 테니까 말이야. 그럼 그 프라이어라는 자에게서 빠져나올 방법이나 생각해 두게나. 이야기를 들어보니 그 사람 성깔도 만만치 않을 듯한데?"

그의 말에 고개를 끄덕인 뮤스는 깊은 생각 속으로 빠져들었고 드워프들과 크라이츠는 하인들이 가져 나온 음식을 들기 시작했다.

까앙! 까앙!

찢어지는 듯한 쇠망치의 굉음이 실내의 공기를 어지르고 있었다. 그곳에는 두 명의 인물이 있었는데, 팔짱을 끼고 느긋한 자세로 서 있는 켈트와 실내임에도 불구하고 서늘한 이곳에서 쇠망치를 들고 비지땀을 흘리는 뮤스였다.

볼을 붉적이며 뮤스가 하는 양을 바라보던 켈트는 한참 동안의 침묵을 깨며 입을 열었다.

"흠… 대체 지금 만들고 있는 것들이 다 뭐냐?"

그의 질문을 들은 뮤스는 몇 번의 두들김을 더 하고 난 후에서야 팔 부위로 흘리던 뇌공력을 거두며 손을 멈추었다.

"뭘 하긴요? 검술 수련을 관둘 핑곗거리를 만드는 거죠."

"엥? 검술 수련을 관두는 것과 지금 하는 일이랑 무슨 관계가 있다는 것이냐?"

천진난만한 웃음을 만면에 떠올린 뮤스는 소매로 코밑을 쓸며 대답했다.

"헤헷, 제가 어쩌다가 검술 수련을 하게 되었는지 오전 내내 곰곰이 생각해 봤어요. 그런데 결론은 하나밖에 없더라고요. 바로 카인슈나이드!"

"카인슈나이드?"

"네! 저 검을 가지고 있어 프라이어 대장님께서 검술이 필요하다고 생각하셨을 테니, 카인슈나이드를 없애 버리면 되겠죠?"

"뭐, 뭐라고?!"

뮤스의 어처구니없는 생각에 할 말마저 잃어버린 켈트는 뒷말을 이어 나가지 못하고 입만 뻥긋거릴 뿐이었다. 그가 다시 쇠망치를 들고 하던 일을 계속하려 하자, 켈트는 재빨리 그의 어깨를 굳게 잡으며 말했다.

"뮤스! 아무리 네가 검술을 배우기 싫다고 하더라도 이런 보물을 없애 버리는 것은 정말 좋지 않은 일이다! 차라리 이럴 바에는 나에게 주는 것이 어떻겠냐? 다시 날을 살려 멋지게 써줄 수도 있는데."

켈트의 말에 장난기 섞인 미소를 지은 뮤스는 그의 손을 살며시 치웠다.

"헤헷, 분명 이 검은 제 소유니까 어떻게 하든 제 마음이죠?"

"그, 그거야 그렇다만."

"그럼 이야기는 끝이네요. 아무튼 이 검은 다른 곳에 쓸 데가 있어서 아저씨께 드릴 수는 없어요. 죄송해요."

"그렇다면 어쩔 수 없지. 더 이상 아무 말 하지 않으마."

아쉬움에 입맛을 다시던 켈트는 어쩔 수 없다는 듯 어깨를 으쓱거렸다. 그의 등을 잠시 바라보던 켈트는 한숨을 내쉬며 뭘 만드는지나 알아야겠다는 듯 책상 위에 놓여 있는 설계도를 집어 들었는데, 기분이 상해서인지 손놀림이 거칠었다.

촤악!

의자에 주저앉아 까칠까칠한 설계도를 손가락으로 비비며 확인하기 시작하던 그의 표정은 점차 기이하게 변하기 시작했고 눈동자의 움직임은 빨라져 어느새 여섯 장 정도나 되는 설계도를 모두 살펴볼 수 있었다. 이내 설계도를 꼼꼼히 확인한 그는 슬픔이 가득 담긴 목소리로 뮤스의 등을 향해 입을 열었다.

"모르겠어. 대체 지금 만들고 있는 것이 뭐냐? 설계도를 봐도 모르겠군."

마침 십여 개의 정교한 부품들을 완성한 뮤스는 그것들의 공정 상태를 확인하는 듯 불빛에 비춰보며 건성으로 대답했다.

"뭐… 쉽게 말하자면 '강화체갑' 이라고 할까요?"

"강화체갑? 그것은 또 어디에 쓰는 것이냐?"

자신이 만든 부품에 만족한 표정을 지은 뮤스는 조심스럽게 부품통에 내려놓았다. 손에 묻은 물기를 수건으로 닦아낸 그는 목이 뻐근한

지 자신의 목 어림을 주무르며 말했다.

"으… 역시 세밀 작업은 힘들군. 음, 그러니까 강화체갑은 착용자의 근력을 수배 증가시켜 주는 장신구예요. 착용자의 근육에 특수한 전뇌 력으로 자극을 줘서 그 근육들을 강화시키는 것이죠. 뭐, 그만큼 근육 에 무리가 가기도 하지만 뇌파의 움직임을 자동으로 감지하기 때문에 무리가 가지 않는 한도 내에서 최대한의 근력을 끌어내 주죠. 이해되 죠?"

"아니~ 안 되는데?"

태연하게 아니라고 말하는 켈트의 대답에 허무한 느낌을 받은 뮤스 였다.

"에휴! 말장난은 사양하겠어요. 지금은 조금 바쁘거든요."

"껄껄! 그럼 말장난이라고 해두지 뭐. 그럼 열심히 해라. 난 형제들 과 황궁 식량 축내기나 하러 가야겠다."

"네, 그럼 저녁에 봬요."

"헐헐헐, 그럼 너도 무리는 하지 말거라. 크라이츠님께서 나름대로 걱정하신다."

철컥!

너털웃음을 터뜨리며 방을 빠져나온 켈트는 닫혀진 문에 등을 기대 어섰다. 날이 갈수록 뮤스와의 기술적 격차가 심해진다고 느낀 그는 착잡한 기분을 지울 수 없었는데, 지금에 이르러 이론과 동시에 기술력 까지 거의 완벽해진 뮤스를 보며 자신의 위치에 대한 회의가 들기 시 작하는 것이었다. 고개를 한번 세차게 털어낸 켈트는 다시금 다리에 힘을 주며 어디론가 사라지고 있었다.

차갑게 얼어버린 대리석들이 빈틈없이 맞물려 평평한 바닥을 이루었고 그 위로는 추운 날씨를 잊은 듯 땀을 흘리는 사내들이 열기를 내뿜고 있었다. 지금 이곳에서 수련을 하고 있는 대부분은 10대 후반에서 20대 초반의 젊은이들이었는데 고급스런 차림새로 보아 모두 일반 사병은 아님을 알 수 있었다.

챙!

귀를 자극하는 금속성이 허공으로 퍼지자 자신의 수련에 열을 올리던 젊은이들은 한곳으로 시선을 돌려야만 했다. 그들의 시선이 멈춘 곳, 그곳에는 수려한 외모를 가진 한 젊은이가 자신의 앞에 주저앉아 있는 젊은이에게 연습용 검을 겨누고 있었다. 입꼬리를 살짝 말아 올린 젊은이는 절도있는 모습으로 연습용 검을 거두어들이며 입을 열었다.

"후훗, 태자 전하께서는 점점 실력이 줄어가는 듯합니다. 대관식 준비에 바쁘셔서 그동안 검술 수련을 소홀히 하셨나 보군요."

과연 그의 말에서 알 수 있듯이 주저앉아 떨떠름한 표정을 짓고 있는 젊은이는 태자였다. 노골적인 그의 모욕에도 불구하고 별다른 반응을 하지 않은 태자는 고개를 저으며 말했다.

"흠… 제가 소홀히 한 것이 아니라 가테스 공작께서 실력이 느신 것이겠지요."

말을 마친 그는 몸 위에 걸쳐진 금속의 보호 장구를 힘겹게 벗었다. 그런 태자의 모습을 보자 몇 명의 젊은이들이 태자의 주변으로 달려왔다.

"괜찮으십니까, 전하?"

그들 중 단정한 금빛 단발을 지닌 앳된 청년이 가테스 공작을 향해 외쳤다.

"가테스 공작 각하! 태자 전하께 그 무슨 말씀이십니까?!"

하지만 그의 외침에 대답을 한 자는 가테스 공작이 아니라 가테스 공작의 주변으로 몰려든 젊은이들 중 한 명이었는데, 아무래도 그의 측근인 듯 싸늘한 목소리를 흘렸다.

"루피스! 자네야말로 공작 각하께 언성을 높이다니 제정신인가! 비록 태자 전하께서 황위 계승을 하신다고 하더라도 대관식 전까지는 공작 각하와 동등한 신분임을 잊지 말게!"

자신을 꾸짖는 그의 말에 말대꾸를 하려한 루피스였지만 등 뒤로 들려오는 태자의 목소리에 의해 뜻을 이룰 수 없었다.

"루피스 경, 그의 말이 맞다. 나는 아직 황위를 계승하기 전이고 가테스 공작과 나의 지위는 대등하다. 그러니 공작께 사과를 하게."

태자의 말에 공작의 얼굴을 감정적으로 바라본 루피스는 하는 수 없이 천천히 고개를 숙였다.

"무례를 범했습니다, 공작 각하. 제 실수를 용서해 주시죠."

표정을 보아 진심이 담기지 않은 사과임이 뻔하게 드러나고 있었지만 오히려 가테스 공작은 전혀 개의치 않았다는 듯 미소를 띠고 있었다.

"후훗, 태자 전하께 충성을 다하다 보면 이런 일도 있기 마련인데 내 어찌 자네를 탓하겠는가. 태자 전하께서는 이런 충성스런 신하들을 주위에 두시니 마음이 든든하겠습니다. 하하핫!"

이어 루피스와 다시 시선을 맞춘 그는 방금 전의 온화한 목소리였다고는 상상할 수 없을 정도로 차가운 목소리로 바꾸며 나직이 말했다.

"하지만 실수는 되풀이될 수 없는 법. 다시 한 번 이런 일이 있을 경우 하극상으로 내 친히 네 목을 치겠다."

루피스는 그의 말과 함께 마른침이 힘겹게 넘어감을 느꼈고 자신도 모르는 사이 목을 어루만지고 있었다. 이제 할 말을 모두 마친 가테스 공작은 날카로운 미소를 지으며 몸을 돌렸다.

"태자 전하, 저는 처리해야 할 일들이 많아서 아쉽게도 검술 수련은 여기서 접어야겠군요. 그럼 이만."

말을 마친 가테스 공작과 그의 측근들은 태자에게 등을 보이며 연무장을 빠져나가고 있었다. 주먹을 불끈 쥐며 화를 삭이고 있는 루피스를 바라보던 태자는 쓴웃음을 지으며 그의 어깨를 두들겼다.

"훗… 루피스 경이 참게. 원래 가테스 공작의 성격을 알지 않는가? 차가워 보이기는 하지만 나쁜 분은 아니야. 게다가 모두 내 몸이 약한 탓에 이렇게 되었으니 가테스 공작이 잘못 말한 것도 아니고."

태자는 자신보다 나이가 어린 루피스에게 언제나 동생과 같이 대해 줬기에 말을 높이지 않았는데, 루피스 역시 친동생처럼 대해주는 태자에게 이끌려 남다른 친분을 쌓고 있었다. 하지만 태자의 위로에도 화가 풀리지 않은 루피스는 가테스 공작이 사라진 방향을 주시하며 한동안 눈을 떼지 않았다. 그리고 이내 시선을 돌린 그는 더 이상 참지 못하겠다는 듯 지금껏 마음속으로만 생각하고 있던 말들을 태자를 향해 털어내기 시작했다.

"전하! 요즘 대관식을 앞두고 황궁 내에 좋지 않은 분위기가 흐르고 있습니다."

루피스의 말에 눈빛을 반짝인 태자는 의아함을 느끼며 되물었다.

"좋지 않은 분위기?"

"전하께서도 아시다시피 가테스 공작 각하께서는 전하께서 황좌에 오르는 것을 탐탁지 않게 여기는 분들 중에 한 분이십니다. 또한 어려서부터 언제나 태자 전하와 비교가 되었기에 시기심이……."

"그만 하게! 나에게는 형님과 같으신 분이네."

그의 말을 듣고 있던 태자가 제지하며 나서자 루피스는 시무룩한 표정으로 입을 다물 수밖에 없었다. 루피스의 얼굴을 한번 살펴본 태자는 몸을 일으키며 나직이 말했다.

"나도 알고 있다네. 황실의 보이지 않는 곳에서 나에 대해 좋지 않은 감정을 가지고 있는 자들이 많다는 것을 말이야."

잠시 말을 끊은 그는 루피스와 그 주변의 젊은이들을 둘러보며 말을 이었다.

"하지만 나는 될 수 있는 한 많은 사람들이 내 편이라고 믿고 싶다네, 자네들처럼."

말하는 동안에도 자신을 둘러싸고 서 있는 젊은이들의 표정이 굳어져 있자 태자는 분위기를 바꾸려는 듯 애써 밝게 웃었다.

"하하핫! 뭘 그렇게 어두운 표정을 짓고들 있는가? 늙어서 인상 잔뜩 찌푸린 늙은이들이 되기 싫다면 밝게 웃게나!"

비록 이러한 농담에 웃을 분위기는 아니었지만 태자의 노력을 못 본 척할 수 없었기에 가볍게나마 웃을 수밖에 없었다. 시간이 조금 지났음에도 불구하고 아직 어색한 분위기가 그들의 사이에서 감돌고 있을 때 궁의 본관 건물과 연무장을 이어주는 복도에서 누군가의 밝은 목소리가 들려오고 있었다.

"태자 전하, 이곳에 계셨군요!"

그 목소리의 주인공은 방금 전까지만 해도 땀 흘리며 작업을 하던 뮤스였다. 그는 평소와 같이 마법 가방을 허리춤에 차고 있는 모습이었다. 뮤스의 등장에 경계하는 자세를 취하던 루피스는 한 발자국 나서며 외쳤다.

"그대는 누구인가?!"

황궁 내의 인물 중 자신보다 높은 지위를 가진 이들에 대해서는 모르는 것이 없다고 생각했기에 서슴없이 말을 낮추고 있었는데, 과연 명문가 출신답게 당당한 모습이었다. 하지만 뮤스가 자신의 신분을 밝히기도 전에 태자가 반가운 목소리로 뮤스를 맞아주었다.

"하핫! 뮤스 군이시군요."

"네, 프라이어 대장님께 여쭈어 이곳에 계시다는 말씀을 듣고서 이렇게 찾아온 것입니다. 어제도 늦게까지 수련을 하셨는데 오늘도 낮부터 연무장에 계시는군요. 정말 검술 수련에 정성이 대단하십니다."

뮤스의 대답에 쓴웃음을 지으며 부정하듯 고개를 가로젓는 태자였다.

"훗… 네, 그렇습니다. 다른 학문에서 그럭저럭 진전을 보이고 있지만 어제 보셨다시피 몸이 약한지라 검술에는 별다른 진전이 보이지 않습니다. 그러니 시간이라도 많이 할애를 해야죠."

태자의 말에 살짝 웃어 보인 뮤스는 가비르 재상에게 들은 것이 있었기에 그의 말이 겸손임을 알 수 있었다.

"하핫, 학문 분야에서는 거의 일가를 이루신다고 들었는데 너무 겸손하십니다."

칭찬을 듣던 태자는 쑥스러운지 얼굴을 붉히는 모습이었는데, 황실에서 자랐음에도 불구하고 순진한 그 모습에 뮤스는 호감을 느낄 수 있었다. 잠시 후 안색을 되찾은 태자는 표정을 밝게 하며 말했다.

"아차! 서로 인사들 나누시죠. 이쪽은 저를 따르는 충성스러운 신하들로 도이첸 제국의 미래를 이끌어 나갈 인재들이죠. 자네들도 인사하게. 이쪽은 도이첸 제국에 위명을 떨치고 있는 공학원의 젊은 원장일세."

누구나 뮤스의 소개를 들으면 똑같은 반응을 보이듯 루피스를 포함한 젊은이들 역시 크게 놀라고 있었다. 그중 루피스의 얼굴은 놀라는 와중에도 미미하게 떨리고 있었는데, 눈을 얇게 뜨며 뮤스를 관찰하듯이 바라보는 것이었다. 그는 손을 내밀며 인사를 청했다.

"황궁에 공학원의 분들이 오셨다는 것을 소문으로만 듣고 있었는데 이렇게 빨리 뵙게 되는군요. 저는 루피스 매쉬츠라고 합니다."

서글서글한 표정으로 웃으며 인사해 오는 루피스를 본 뮤스 역시 나쁘지 않은 인상에 마주 웃으며 답했다.

"반갑습니다, 루피스님. 아직 황궁에 적응을 잘하지 못하고 있는데, 이곳에서 지내는 동안 잘 부탁드리겠습니다."

"별말씀을."

루피스를 시작으로 여러 사람이 뮤스에게 악수를 청하며 인사를 주고받는 것을 본 태자는 주변의 젊은이들에게 이제 몸은 괜찮다는 뜻을 전했고, 그들은 안심을 하며 수련을 계속하기 위해 자신의 위치로 돌아갔다. 태자와 뮤스만이 그 자리에 남게 되자 이유 모를 편안함을 느낀 태자는 부드러운 미소를 지었다.

"아직 저녁 수련 시간이 되려면 멀었는데 무슨 일로 저를 찾으셨죠?"

그러나 뮤스는 대답 대신 무엇인가를 가방에서 꺼내어 태자에게 내밀었다. 그것은 금속으로 된 네 개의 물체였는데, 따스한 느낌을 주는 광택이 감돌고 있는 것으로 보아 보통의 금속은 아님을 보여주고 있었다. 고개를 갸웃거린 태자는 의아한 듯 물었다.

"이것이 무엇인지… 모양을 보니 일종의 보호구 같기도 하고?"

버릇처럼 손등으로 코밑을 한번 쓸어 내린 뮤스는 그것들 중의 하나를 분해하여 태자의 앞으로 내밀었다.

"이것은 태자 전하를 위해 특별히 고안한 강화체갑이라는 것입니다."

"강화체갑이라니요?"

"어제 태자 전하의 이야기를 듣고 만든 것인데, 특수한 장치를 하여 착용자의 근력을 수배 증가시켜 주는 것이지요."

강화체갑에 대한 설명을 들으며 나직한 탄성을 지르던 태자는 고마워하는 얼굴임에도 불구하고 어쩐 일인지 고개를 가로저었다.

"마음은 감사하지만 저에게는 아무런 소용이 없을 것입니다. 지금까지 스트렝스 마법이 걸린 마법 용구들을 많이 받아봤지만 힘을 내기 이전에 그 무게조차 이겨내지 못했습니다. 또한 그러한 물건에 의지하고 살더라도 저의 본질은 변하지 않는 법, 그냥 이대로가 좋습니다."

태자의 설명을 듣고서도 뮤스는 이런 일이 일어날 것을 미리 예견이라도 한 듯 여전히 느긋한 자세를 취하고 있었다. 보통 이럴 경우에는 아쉬워하거나 한 번 더 생각해 보기를 권유하는 것이 일반적인 반응인데 이렇듯 느긋하기만 한 뮤스를 보자 오히려 태자가 더 이상함을 느끼고 있었다. 그때 강화체갑을 내밀고 있는 자세로 서 있던 뮤스는 무슨 생각을 했는지 손에 들려 있던 강화체갑을 태자를 향해 가볍게 던졌다. 무심결에 그것을 받은 태자는 다시 한 번 살펴보며 크게 놀라야만 했다.

"이럴 수가! 이렇게 가볍다니!"

어깨를 한번 으쓱거린 뮤스는 나머지 세 개의 강화체갑을 손가락에 끼우며 보란 듯이 돌리며 말했다.

"하핫! 이것은 미스릴 재질이기 때문에 가벼울 수밖에 없죠."

"미스릴이라고요?! 그 귀한 것을 저에게 주시다니? 또 귀한 것은 둘째 치더라도 가공하기가 여간 힘든 것이 아니라 들었는데……."

손을 한번 내저은 뮤스는 별일 아니라는 듯이 가볍게 미소 지었다.

"그런 것은 아무려면 어떻습니까? 그리고 이 강화체갑은 근력을 강화하는 것 외에도 근육에 일정한 양의 자극을 주기 때문에 착용하고 있는 것만으로도 운동을 계속하고 있는 효과가 있습니다. 그러니 일 년 정도만 꾸준히 착용하신다면 지치는 일이 없이도 상당한 체력을 보유할 수 있으실 것입니다."

"그, 그런 기능을 가지고 있다니!"

강화체갑에 대한 대략적인 설명이 끝나자 태자는 복잡한 표정을 지으며 그의 얼굴과 강화체갑을 번갈아가며 바라보고 있었다. 태자의 눈동자가 심하게 떨리며 뮤스의 손을 굳게 잡으며 말했다.

"뮤스 군, 정말 고맙습니다. 저를 위해서 이런 것까지……."

사실 검술을 더 이상 배우지 않기 위한 계획 때문에 강화체갑을 만든 뮤스로서는 조금 찔리는 부분이 없지 않았으나 겉으로는 내색하지 않고 있었다.

"뭐, 뭘 겨우 이런 것을 가지고."

하지만 태자는 상당한 감동을 받았는지 그것으로 그치지 않았다.

"혹시 괜찮으시다면 오늘 저녁 태자로서의 마지막 연회에 초대를 하고 싶습니다. 뮤스 군과 더욱 많은 이야기를 나누고 싶군요."

"하… 하… 뭐, 그렇게 하겠습니다."

그다지 연회를 좋아하지는 않았지만 특별히 거절할 이유가 없었던 뮤스는 찜찜한 양심을 뒤로한 채 태자의 부탁을 수락하였는데, 이것은 앞으로 복잡하게 엉키게 될 미래라는 이름을 가진 실타래의 시작이었다.

"아니, 뭐라고!"

격앙된 목소리가 프라이어 대장의 입에서 터져 나오고 있었다. 하지만 그것이 전부였는지, 그저 멍한 얼굴로 뮤스의 얼굴을 응시하고 있었다. 프라이어 대장의 부담스러운 눈길을 느낀 뮤스는 그의 얼굴을 똑바로 바라보지 못했고 눈 둘 곳을 찾으며 고개를 이리저리 돌리는 중이었다.

"음음… 저, 저는 가슴에 손을 얹고 말하지만 검술을 익히기 싫어서 그런 것은 절대 아니에요. 그저 주변에 미스릴을 구할 곳이 없어서 눈물을 머금고 제가 아끼는 카인슈나이드를 녹인 거라고요."

멍해 있던 눈동자에 힘을 주어 초점을 맞춘 프라이어 대장은 의심의 눈초리를 뮤스에게 보내기 시작했다.

"흠… 내가 물어본 것도 아닌데 그렇게 대답을 하다니… 뭔가 찔리는 것이라도 있나? 설마 정말 검술을 익히기 싫어서 이런 일을 벌인 것은 아니겠지?"

괜한 말을 했다고 생각한 뮤스는 연신 헛기침을 해댔다.

"콜록! 찌, 찔리는 것이라니요! 그런 것이 있을 리가 없죠!"

"하긴… 자네가 남자라면 한번 한 약속을 그런 잔머리를 돌리며 미루는 일은 없겠지."

가시가 한껏 담긴 그의 말에 뮤스는 적지 않게 당황한 모습이었다.

그러나 애써 안색을 되찾은 뮤스는 프라이어 대장의 눈총을 피하기 위해 어색한 웃음을 띠며 태자에게 말했다.

"헤헷, 제가 검술을 익히는 것보다는 태자 전하의 건강한 옥체가 더 중요하지 않겠습니까? 태자 전하 이곳에서 한번 강화체갑을 시험해 보시죠."

"네? 네."

대화의 중심이 갑작스레 자신으로 변하자 아무 생각 없이 그들의 대화를 듣고 있던 태자는 엉겁결에 대답을 했고, 덕분에 뮤스는 프라이어 대장의 추궁을 더 이상 받지 않을 수 있게 되었다.

뮤스의 말을 들은 태자는 미리 준비해 놓은 강화체갑 중에 하나를 집어 들었는데, 그 모양으로 보아 팔에 착용하는 것이라는 것을 쉽게 알 수 있었다. 그것은 처음 느꼈던 바와 같이 굉장한 경량이었고, 안쪽으로는 가죽 재질과 금속 재질이 어우러져 있었다. 가죽끈을 조이며 한쪽 팔에 착용한 태자는 팔을 이리저리 움직여 보았는데, 몸에 착용하는 기구인만큼 인체 공학적인 설계를 지향했는지 움직이는 데는 전혀 불편함이 없었다. 나머지 강화체갑을 모두 착용한 후 자신의 모습을 아래위로 살펴본 태자는 별다른 변화가 없음을 느끼며 뮤스에게 물었다.

"이제 다 된 것입니까? 아직은 별다른 변화가 없는 듯한데."

"후훗, 아직 전원을 넣지 않은 상태이기 때문입니다. 모두 올바르게 착용하셨군요."

태자에게 다가가 착용 상태를 확인한 뮤스는 그의 왼쪽 팔에 착용된 강화체갑의 연결 부위 중 한곳을 들어 올리며 말했다.

"태자 전하, 여기 스위치가 보이십니까? 이것을 위로 올리면 작동이 시작되는 것입니다. 처음에는 이상한 느낌이 들겠지만 점차 적응이 되실 테니 며칠 동안은 참아주셔야 할 것입니다. 이제 한번 해보시죠."

그의 설명에 고개를 끄덕인 태자는 왼쪽 팔에 착용된 강화체갑을 한 번 둘러본 후 뮤스가 가리킨 스위치를 위쪽으로 올렸다. 그러자 아무런 소리도 없이 찌릿한 기운이 전신으로 흐르기 시작하는 것을 느낄 수 있었는데, 그와 동시에 전신의 근육들은 점차 긴장되어지고 있었다. 신기한 듯 자신의 손을 내려다보고 있던 태자의 표정은 무엇인가가 벅차오르는 듯 흥분을 감추지 못하고 있었다.

"이런 느낌이라니! 괴, 굉장하군요!"

태자의 반응을 보며 강화체갑이 제대로 작동한다는 것을 확인한 뮤스는 재차 작동 상태를 살펴보며 강화체갑에 대한 남은 설명을 해주었다.

"강화체갑은 평상시 원래의 두 배 정도 되는 근력을 보충해 주게 됩니다. 또한 이것은 전하의 뇌파도 긴밀하게 연결되어 있기 때문에 필요하실 때는 최고 다섯 배의 근력을 보충해 줄 수도 있습니다. 하지만 세 배 이상의 근력을 강화체갑으로부터 보충받을 때는 그만큼 근육 조직에 큰 자극을 가하게 됨으로써 쉽게 지치게 되니 처음부터 무리하는 것은 피해야 합니다."

"네, 주의하도록 하겠습니다! 그럼 어디……."

고개를 크게 끄덕인 태자는 빨리 강화체갑을 시험해 보고 싶은지 자신이 힘겹게 휘두르던 연습용 검을 찾아 쥐었다. 그리곤 기대감에 부푼 표정으로 들어 올렸는데, 평상시 그토록 무겁게 느껴지던 연습용 검이 마치 목검마냥 쉽게 들어 올려지자 기쁨을 감추지 못하며 쾌재를 부르기 시작했다.

"그래! 바로 이거야! 하하하핫!"

태자의 기쁨에 찬 모습을 보던 프라이어 대장은 뮤스에게 가까이 다가오며 더욱 떫은 표정을 짓고 있었다.

"저렇게 좋아하시다니… 더 이상 뮤스 군, 자네를 탓하지 못하겠군."

아쉬움이 담긴 한마디를 남긴 프라이어 대장은 곧바로 뒤돌아 자리를 떠났는데, 그도 그럴 것이 한 명의 검사로서 꿈에서라도 바라던 명검이 이제 그 모습을 잃었기에 가슴이 아팠을 것이고, 더 이상 추궁한다는 것은 태자에 대한 불충을 의미하기 때문이었다. 그제야 한시름 놓은 뮤스는 편안한 표정으로 태자가 하는 양을 지켜보고 있었다.

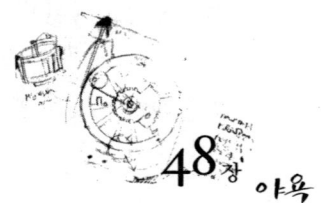

48장 야욕

살아 있는 검날은 보는 이의 가슴을 서늘하게 만든다. 비록 자신을 위협하는 것이 아님에도 불구하고 보고 있는 것만으로도 그 예기를 느끼게 하는 것이다. 어둠을 가르며 파르스름하게 살아 있는 검의 예기를 하얀 천으로 쓰다듬으며 진정시키고 있는 두툼한 사내의 손은 때로는 천천히 때로는 빠르게 움직이고 있었다.

똑똑!

방문을 두들기는 소리에 하얀 이를 드러내며 미소를 지은 사내는 검을 쓰다듬던 손을 멈추며 입을 열었다.

"들어오게나. 기다리고 있었네."

끼이익.

방문이 열리며 조용히 발걸음을 옮기는 소리가 들리기 시작했는데 몸이 가벼워서인지 그 소리가 미약하기 그지없었다. 다시 방문이 닫히며 복도와 방이 완전히 분리가 되자 방 안으로 들어온 사내는 그제야 안심이 되었다는 듯 한숨을 쉬며 입을 열었다.

"후우… 매번 가슴이 조마조마해서 견딜 수가 없습니다, 가테스 공작 각하."

어둠에 가려 얼굴이 보이지는 않았지만 나이는 그리 많지 않은 듯한 목소리였다. 입꼬리가 말려 올라가는 특유의 미소를 지은 가테스 공작은 자신의 앞에서 불만을 이야기하고 있는 사내를 향해 말했다.

"조금만 참게. 자네의 노고를 충분히 보상하겠네, 그날이 온다면."

"네, 감사합니다."

"그럼 오늘은 어떤 일이 있었나?"

가테스 공작의 물음에 소맷단 속으로 손을 넣은 사내는 꼼꼼하게 말려 있는 두루마리를 그에게 건네며 말했다.

"이것을 읽어보시죠. 아무래도 뮤스라는 자가 태자에게 접근하는 것을 막아야 할 듯합니다."

"뮤스?"

"네, 공학원의 원장이라는 자입니다. 자세한 것은 보고서에 기입해 두었으니 읽어보시죠."

고개를 끄덕인 가테스 공작은 그에게서 건네받은 두루마리를 펼쳤다. 그것은 팔을 모두 뻗어야 할 정도로 분량이 많았는데 그럼에도 불구하고 하나하나 두루마리의 내용을 눈여겨 살펴보던 공작은 손으로 턱을 쓸며 말했다.

"흐음… 실크로스 교라… 뭔가 냄새가 나는 듯하군. 대관식과 같은 국가 중대사가 목전에 있을 때에는 다른 국가 사업은 미뤄지거나 하던 것도 중단하는 것이 보통인데 실크로스 교 공사를 위해 초청했다고?

말도 안 되는 소리야."

"역시 예리하십니다, 공작 각하. 아무래도 황제 폐하께서 뭔가 꿍꿍이를 가지고 있는 듯합니다."

"크크큭… 하지만 다 쓸모없는 짓이지. 태자가 대관식에 나타나지 않는다면 모든 것이 끝일 테니. 아무튼 수고했네. 자네는 오늘 밤 있을 연회에 만반의 준비를 해주게나."

"옛! 공작 각하! 그럼 이만."

간단하게 인사를 마친 사내는 진득한 그림자만을 남기며 들어왔던 방문의 반대쪽 문으로 사라지고 있었다. 흐뭇한 표정을 지으며 보일 듯 말 듯 고개를 끄덕인 가테스 공작은 손에 들려 있던 두루마리를 벽난로에 던지며 혼잣말을 중얼거리기 시작했다.

"공학원의 원장이라… 그를 측근으로 끌어드린다면 큰 힘이 될 수 있을 것이지만 적이 된다면 상당히 골치 아픈 존재가 되겠군. 그리고 태자, 그대는 섭섭하게 생각하지 않아도 될 것이오. 비천한 신분으로 태어나 십여 년 동안이나 태자의 지위를 누릴 수 있었으니… 하지만 이제 모든 것이 제자리를 찾아야 될 때가 아니겠소? 후후훗."

그의 말대로라면 태자의 정체를 알고 있다는 말이었는데… 어느새 그의 벽난로에 던져진 두루마리는 검은 재가 되어 불꽃들 사이에서 흩날리고 있었다.

웅성웅성.

화려한 연회가 벌어지는 이곳은 황궁의 제2연회실이었다. 황궁 내의 연회실은 총 다섯 군데였는데 일반 귀족은 제3연회실까지 사용이 가능하였고 왕족은 제2연회실, 황제가 참여하는 연회는 제1연회실을 사용한다. 오늘은 태자가 태자의 신분으로 참여할 수 있는 마지막 연회였기에 친분이 있는 수많은 귀족들과 왕족들이 연회에 참여를 했고, 황제가 직접 참여하지 않는 편안한 마음으로 즐기는 자리였던 것이다. 또한 공적인 자리에서 껄끄럽던 관계의 귀족들조차 오늘같이 정권이 바뀌기 전의 마지막 연회에서는 다음번의 정치적 대립을 위해 친우처럼 다정하게 지내는 것이 관례였다.

뮤스 일행 중 이 연회에 참석한 인물은 크라이츠와 뮤스뿐이었는데, 드워프들은 아직까지도 이곳의 인간들에 대한 반발심이 남아 있는지 한사코 거절했기 때문이었다.

음식이 마련되어 있는 거대한 테이블의 앞쪽에는 태자와 뮤스가 먹을 만큼의 음식을 접시에 옮겨 담고 있었다. 감자로 만들어진 듯한 샐러드를 접시에 한 스푼 옮겨 담은 태자는 연회에 참석한 인물들을 둘러보며 뮤스에게 말했다.

"뮤스 군, 어떤가요? 라이델베르크에서만 생활을 해왔다면 이런 규모의 연회는 처음일 텐데 즐겁지 않으신가요?"

태자의 질문에 만족스럽지 않은 표정을 지은 뮤스는 고개를 가로저으며 대답했다.

"헤휴… 라이델베르크에서 열리는 연회도 불편하기 그지없었는데 이곳의 연회는 더욱 불편하기 짝이 없습니다. 저는 아무래도 연회 체질이 아닌 듯하군요."

불평이 섞여 있는 뮤스의 대답에 난처해진 태자는 쓴웃음을 지었다.

"이런, 제게 강화체갑을 만들어주신 것에 고마움을 표하고자 이렇게 연회에 초청했는데 오히려 불편하시다니 정말 죄송합니다. 제 생각만 했군요."

태자가 진심으로 사과를 해오자 오히려 난처해진 것은 뮤스였다. 한 국가의 태자라는 신분의 인물이 일개 범부에게 사과를 하고 있으니 말이다. 서둘러 손을 내저은 뮤스는 애써 표정을 밝게 펴 보였다.

"하핫! 노, 농담이었습니다. 저 역시 이런 연회를 아주 즐기지요! 이렇게 훌륭하신 분들도 많고 찬양해 마지않을 분들도 많으신데 어찌 제가 싫을 수 있겠습니까. 하하하!"

아무리 봐도 어색하기 짝이 없는 변명이었지만 순진한 태자는 정말 그의 말을 믿기라도 하는지 금세 해맑은 얼굴로 바뀌어 있었다. 그들이 대화를 나누고 있을 때 붐비고 있던 사람들을 헤치며 한 청년이 다가왔다. 그는 두 손에 든 와인 잔이 쏟아지지 않도록 최대한 조심하는 모습이었는데 몇 번이고 사람들의 몸에 부딪쳤음에도 불구하고 신기하게도 와인을 쏟지는 않고 있었다. 태자와 뮤스의 앞까지 도착한 그는 숨이 차는 목소리로 말했다.

"헉헉… 태자 전하, 한참이나 찾아다녔습니다."

등 뒤에서 들리는 부름에 몸을 돌린 태자는 부드러운 미소를 띠며 대답했다.

"음, 루피스 경은 무엇이 그렇게 바빠서 숨이 차도록 서두르는 것인가?"

"아! 아무래도 오늘 같은 날 무슨 일이 생기지 않을까 걱정이 되어서 말입니다. 제가 태자 전하를 지켜드리도록 하겠습니다."

"하핫, 자네도 알다시피 오늘만은 정적들도 친하게 지내는 것이 관례인데 누가 오늘 같은 날 나를 노린다는 말인가? 나의 즉위를 노리는 것 역시 정치적인 일 아닌가?"

태자의 말에 답답한 듯 가슴을 친 루피스는 울상을 지으며 말했다.

"이런 말이 무례인 줄은 알지만 태자 전하께서는 현실을 너무나 모르십니다. 지금 태자 전하를 노리는 자들은 관례 따위를 염두에 두고 있을 자들이 아닙니다!"

테이블 위에 접시를 내려놓은 태자는 루피스가 들고 있던 와인 잔을 뺏어 들며 가볍게 웃었다.

"후훗, 자네야말로 너무 심각하게 생각하지 말게나. 이곳에는 눈이 너무 많고 나 역시 내 몸을 지킬 수 있게 되었으니."

"그것이 무슨?"

아무런 대답을 하지 않은 태자는 그저 미소만 띠고 있을 뿐이었다. 하루 전까지만 해도 상대방의 검을 받아내기에도 벅차던 태자가 스스로의 몸을 지킬 수 있게 되었다고 하니 궁금하지 않을 수가 없었지만, 연회가 본격적으로 시작되면서 태자에게 인사를 청하는 인물들이 하나둘 다가왔기에 생각을 접을 수밖에 없었다. 초록색의 연회복을 말끔하게 차려입은 귀족이 다른 귀족들을 이끌며 태자에게 다가왔다.

"안녕하십니까, 태자 전하. 이제 삼 일밖에 남지 않았군요."

"하핫, 마르틴 경도 안녕하십니까. 삼 일밖에 남지 않았기에 더욱 걱정입니다. 능력이 모자라는 제가 제국을 잘 이끌어 나갈 수 있을지."

"이런! 태자 전하께서 능력이 모자라면 누가 능력이 있다고 말할 수 있겠습니까? 황궁에 기거하는 대부분의 현자들이 태자 전하를 향해 엄지손가락을 꼽는 것을 마지않던걸요?"

"그분들께서 저를 잘 봐주셔서 그런 것일 뿐입니다. 하하하."

겸손한 자세로 응수한 태자는 이후 자신의 옆에 서 있던 뮤스를 다른 귀족들에게 소개함으로써 뮤스가 가장 귀찮아하는 '일 대 다수의 인사 주고받기 시간'이 시작되었다. 간단한 소개가 끝나자 태자는 귀족들과 이런저런 대화를 주고받기 시작했는데 경제나 정치적인 면에서 광장한 학식을 보유하고 있었기에 대화를 쉽게 이끌어갈 수 있었고, 뮤스 역시 여러 귀족들에게 둘러싸여 많은 질문을 받기 시작했다. 그렇지만 태자와는 달리 개인적인 질문을 많이 받고 있었는데, 귀족들의 눈에는 부담스러운 기대감이 듬뿍 담겨 있었다.

"뮤스 원장, 올해로 나이가 몇 살인가?"

"아, 올해로 19살이 됩니다."

그의 대답에 감탄성을 터뜨린 귀족들은 고개를 보일 듯 말 듯 끄덕이곤 기다렸다는 듯이 다음 이야기를 꺼냈다.

"하핫, 우리 집안에 아주 얌전한 막내딸이 있다네. 괜찮다면 한번 만나보지 않겠나?"

어느 정도 예상을 하고 있었던 질문이기도 했고 조선에서 역시 충분히 있음 직한 질문이었기에 크게 당황하지는 않았지만 뭐라 대답을 해야 할지 난감할 뿐이었다. 잠시 생각을 해보던 뮤스는 좋은 핑곗거리를 떠올리고는 쑥스럽게 말했다.

"하핫! 관심은 감사하지만 저는 이미 마음에 두고 있는 여인이 있습니다."

이야기를 꺼내던 귀족들이 노골적인 아쉬움을 보이고 있을 때 그의 이야기를 들은 태자는 다른 귀족들과 대화를 하다 말고 뮤스에게 물었다.

"아니! 뮤스 군께서 마음에 두고 계시는 여인이 어떤 분인지 궁금하군요."

비슷한 나이 또래였기에 태자의 궁금증은 당연한 것이었고 젊은 나이였기에 더 더욱 그러했다. 태자까지 거들며 나서자 우물쭈물하던 뮤스는 조심스럽게 마음속에 숨겨두었던 이야기를 꺼냈다.

"사실 라이델베르크에서 만난 여인이 있습니다. 저와 같이 햄브리겐 대학교를 다니는 친구인데, 아직까지는 저 혼자 가슴앓이를 하고 있는 중이죠."

눈에 이채를 띤 태자는 그것이 마치 자신의 일인 듯 가슴을 두근거리며 부러운 눈으로 뮤스를 바라봤다.

"호오! 정말 멋지군요. 그 여인이 어떤 분인지 정말 만나보고 싶습니다. 저도 빨리 짝을 찾아야 할 텐데."

이런 식으로 나이 어린 이들의 시시껄렁한 연애 이야기로 흘러가기 시작하자 소기의 욕심을 가지고 뮤스에게 접근했던 귀족들은 하나둘 작별 인사를 건네며 사라졌고 태자와 뮤스만이 남게 되었다. 사실 뮤스 역시 그녀에 대한 이야기를 그만 하고 싶은 마음이 간절했지만 태자의 집요한 질문에 이러지도 저러지도 못하는 처지가 되어 자신의 입을 크게 탓하고 있었다. 태자의 물음은 계속되었다.

"나이는 동갑인가요? 집안은?"

"아, 그게… 나이는 동갑입니다. 그리고……."

몇 마디의 대답도 채 끝나지 않아서 태자와 뮤스의 반대 편으로부터 다가오던 한 사내의 차가운 목소리가 그들의 주의를 끌었다.

"흥! 태자 전하, 전하의 나이가 충분히 그럴 수도 있을 나이지만 이런 자리에서 꼭 그런 천박한 이야기를 하셔야겠습니까? 그런 이야기는 사적인 자리에서 하는 것이 더욱 맞을 듯합니다만?"

깜짝 놀라며 뒤를 돌아본 태자는 가테스 공작의 얼굴을 바라보며 손을 내저었다.

"아… 가테스 공작, 그런 것이 아닙니다. 다만."

"아니면 되었습니다. 이쪽 옆의 청년을 좀 소개시켜 주시겠습니까? 못 보던 얼굴인데."

짤막한 한마디로 태자의 말을 자른 가테스 공작은 뮤스 쪽을 바라보고 있었고, 그들의 옆에 서서 주변을 살피고 있던 루피스는 가테스 공작의 무례를 참지 못하고 나서려 했지만 낮에 있었던 가테스 공작의 으름장을 떠올렸는지 입을 다물고 말았다. 가테스 공작과 눈을 마주친 뮤스는 고개를 자연스럽게 숙이며 말했다.

"처음 뵙겠습니다. 뮤스 드라켄이라고 합니다."

"혹시 공학원에서 오셨다는 분이신가?"

"네, 그렇습니다. 라이델베르크에서 변변치 않은 일을 하고 있지요."

뮤스가 자신의 소개를 하자 가테스 공작은 입술 끝이 말려 올라가도록 미소를 띠며 말했다.

"하핫, 제국 전체에 위명이 자자한 공학원을 변변치 않다고 하다니 너무 겸손한 것이 아닌가?"

"과찬이십니다."

"후훗, 지금은 태자 전하도 있고 하니 대화를 길게 할 상황이 아니군. 뮤스 원장, 다음에 개인적으로 한번 자리를 갖도록 하세."

뮤스는 일방적인 말을 끝내고 몸을 돌리는 가테스 공작의 등을 바라볼 수밖에 없었다. 태자가 그의 곁으로 가까이 다가오며 입을 열었다.

"뮤스 군은 공작의 태도를 유념치 마시죠."

"아, 아닙니다."

대답은 했지만 아직도 가테스 공작의 미소가 뇌리에 강렬하게 새겨졌는지 쉽사리 그의 모습에서 눈을 떼지 못하고 있었다. 그렇게 가테스 공작에게 시선을 고정시키고 있는 뮤스의 표정을 살피던 태자는 조심스러운 목소리로 물었다.

"뮤스 군, 왜 그런 얼굴로 가테스 공작을 바라보시죠?"

그의 목소리에 서둘러 시선을 회수한 뮤스는 고개를 저었다.

"아… 그저 이상한 기분이 들어서요."

"이상한 기분이라니요?"

태자의 되물음에 어색한 웃음을 띤 뮤스는 머리를 긁적였다.

"하핫, 아무것도 아닙니다. 그저 사람이 많은 곳에 있다 보니 신경이 많이 쓰여서 그럴 겁니다."

대답에 잠시 손으로 턱을 쓰다듬던 태자는 뭔가 생각이 떠올랐는지 손뼉을 치며 말했다.

"아! 그렇다면 잠시만이라도 바깥바람을 쐴까요? 아직 가보시지 못했겠지만 연회실 뒤편으로 있는 '사철의 정원'은 정말 멋있죠."

"저 때문에 애써 그럴 필요는 없습니다."

태자의 세심한 배려에 부담을 느낀 뮤스가 사양하고 나서자 태자는 이미 마음을 굳힌 듯 손을 내저었다.

"하핫! 괜찮습니다. 사실 저도 연회가 무르익을 쯤 되면 머리를 식히기 위해 그곳에서 바람을 쐬는 버릇이 있죠. 뭐, 시간이야 평소보다 조금 이르지만 아무렴 어떻습니까?"

태자의 말이 끝나자 옆에서 느긋하게 와인을 마시며 연회실 곳곳을 살피던 루피스가 놀란 듯 입에서 와인을 뿜었다.

"푸웃!"

뿜은 와인을 닦을 생각조차 못했는지 그의 입 주변은 붉은 와인으로 물들어 있는 상태였다.

"태, 태자 전하! 지금 산책을 나가시려는 것입니까?"

유난스럽게 놀라고 있는 루피스를 본 태자는 의아한 생각에 고개를 갸웃거렸다.

"루피스 경, 뭘 그렇게 놀라는가? 내가 산책을 나가면 안 될 이유라도 있는 것인가?"

"그, 그런 것은 아니지만 대관식을 며칠 안 남긴 상태에서 태자 전하를 노리는 이들도 많은데, 그런 한적한 곳으로 나가신다면……!"

"자네는 너무 걱정이 많은 게 탈이야. 설사 누군가가 황궁 내에서 나를 노린다고 하더라도 사람들의 눈과 귀가 있는 한 그리 많은 인원을 동원하지 못할 테니 우리가 함께 있다면 그리 위험할 것도 없지 않겠는가? 그러니 걱정은 거기까지만 하고 이만 나가세."

더 이상 말해 봐야 태자의 고집을 꺾지 못한다는 것을 알게 된 루피스는 미묘한 눈빛을 던졌고 곧 인상을 살풋 찌푸리며 태자와 뮤스를 뒤따랐다.

연회실의 입구에 이르자 태자와 루피스는 자신이 맡겨놓은 검을 되찾았다. 연회실 내부에서는 무기를 소지할 수 없었기에 들어오기 전에 입구에서 검을 맡겨놓거나 애초 소지를 하지 않는 것이 보통이었다. 뮤스는 자신의 검인 카인슈나이드는 이미 태자의 강화체갑으로 변했기에 이런 절차를 거치지 않아도 되었지만 왠지 카인슈나이드가 없는 허리춤이 허전한 기분이었다. 가벼운 동작으로 자신의 검을 돌려받은 태자는 뮤스와 루피스의 등을 떠밀며 경쾌한 발걸음을 옮겼다.

거리에 세워진 가로등의 불빛들이 잔디밭 위의 덜 녹은 눈에 반사되어 사방으로 하얀빛을 뿌렸고, 그 빛들을 받으며 싱그러움을 자랑하고 있는 사철나무들이 자신과 꼭 닮은 그림자를 만들고 있었다. 빽빽이 들어서 있는 사철나무들 사이로 눈이 깨끗이 치워진 정원의 보도가 길게 이어져 있었다. 그 위로 볼을 얼릴 듯 차가워진 겨울 밤바람을 즐기듯 세 인영이 길을 걷고 있었는데, 바로 바람을 쐬기 위해 연회실을 빠져나온 태자, 뮤스, 그리고 루피스였다.

싸늘한 공기가 머리칼 사이를 헤치며 와 닿자 기분이 상쾌해진 뮤스는 한결 좋아진 모습이었고, 태자 역시 뒷짐을 진 채로 느긋하게 걷는 것으로 보아 밖으로 나온 것에 만족하고 있는 듯했다. 하지만 루피스만은 무엇인가가 불안한지 계속해서 주변을 살피고 있었다. 그런 루피스의 행동이 계속해서 신경이 쓰였던 태자는 발걸음을 멈추며 그의 어깨를 잡았다.

"이보게, 루피스 경. 자네의 행동이 아까부터 정말 이상하군. 대체 왜 그러는 것인가?"

태자의 질문 때문인지 아니면 부지간에 자신의 어깨에 올라온 손 때문인지는 알 수 없었으나 유난히 크게 놀라고 있는 루피스였다.

"흐읍! 깜짝 놀랐습니다, 태자 전하!"

이때 뮤스는 가테스 공작을 만났을 때와 같이 이상한 기분에 휩싸이고 있었는데, 뇌공력을 모아 귀를 기울여 보니 사방에서 작은 발자국 소리가 미약하게 들려오기 시작하고 있는 것이었다.

사박, 사박.

그것에 귀를 기울이던 뮤스가 뭔가 심상치 않은 일이 일어나고 있다는 것을 느끼곤 태자와 루피스를 향해 최대한 성량을 억제하며 말했다.

"태자 전하, 루피스 경, 몸을 낮추고 자리를 이동하시죠."

뮤스의 갑작스러운 태도에 의아함을 느낀 태자는 무슨 말인지 모르겠다는 듯 되물었다.

"왜 갑자기 그런 말을?"

"상당수의 무리들이 우리가 있는 곳으로 다가오고 있습니다. 저를 따라오시길."

짤막하게 말을 마친 뮤스가 몸을 숙이며 자리를 피하자 태자 역시 얼떨결에 뮤스를 따랐고, 루피스 역시 그 둘을 뒤따르며 주변을 살폈다. 잠시 후 그들이 몸을 숨긴 곳은 사철나무 여러 그루가 우거져 있는 덤불이었는데, 사철나무의 뾰족한 잎이 따끔하게 살을 찔렀지만 충분히 참을 만했기에 아무런 소리를 내지 않고 자신들이 서 있던 자리를 살필 수 있었다. 뮤스가 어둠 속에서 눈을 반짝이며 밖을 살피고 있을 때 태자가 조심스러운 목소리로 물었다.

"뮤스 군 역시 누군가가 저를 노리고 있다고 생각하십니까?"

태자의 물음에 대답 대신 고개를 끄덕이는 뮤스였다.

"그저 지나가고 있는 경비병일 수도 있지 않습니까?"

잠시 시선을 돌려 태자를 바라본 뮤스는 고개를 내저으며 말했다.

"경비병이라면 애써 발자국 소리를 줄일 필요는 없겠지요. 그들의 발자국 소리를 들어보아 상당한 수련을 한 자들이고, 이런 곳에서 남들의 이목을 속이고자 하는 이들이라면 좋은 의도를 가진 자들은 아닐 것입니다. 아무래도 태자 전하께서 연회 때마다 이곳으로 산책을 나온다고 하셨으니 그들 역시 그것을 노렸을 수도 있겠지요."

뮤스의 추론을 들은 태자는 그의 말에 일리가 있다고 생각했는지 더이상 아무런 말을 하지 않은 채 덤불 사이로 밖을 주시하고 있었다.

스스슥.

촤라라락!

잠시 후 사철나무의 가지들이 흔들리는 소리가 들리며 검은색의 옷을 입은 십여 명의 사내들이 재빠르게 모습을 드러내고 있었다. 그들은 당연히 이곳에 있어야 할 태자가 없음에 당황한 듯한 모습이었는데 목소리가 똑똑히 들리지는 않았지만 어떤 말을 주고받는 듯했다. 뮤스의 예상이 맞아떨어지자 태자는 가슴이 철렁 내려앉음을 느꼈다.

"이제 어떻게 하지요? 누군가에게 이 사실을 알려야 할 텐데……."

잠시 그 십여 명의 사내들이 하는 행동을 주시하던 뮤스는 태자를 바라보며 조용한 목소리로 말했다.

"저들이 완전히 사라질 때까지 이곳에 있는 것이 좋을 듯합니다. 보아하니 저들은 철저한 계획을 세워놓은 듯한데, 이쯤 되면 보이지 않는 동조자가 어딘가에 분명히 있을 것입니다. 그것도 상당한 지위를 가진 자가……."

"그렇다면 누구를 믿어야 하고 누구를 적으로 삼아야 하는 것입니까?"

"흠… 잘 생각해 보시지요. 태자 전하께서 위험에 처하면 가장 좋아할 사람이 누구인지."

잠시 생각에 잠겼던 태자는 나직한 신음성을 삼켰다.

"설마 가테스 공작? …가테스 공작일 겁니다. 그는 황실의 직계인 저를 제외하면 가장 혈통에 근접한 핏줄을 가지고 있지요. 만일 제가 대관식에 나타나지 않으면 자연스럽게 그에게 황권이 이어지게 되어 있습니다. 설마 했더니……."

"그렇다면 가테스 공작이 태자 전하를 노리고 있을 확률이 많겠군요. 아직 정확한 것은 아니지만."

태자와 뮤스가 대화를 하며 각자의 생각에 빠져 있을 때 그들의 등

바로 뒤에서 귀를 자극하는 휘파람 소리가 길게 울리고 있었다.

삐익!

소스라치게 놀란 태자와 뮤스는 재빨리 고개를 돌려보자 그곳에는 의미심장한 미소를 띠고 있는 루피스가 그들을 내려다보고 있었다. 검은 옷의 사내들은 그의 휘파람 소리를 놓칠 리가 없었기에 순식간에 그들이 숨어 있던 사철나무 덤불을 둘러쌌다. 당황한 모습으로 자신과 뮤스를 둘러싸고 있는 사내들을 바라보던 태자는 분노한 듯 인상을 일그러뜨리며 루피스를 바라보고 외쳤다.

"루피스 경! 이것이 무슨 짓인가!"

태자의 외침에 가볍게 웃은 루피스는 거만하게 팔짱을 끼며 대답했다.

"후훗, 무슨 짓이라니요? 보면 모르겠습니까? 보기보다 머리가 안 굴러가는군."

"네 이놈… 네가 어떻게……."

그제야 루피스가 자신을 배반했음을 알게 되었고, 태자는 믿고 있던 자의 배반에 대한 충격이 컸는지 쉽사리 뒷말을 이어 나가지 못하고 있었다.

"그나저나 전하의 돌출 행동 때문에 우리가 얼마나 당황했는 줄 아십니까? 매일같이 시간을 지키던 분께서 이렇게 갑작스레 행동을 바꾸시다니… 저들의 식은땀 흘리는 얼굴을 한번 보십시오."

잠시 서슬이 시퍼런 칼을 든 사내들을 둘러보던 태자는 입술을 질끈 깨물었다.

"닥쳐라! 주변의 경비병들이 이 일을 알게 된다면 네 녀석들이 무사하지는 못할 텐데?"

하지만 그의 으름장에도 별 동요를 보이지 않은 루피스는 안타깝다는 듯이 혀를 차며 말했다.

"쯔쯧… 저희가 이런 큰일을 치르는데 그런 준비도 하지 않았다고 생각하십니까? 후훗, 이 주변 경비병들의 교대 시간을 조금 조절했죠. 그 정도의 능력은 저도 가지고 있으니까요."

잠시 말을 끊은 루피스는 시선을 뮤스에게 옮기며 말했다.

"아참, 뮤스님에게는 두 가지의 선택권을 주도록 하겠습니다. 가테스 공작 각하를 보필하여 앞으로 도이첸 제국의 발전에 이바지하거나 아니면 태자와 함께……."

루피스의 질문이 끝나기도 전에 뮤스의 대답은 정해진 듯했는데, 전신으로 뇌공력을 흘리기 시작해 몸으로는 금빛의 광휘가 어리기 시작했다. 그 모습에 뮤스와 태자를 둘러싸고 있던 사내들은 크게 놀란 듯 토끼눈을 뜨고 있었고 루피스 역시 기이한 광경에 말을 더듬었다.

"마, 마법을 구사할 수 있을 줄은 몰랐군!"

그들의 행동에 전혀 관심을 두지 않은 뮤스는 태자의 앞을 가로막으며 곁눈질로 주변의 인물들을 살폈다.

"태자 전하, 아무래도 힘으로 뚫어야 할 것 같습니다. 칼을 뽑아 응전 태세를 갖추십시오. 저도 막는 데까지 막아보겠습니다!"

드베인 숲에서 겪은 일들 때문인지 이러한 상황에서도 상당히 침착한 모습을 보이고 있는 뮤스였다. 그의 말을 들은 태자는 서둘러 허리에 차고 있던 칼을 뽑았는데, 상당한 시간을 두고 수련해 온 검술과 함께 강화체갑으로 얻은 힘이 있었음에도 불구하고 실전은 처음인 듯 긴장하고 있었다. 이제 뮤스와 태자는 서로 등을 마주하며 사내들을 뚫어지게 바라보기 시작했고, 사내들과 루피스 역시 당황했던 기색을 수습했는지 날카로운 눈초리로 쏘아보며 칼을 고쳐 잡았다. 자신의 옆으로 든든하게 버티고 서 있는 수하들을 보며 흐뭇한 웃음을 짓던 루피스는 얼굴을 굳히며 날카롭게 외쳤다.

"저들을 사로잡아라!"

"차앗!"

그의 외침과 함께 십여 명의 사내들은 짤막한 기합 소리를 지르며 뮤스와 태자를 향해 뛰어들었고, 그들 역시 처음의 공격을 피해내기 위해 몸을 움직이기 시작했다.

한편 연회실의 분위기는 한창 무르익어 거의 무도회장을 보는 듯했다. 많은 남녀 귀족들은 서로의 파트너를 정해 자신의 춤 솜씨를 뽐내고 있었는데, 그중 단연 눈에 띄고 있는 것은 크라이츠와 가비르 재상이었다. 크라이츠의 우아한 몸짓은 여성만의 아름다움을 표현하는 듯했고, 가비르 재상의 절도있는 발 움직임은 남성의 기백을 표현하는 듯했다. 어느새 함께 춤을 추고 있던 귀족들은 자신들의 스텝을 멈추며 두 남녀의 춤을 감상하기 시작했으며 하나같이 선망의 눈빛을 보내고 있었다.

"오오… 정말 눈부신 한 쌍이구려."

"호호홋, 저도 젊었을 때는 저 아가씨만큼이나 매력적이었죠."

"허헛! 아무튼 멋지군. 가비르 재상이 저런 춤 실력을 가지고 있었다니. 그건 그렇고 저 아가씨는 누구신가?"

"어머나! 당신은 아직도 몰랐단 말이에요? 레이디 크라이츠가 바로 저 아가씨라고요. 사교계에서는 이미 유명하죠."

"공학원의?"

저마다 각자의 이야기를 하고 있을 때 음악이 경쾌한 박자와 함께 끝을 맺었고 가비르 재상과 크라이츠 역시 인상적인 자세로 춤의 마지막을 장식했다.

짝짝짝!

사람들의 박수 소리에 가볍게 고개를 숙여 보답한 크라이츠는 가비르 재상의 손을 잡고 테이블로 걸어나왔다. 가비르 재상은 와인 잔을 건네며 웃었다.

"하핫, 크라이츠님의 실력은 예나 지금이나 여전하시군요?"

와인으로 가볍게 목을 축인 크라이츠는 무슨 말이냐는 듯 눈썹을 살짝 치켜 올리며 말했다.

"어머나! 저는 20년 만에 처음이라고요. 그러는 가비르 재상 각하야말로 상당한 실력인걸요? 대체 얼마나 많은 분들과 손을 맞잡으셨길래?"

그녀의 짓궂은 말투에 당황한 가비르 재상은 손을 내저으며 부정하려 했지만 크라이츠는 아무래도 상관없는 얼굴이었다. 잠시 연회실을 둘러보던 그녀는 뮤스가 보이지 않자 고개를 갸웃거렸다.

"음… 이상하군요."

"무엇이 이상하단 말씀인지?"

"분명 뮤스도 이곳에 있을 텐데… 보이지가 않는군요?"

크라이츠를 따라 연회장을 함께 살펴보던 가비르 재상 역시 뮤스의 모습을 찾아볼 수 없었다.

"흠… 이상하군요. 조금 전까지만 해도 태자 전하와 함께 있었던 것 같았는데……."

두 남녀가 뮤스를 찾고 있을 때 누군가가 손뼉을 치며 그들에게 다가왔다.

짝짝.

"하핫. 정말 멋진 춤이었습니다, 가비르 재상 각하, 그리고 레이디 크라이츠."

고개를 돌려 다가온 자의 얼굴을 바라본 가비르 재상은 눈살을 살짝 찌푸리며 대답했다.

"가테스 공작 각하시군요. 오늘 연회는 어떠신지?"

"글쎄요. 재상 각하만큼 아름다운 파트너가 없어서인지 그다지 즐겁지는 않군요. 다만… 태자 전하의 마지막 연회이니만큼 참석을 해야지요. 마지막 연회."

가비르 재상은 가테스 공작이 마음에 들지 않는지 탐탁지 않은 표정을 하고 있었는데, 평소 둘의 관계가 그다지 좋지 않음을 단적으로 보여주고 있었다. 그의 뒤에 서 있던 크라이츠는 가비르 재상의 생각을 아는지 모르는지 웃으며 가테스 공작을 향해 말했다.

"호홋, 귀하께서 그 소문이 자자한 가테스 공작 각하셨군요? 이야기는 많이 들었습니다."

크라이츠의 말에 특유의 기분 나쁜 미소를 떠올린 가테스 공작은 그녀의 손에 입을 맞추었다.

"저를 알고 계신다니 영광입니다, 레이디 크라이츠. 그런데 동생 분이신 뮤스 원장이 보이지 않는군요?"

"글쎄요. 저희도 지금 찾고 있었지만 통 보이지 않는군요."

잠시 생각해 보는 시늉을 하던 가테스 공작은 눈을 반짝이며 말했다.

"혹시 태자 전하와 함께 산책을 나간 것이 아닐까요? 후훗. 원래 태자 전하께서는 이 시간쯤이면 언제나 사철의 정원으로 산책을 나가시니까요. 별일없을 것입니다."

"호호, 그렇다면 안심이군요."

"후후훗, 그럼 다음 연회에는 제게도 파트너가 될 영광을 주시길 바라며 이만 가보도록 하겠습니다. 즐거운 연회가 되시길. 가비르 재상도 즐거운 시간 보내시죠."

크라이츠와 가비르 재상에게 인사를 남긴 가테스 공작이 사람들 사이로 사라지자 크라이츠는 안색을 바꾸며 손수건을 꺼내 들었다. 그리곤 테이블 위의 물잔에 그것을 적시며 말했다.

"저 인간은 왠지 기분이 나쁘군요. 으윽! 감히 내 손에 입을 맞추다니."

투덜거린 그녀는 손수건으로 손에 더러운 것이라도 묻은 듯 닦아내기 시작했고 그런 모습을 보던 가비르 재상은 웃음을 힘들게 참고 있었다.

"후훗, 역시 크라이츠님은 예나 지금이나 변한 것이 없군요."

"저자의 말대로 과연 태자 전하와 뮤스가 산책을 나간 것일까요? 왠지 걱정이 되는군요."

"태자 전하께서 연회 때마다 도중에 산책을 나가는 버릇이 있는 것은 확실하죠. 아마도 그의 말대로 산책 중일 것입니다. 오랜만에 몸을 움직여서인지 출출합니다만 간단한 요기라도 할까요?"

"그러죠. 산책을 나갔다면 금방 돌아올 테니."

표정을 밝게 한 크라이츠는 가비르 재상의 팔짱을 끼며 음식이 마련된 테이블로 자리를 옮기고 있었다.

"차앗!"

"으아악!"

챙챙챙!

병장기가 부딪치는 소리와 기합 소리가 어두운 허공에서 어우러지고 있었고 사람들의 입에서는 새하얀 입김이 뿜어져 나오고 있었다. 눈이 녹아 질퍽이던 흙이 얼어붙으며 사나운 모양을 하고 있는 땅 위로 네 명의 사내가 칼을 떨어뜨린 채로 쓰러져 있었다. 그들은 모두 뮤스의 주먹과 발길질에 격타당한 자들이었는데, 공통점이 있다면 금속으로 이루어진 갑옷을 입고 있다는 것이었다. 싸우던 이들이 잠시 숨을 가다듬기 위해 거리를 유지하자 먼발치에서 구경만 하고 있던 루피스는 굳게 쥔 주먹으로 땀이 흐름을 느끼고 있었다.

"이런 바보 같은 녀석들! 열다섯 명이 겨우 두 명을 어쩌지 못하는 것이냐!"

말은 그렇게 하고 있었지만 뮤스의 예사롭지 않은 움직임을 본 루피스 역시 내심 그를 인정하고 있었다. 루피스의 질타에 얼굴을 일그러뜨린 사내들은 다시 뮤스와 태자를 향해 공격해 들어갔고, 다급해진 태자는 서둘러 검을 다시 들어 올려 공격을 막아내기 시작했다.

챙! 챙!

처음에야 실전 경험이 없었기에 상대의 공격에 적절히 대처하지 못했으나 위험할 때마다 뮤스가 도움을 줬고, 지금까지 쌓아온 실력과 강화체갑의 덕으로 점차 싸움에 익숙해지고 있는 모습이었다. 반면 뮤스는 시간이 갈수록 힘들어지기만 했는데, 상대방이 날카로운 검을 휘두르는 반면 비록 뇌공력을 운용하기는 하지만 자신은 맨손이었기 때문이다.

쏜살같이 자신의 목을 향해 날아오는 칼을 몸을 낮추며 피한 뮤스는 자신을 공격해 온 사내의 복부 쪽으로 주먹을 꽂았지만 튼튼한 갑옷을 입고 있었기에 결정적인 충격은 주지 못한 듯했다. 자신의 주먹에 맞아 뒤로 날아간 사내가 칼을 짚고 일어나는 것을 본 뮤스는 점점 입이 말라감을 느꼈다.

'이런, 제길! 금속 갑옷을 입은 녀석들이야 운 좋게 격타하면서 전뇌력으로 감전을 시킬 수 있었지만 가죽 갑옷을 입은 녀석들은 어쩔 수 없으니 어떡하지? 사내들의 실력도 만만히 볼 수 있는 실력이 아니고 뇌동체술법도 그리 오래 버티지는 못하는데……'

"아악!"

뮤스의 상념은 옆에서 들려오는 비명 소리에 깨질 수밖에 없었다. 사내들 중 한 명이 태자의 검에 맞아 팔꿈치 밑으로 떨어져 나간 상처 부위를 잡으며 비명을 지르는 것이었다.

"내, 내 팔!"

하지만 정작 뮤스에게 중요한 것은 그 사내의 떨어져 나간 팔이 아니라 태자의 상태였다. 떨어져 나간 팔에서부터 튀긴 사내의 피가 태자의 얼굴에 잔뜩 묻어 있었는데, 남을 처음으로 해한 충격이 태자에게는 너무나 크게 다가왔는지 정신을 차리지 못하는 상태였던 것이다. 그대로 있다가는 위험하다는 것을 잘 알고 있던 뮤스는 크게 소리 질렀다.

"태자 전하! 정신을 똑바로 차리십시오!"

하지만 뮤스의 외침에도 불구하고 태자는 자신의 칼을 늘어뜨리고 있었다. 그가 위험하다고 생각한 뮤스는 자신을 찔러오는 검을 뒤로 피하며 태자에게로 몸을 날렸고, 그 덕에 팔과 다리에 검상을 입었지만 전혀 개의치 않고서 태자의 앞을 가로막아 섰다.

　그제야 뭔가가 풀려가는 것을 느낀 루피스는 거만한 말투로 말했다.

　"이보시오, 뮤스 군. 아무래도 태자는 너무나 곱게 자라서 고작 이런 일에도 큰 충격을 받은 듯하군. 당신 혼자서 이 많은 사람들을 상대할 수 있다고 생각지는 않을 텐데?"

　태자의 상태를 다시 한 번 살핀 뮤스는 침음성을 흘리며 물었다.

　"흠… 당신이 원하는 것이 무엇이오?"

　"우리는 자네나 태자 전하의 목숨을 빼앗고자 하는 것이 아니다. 다만 태자 전하께서 대관식에만 나타나지 않으면 되는 것이지. 게다가 당신은 귀족도 아니니 태자를 지켜야 할 의무가 없지 않나? 그러니 이만 포기하는 것이 어떤가?"

　루피스의 제의에 뮤스는 잠시 갈등하는 표정을 짓고 있었다.

　'지금 내가 이 열 명 정도의 사내들을 이겨낼 수 있을 확률은 거의 없다. 게다가 태자 전하까지 보호해야 한다면 그 가능석이 더 더욱 줄어들고. 그렇다면 전뇌지자총통은? 음… 이것 역시 연속해서 발사가 안 되니 결국은 차후에 방법을 찾아내야 하는 것인가?'

　생각할수록 점점 암담해져 가는 상황에 별다른 방도가 떠오르지 않은 뮤스는 손을 늘어뜨리며 말했다.

　"좋소. 태자와 나의 목숨을 보장한다면 항복하겠소."

　"하하핫! 정말 잘 생각한 것이야!"

　한차례 호탕한 웃음을 터뜨린 루피스는 수하들에게 외쳤다.

　"당장 태자 전하의 검을 빼앗고 둘을 단단히 묶어라! 지금 즉시 이동한다!"

　그의 명령과 동시에 사내들은 준비해 왔던 로프로 태자와 뮤스를 묶었고, 소리를 지르지 못하도록 입에는 재갈을 물렸다. 다시 한 번 매듭을 확인한 사내들은 그들을 끌고 어디론가 자리를 옮겼는데, 그들이 떠난 자리에는 팔이 떨어져 나간 사내의 상처에서 뿜어진 핏물만이 흥건했다.

태자와 뮤스를 끌고 가는 사내들과 루피스는 빠져나가는 길을 미리 모색해 두었는지 상당한 거리를 걸어왔음에도 불구하고 단 한 명의 인영조차 눈에 띄지 않고 있었다. 잠시 움직임을 멈춘 루피스는 주변을 둘러봤는데 거의 폐허에 가깝게 허물어진 건물들이 도처에 널려 있었다. 이제 안전한 곳에 이르렀다고 생각했는지 루피스는 비교적 편안한 목소리로 말했다.

"이제 거의 다 왔군. 지금부터 이곳에서 공작 각하를 기다린다. 잠시 휴식! 부상자를 치료하라!"

수하들에게 명령한 루피스는 자신을 증오 어린 눈으로 바라보고 있는 태자의 앞으로 다가갔다. 그리곤 가벼운 웃음을 던지며 태자의 입을 막고 있던 재갈을 빼내었는데, 당장이라도 욕설을 내뱉을 것 같은 눈빛과는 다르게 아무런 말도 하지 않고 있는 태자였다. 태자의 태도를 이해할 수 있었던 루피스는 그의 주변을 천천히 돌며 낮은 목소리로 말했다.

"과연 태자 전하답게 참을성이 대단하군요. 왜 제가 이런 행동을 하는지 궁금하시겠죠?"

태자는 아무런 대답을 하지 않았지만 루피스는 혼자 고개를 끄덕이며 말을 계속해서 이어갔다.

"뭐, 대단한 이유까지는 없습니다. 하지만 애써 이유를 말하자면…

태자 전하께서 제 수하의 피 따위에 넋이 나가 있는 것이라고 할까요? 한마디로 태자 전하의 그 연약함이 도이첸 제국을 이끌어가는 데에 부적합하다고 생각했기 때문이죠."

잠시 말을 끊은 루피스는 태자에게 등을 보이며 외면했다.

"솔직히 태자 전하께서는 제게 형님과 같으신 분이십니다. 하나… 저는 개인적인 감정은 버리고 오직 도이첸 제국을 생각하는 신하로서 태자 전하께서 황위에 오르는 것을 반대할 뿐입니다. 그러니 대관식이 끝날 때까지만 힘드시더라도 참아주시길."

루피스의 말을 듣던 태자는 무슨 생각을 하고 있는지 고개를 끄덕였고, 눈빛은 점점 차갑게 식어가고 있었다.

따각, 따각, 따각.

태자의 얼굴을 살피던 뮤스는 멀리서 들려오는 말발굽 소리에 고개를 돌렸다. 그곳에는 아직 연회복을 갈아입지 않은 가테스 공작이 검은색의 말을 타고서 다가오고 있었다. 그의 모습을 본 루피스는 가볍게 고개를 숙였고 몸을 일으키며 말의 고삐를 잡아끌었다.

"공작 각하, 모든 것이 계획대로 끝났습니다."

"수고했네, 루피스 경. 이제 남들의 이목을 속일 이유가 없으니 편해지겠군."

가볍게 말에서 뛰어내린 가테스 공작은 태자의 얼굴을 지나 뮤스를 바라보았는데, 뮤스의 얼굴에서 시선을 멈춘 그는 루피스를 향해 외쳤다.

"누가 뮤스 원장까지 잡으라고 했는가!"

가테스 공작은 이 의외의 상황에 화가 난 듯했고, 루피스 역시 생각지도 못한 불호령이 떨어지자 어쩔 줄 몰라 하고 있었다.

"저… 그것이……."

루피스가 변명을 하기도 전에 냉정한 성격을 가진 가테스 공작은 안색을 수습하며 잘라 말했다.

"우리 쪽으로 끌어들이려 했지만 이렇게 되었다면 어쩔 수 없지. 함께 그곳에 가두고 경비를 철저히 하라! 난 숙소로 돌아가 있을 테니 당초 계획에 차질이 없도록!"

"넷! 공작 각하!"

가테스 공작은 다시 한 번 뮤스와 태자에게 시선을 주며 말에 올라탔다. 그리곤 말등에 올라앉은 그는 싸늘한 눈빛으로 태자를 내려다보며 입을 열었다.

"태자, 이틀만 참으시오. 후훗. 비록 지금과 같이 호사스러운 생활은 하지 못하겠지만 목숨이라도 건질 수 있다는 것이 어디겠소?"

그리고 재갈이 물려 있어 말을 못하는 채로 묶여 있는 뮤스를 바라보던 가테스 공작은 아쉬운 표정을 지었다.

"뮤스 원장에게까지 이런 곤욕을 겪게 만든 것은 정말 미안하네. 하지만 며칠만 참는다면 나와 함께 권력을 누릴 수 있게 해주도록 하지. 그럼 나는 태자를 찾는 척 정도는 해야 하니 이만 가보겠소. 하하하핫! 으랏!"

많은 의미가 내포된 말을 몇 마디 던진 가테스 공작은 말의 고삐를 힘차게 당기며 어둠 속으로 사라졌다. 그가 사라진 곳이 다시 어둠으로 물들자 그의 뒷모습을 보고 있던 루피스는 불똥이 튀지 않았음에 가슴을 쓸어 내리며 한숨을 내쉬었다.

"후우… 자! 무엇들 하느냐! 어서 서두르지 않고! 굼벵이들 같으니라고!"

엉뚱한 곳에 화풀이하듯 목에 힘줄을 세우며 언성을 높이자 사내들은 비위라도 맞추듯 신속하게 태자와 뮤스를 이끌기 시작했다. 그들이 움직이는 것을 본 루피스는 폐허가 된 건물 중 한곳으로 걸어가 벽을 쓰다듬었다. 그러자 놀랍게도 석재의 마찰음이 들리며 벽이 양 옆으로 갈라지는 것이었다.

구구구궁.

깜깜한 내부를 들여다본 루피스는 눈앞에서 떠돌고 있는 먼지를 손으로 내저으며 수하들에게 턱짓을 했고, 그의 신호에 수하들 중 한 명이 입구의 한쪽에 비치되어 있던 횃불에 불을 당기며 앞장서 나가기 시작했다.

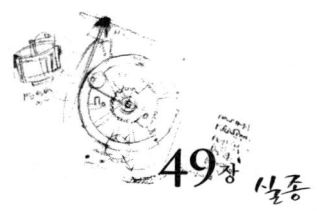

49장 실종

  이글이글 타오르며 기름 방울을 떨어뜨리고 있는 횃불이 그다지 넓지 않은 복도로 빛을 드리우기 시작했다. 이어 여러 사람의 발자국 소리가 내부로 울리기 시작하자 천장에서 겨우 버티고 있던 작은 돌 조각들이 떨어지기 시작했는데, 이것만 보더라도 천장 부위가 어떠한 충격으로 인하여 상당히 약화되었다는 것을 쉽게 알 수 있었다.

  그림자가 길어지며 이곳으로 들어오고 있는 자들의 모습이 드러나고 있었는데 여러 사내들과 루피스, 그리고 뮤스와 태자였다. 루피스는 자신의 본모습을 감추기 위해 오랫동안 고생한 것에 대한 보상이라도 받으려는지 이곳에 들어서는 순간부터 한순간도 쉬지 않고 떠들고 있는 중이었다.

  "그리고 이곳은 공작 각하께서 발견한 곳이오. 아주 오래전에 지어진 듯한데, 들어오면서 봤다시피 입구에 마법이 걸려 있소. 게다가 이곳은 마법으로조차 감지가 안 되니 궁중 마법사 늙은이를 겁낼 필요도 없게 되는 것이지."

내부로 들어오기 시작할 때부터 여러 곳을 세심히 관찰하고 있던 뮤스는 루피스의 말에 귀를 기울이고 있었다. 루피스의 말을 들으며 태자의 표정을 살피던 뮤스는 그의 표정이 처음과 같이 넋이 나간 것은 아니었지만 생기가 없어 보이는 것이 안쓰럽게 느껴졌다.

잠시 후 앞장서 나가던 사내가 멈춘 곳은 꽤나 넓은 실내였는데, 만들어진 지 굉장한 시간이 흐른 듯 구석에 있는 탁자는 모두 썩어 있었고 그 위로는 먼지가 두껍게 쌓여 있었다. 실내의 한쪽엔 대강 보더라도 두꺼워 보이는 철문이 버티고 서 있었다. 그 철문에는 근래에 만들어 붙인 듯한 견고한 철 빗장이 달려 있었는데, 빗장이 상당히 무거웠기에 세 명의 사내들이 붙어서야 겨우 들어내어 문을 열 수 있었다.

끼기기긱!

귀를 자극하는 금속의 마찰음이 신경에 거슬렸지만 그것에 크게 개의치 않은 뮤스는 횃불에 의해 내부의 모습을 드러내고 있는 음침한 밀실을 바라보았다. 그곳은 정확하리만큼 네 개의 벽면 길이가 비슷한 정사각의 방이었는데, 벽으로는 알지 못할 문자가 빼곡이 새겨져 있었다.

"자, 뮤스 군, 어서 들어가시오. 태자 전하 역시."

루피스의 말과 함께 등이 떠밀림을 느낀 뮤스는 그 힘을 이기지 못하고 어둡기만 한 밀실로 들어갈 수밖에 없었지만 손이 자유로워진 것이 다행이라면 다행이었다. 입에 물려진 재갈을 빼내어 땅으로 패대기친 뮤스는 고인 침을 몇 번 뱉으며 자신과 같은 모습으로 떠밀려 들어온 태자를 향해 가까이 움직였다.

"태자 전하, 괜찮으십니까?"

뮤스의 물음에 태자는 고개만 끄덕일 뿐 입을 열어 대답하지는 않았다.

철컹! 철컥! 탓!

다시 한 번 쇳소리를 내며 문이 닫히자 밀실은 한 치 앞도 분간할 수 없을 정도로 어두워졌고, 밖으로부터 루피스의 목소리만 들릴 뿐이었다.

"너희들은 이곳에서 태자와 뮤스를 목숨을 걸고서라도 지켜야 한다!"

"넷! 루피스 경!"

"뮤스 군, 그리고 태자, 이틀만 참으시오. 그때는 아무 일 없었던 것처럼 꺼내드릴 테니. 비록 세상은 변해 있겠지만. 하하하하핫!"

이렇게 루피스의 웃음소리는 점점 멀어져 가고 있었다. 한 점의 불빛조차 들어오지 않는 밀실에 남게 된 뮤스는 답답함에 손으로 머리를 헝클어뜨렸고, 다른 한 손은 더듬거리며 태자를 찾고 있었다.

"전하, 손을 내밀어보시죠."

그의 물음에 한동안 말을 하지 않던 태자는 힘없는 목소리로 대답했다.

"뮤스 군, 여기입니다."

대답과 함께 뮤스는 자신의 손과 마주치는 손길을 느낄 수 있었는데, 그 손을 따라 바닥에 주저앉은 뮤스는 한숨을 내쉬었다.

"후우, 정말 어둡군요. 아차! 내 정신 좀 봐!"

자신의 머리를 몇 대 쥐어박은 뮤스는 서둘러 허리춤을 만졌다. 그러자 익숙한 가죽의 감촉이 전해지며 한 가닥의 밝은 미소가 얼굴에

서리고 있었다. 겉보기로는 평범한 가방이었기에 루피스 역시 마법 가방에는 별 신경을 쓰지 않은 듯했다.

"하핫! 다행히도 가방까지 빼앗기진 않았군."

마법 가방을 뺏기지 않았음에 안도한 뮤스는 가방에 손을 넣어 부스럭거리며 휴대 전등을 찾았다.

치직! 퐛!

전원을 넣자 눈부신 빛이 휴대 전등으로부터 흘러나왔다. 뮤스의 미간이 좁혀졌고 태자 역시 갑작스러운 빛에 인상을 찡그렸다. 그것을 다른 한 손에 바꿔 든 뮤스는 가방 안에서 또 무엇인가를 찾아내며 혼잣말을 했다.

"휴대용 마나구가 어디 있더라… 아! 여기 있군!"

뮤스의 손에 의해 잡혀 나온 것은 엄지손톱만한 수정구였다. 이것은 뮤스가 만든 수많은 전뇌물품의 전원 역할을 하는 물건으로써 크라이츠의 마법으로 압축된 뇌공력을 주입해 만든 것이다. 뮤스가 가지고 다니는 물품들은 직접 뇌전력을 주입해야만 했기 때문에 두 손을 자유롭게 하기 위해서는 전력을 지원해 주는 마나구가 필요했던 것이었다. 그것을 휴대 전등에 연결한 뮤스는 바닥의 편편한 곳에 내려놓으며 태자를 향해 미소 지었다.

"후훗, 이 정도면 충분하지 않겠습니까?"

뮤스가 하는 양을 바라보던 태자의 눈에는 잠시 놀라움의 빛이 일렁였지만 지금 그가 받고 있는 심리적인 중압감에 비하자면 너무나 미약했기에 그런 놀라움도 금세 사라져 버렸다. 잠시 시선을 뮤스의 얼굴에 고정시킨 태자는 의아한 듯 물었다.

"뮤스 군은 이런 곳에 붙잡히게 되었는데 불안하지도 않습니까?"

그의 물음에 머쓱한 듯 손등으로 코밑을 쓸어본 뮤스는 평소와 같은 기색으로 주변을 둘러보며 대답했다.

"하핫, 물론 불안하긴 하지만 지금까지 겪은 것에 비하면 이 정도는 아무것도 아니라고 말씀드리고 싶군요. 어쩌면 이런 상황에 익숙해졌는지도 모르겠습니다. 그건 그렇고 이제는 좀 괜찮으십니까? 얼굴에 아직……."

손가락으로 태자의 얼굴을 가리키자 그는 자신의 얼굴을 쓰다듬었다. 손톱 사이로 파고드는 거친 느낌이 좋지만은 않다고 생각한 태자는 자신의 손을 내려다보았다. 손톱 사이에는 검붉은 부스러기들이 잔뜩 묻어 있었는데, 자신의 얼굴에 튄 피가 굳은 것임을 알 수 있었다. 하지만 태자는 어느새 그것에 대한 거부감이 사라져 버렸는지 별다른 반응을 보이지 않으며 얼굴의 핏자국을 대충 옷소매로 닦아내기 시작했다. 얼굴에서 소매를 떼어낸 태자는 차가운 벽에 힘없이 등을 기대며 말했다.

"후훗… 정말 우습지 않습니까? 자신이 가장 믿던 수하에게 배신을 당해 이런 몰골로 앉아 있는 모습이 말입니다. 뮤스 군은 아바마마께 제 출생의 비밀을 들으셨겠죠? 그 일 때문에 이곳에 초청되셨을 테니……."

갑작스러운 질문이었지만 태자 역시 자신의 임무를 알고 있으리라 생각했기에 긍정의 대답으로 고개를 끄덕이는 뮤스였다. 허공의 어딘가에 시선을 맞추고 있던 태자는 계속해서 말을 이었다.

"어쩌면 저는 루피스 경의 말대로 황제로서의 그릇을 지니지 못했는지도 모릅니다. 다시 말하자면, 세상의 눈을 속이고 황제의 위에 오른다는 것이 애초 무리였을지도 모른다는 것이죠."

"흠… 그렇게 생각하시는군요."

"어쩌면 가테스 공작 역시 저의 정체를 알고 있을 것입니다. 비록 이런 일을 저지르긴 했지만 그는 규율을 중시하는 인물이죠. 그랬기에 그 규율을 파괴하려 한 저를 내몰려는 것이 당연할 수도 있습니다. 어쩌면 비밀리에 이런 일을 꾸민 것이 저를 배려한 것이라고 생각할 수도 있겠지요."

자괴감이 깃들어 있는 태자의 말을 듣고 있던 뮤스는 위로의 말을 건넬 생각이 전혀 없는지 손으로 입을 가리며 하품을 하고 있었는데, 일국의 태자가 말하는 앞에서 이런 행동을 하는 것은 상상조차 못할 일이었지만 그는 지금 보란 듯이 하고 있었다.

예전에도 여러 번 느꼈지만 상식과 동떨어진 뮤스의 행동에 잠시 멍청한 표정을 짓고 있던 태자는 그의 눈과 마주치며 정신을 차렸고, 뮤스의 눈가에는 하품으로 인한 눈물이 짧게 흐르고 있었다. 손가락으로 눈꼬리에 걸린 눈물을 살짝 닦아낸 뮤스는 태자가 기대어 있는 쪽의 벽으로 등을 붙이며 능청스러운 목소리로 말했다.

"하암… 그렇다면 태자 전하께서는 이미 지위를 포기하신 듯하니 이제 저와 친구로 지내는 것이 어떻습니까? 솔직히 태자라는 자리가 골치 아프지 않습니까? 수하들의 모략에 놀아나기나 하고 황궁에 틀어박혀 답답하고… 제가 공학원에 자리를 마련해 드릴 테니 속 시원하게 저와 함께 라이델베르크로 가시지요? 전하께서 가지고 계신 지식이 상당하니 저희 공학원에도 큰 도움이 될 것이고요."

"그, 그것은……."

태자의 입에서 확실한 대답이 나오지 않자 뮤스는 그의 얼굴을 빤히 쳐다보며 되물었다.

"음? 아직 확실한 대답을 못하시는 것을 보니 아직도 미련은 있으신 가 보군요?"

은근한 뮤스의 말에 태자는 아무런 할 말이 없었는지 고개를 숙이고 말았고 뮤스의 말은 계속되었다.

"후훗, 그럼 몇 가지만 물어보도록 하겠습니다. 태자 전하께서는 황 제가 되기 위해 필요한 요건이 무엇이라고 생각하십니까?"

그의 질문에 잠시 생각을 하는 듯 턱을 쓰다듬던 태자는 조용한 목 소리로 대답했다.

"제가 배운 바에 의하면 세상의 모든 것을 빛으로 인도할 현명함, 산 이라도 움직일 결단력, 드래곤의 앞에서도 굽히지 않는 용기, 만인을 굽어보는 위압감, 백성들을 사랑하는 아량이라고 하더군요."

구구절절 흘러나오던 태자의 말이 끝나자 뮤스는 그의 대답이 마음 에 들지 않는지 고개를 가로저었다.

"아뇨, 그런 틀에 박힌 지식은 잠시 접어두십시오. 이것은 역사나 정 치적인 질문이 아닙니다. 그저 태자 전하의 머리와 가슴에서 꿈틀거리 고 있는 황제의 상에 대하여 물어보는 것입니다."

"내가 가진 황제의 상이라……."

중얼거리며 혼자만의 생각에 빠진 태자는 한참 동안을 미동조차 하 지 않았고 뮤스 역시 그 모습 그대로 태자를 응시하고 있었다. 그들 둘 의 사이에서 미묘한 분위기가 흐르고 있을 때 태자의 나직한 음성이 흘러나왔다.

"제가 생각한 바람직한 황제의 상은 그 누구보다 노력하는 자입니 다."

그가 말을 하다 말고 잠시 머뭇거리며 뮤스의 눈치를 살피자 뮤스는 입가에 미소를 띠었다.

"후훗, 계속 말씀해 보시죠."

뮤스의 말에 조금의 자신감이 생긴 태자는 편해진 목소리로 말을 계속하였다.

"제가 황실의 혈통을 타고나지 않았다는 것을 알게 된 것은 15살이 되던 해였습니다. 그때는 정말이지 하늘이 무너지는 듯한 충격이었습니다. 생각을 해보시죠. 그 누구도 부정하지 못하는 지위를 가진 나였는데, 어느 날 갑자기 이 모든 것이 나의 것이 아니라는 사실을 알게 되었을 때 저의 심정을. 하지만 그때는 아바마마께서 저를 크게 신임하셨기에 다음의 황제로 마음을 정해두신 후였죠. 그래서 저는 노력했습니다. 그 위대한 황실의 혈통에 먹칠을 하지 않는 능력을 지니기 위해서… 또 저를 아껴주시는 수많은 분들의 기대를 위해서 말입니다."

뮤스를 보며 어깨를 한번 으쓱한 태자는 웃으며 자신의 소매를 걷어 올리며 강화체갑을 드러내 보였다.

"후훗, 게다가 운이 좋게도 천형이었던 신체의 약점 역시 뮤스 군에 의해 벗어나게 되었습니다."

고마움을 표하며 살짝 고개를 숙이는 태자를 보며 쑥스러워진 뮤스는 손을 가볍게 내저을 뿐이었다.

"별말씀을요."

"그런 식으로 살아오며 느끼게 된 것이 바로 노력만큼 위대한 것이 없다는 것이었습니다. 물론 타고난 용기, 위압감, 아량, 결단력 역시 황제가 갖추어야 할 요소임에는 틀림없으나 노력이 바탕이 되지 않은 황제란, 또는 인간이란 그저 가지고 태어난 능력이라는 울타리 안에서 평생을 살아가는 양과 다를 바 없다고 생각합니다."

짝! 짝! 짝!

태자의 말이 끝나자 뮤스는 천천히 박수를 치며 몸을 일으켰다. 그리곤 손을 내밀어 태자를 일으켜 세웠다.

"훌륭한 연설이군요, 태자 전하. 저는 태자 전하께서 황위에 오르시든, 아니면 공작 각하가 황위에 오르든 전혀 상관없는 사람입니다. 하지만 태자 전하이시기 전에 하나의 사람으로서 이런 말을 드리고 싶습니다. 제가 살던 고향에는 '대기만성'이라는 말이 회자되고 있습니다. 그것은 바로 큰그릇이 완성되기에는 오랜 시간이 걸린다는 뜻을 가진 말이죠. 여기서 큰그릇은 태자 전하에 비유할 수 있겠군요. 즉, 태자 전하께서는 아직 미완의 그릇입니다. 그렇기에 모자라는 점도 있고 앞으로 보완해야 할 점도 있습니다만 그것은 어디까지나 완성된 큰그릇이 되기 위한 여러 과정의 하나일 뿐 완성의 단계가 아니라는 것이죠."

여기까지 이야기를 하자 느끼는 바가 컸던 태자는 자신도 모르게 고개를 끄덕이고 있었다. 뮤스는 태자의 어깨에 손을 올렸다.

"태자 전하께서는 궁금하지 않으십니까? 전하께서 믿고 계셨던 신념이 과연 올바른 것이었는지 말입니다. 저는 비록 태자 전하와 함께한 지 많은 시간이 흐르지는 않았지만, 태자 전하만큼 노력하는 분은 없다고 주저없이 말할 수 있습니다. 그러니 태자 전하께서 가지고 계신 신념을 직접 확인해 보시는 것이 어떻겠습니까? 제국을 바로 이 두 어깨에 올려놓고 말입니다."

태자는 자신의 어깨에 올라와 있는 뮤스의 손을 감싸 쥐며 말했다.

"아직까지 혼란스러운 것은 변함이 없습니다만 왠지 뮤스 군의 말이 맞다고 느껴지는군요. 좋습니다! 지금까지 지녀왔던 저의 신념을 직접 이 두 어깨로 확인해 보겠습니다!"

모처럼 만에 생기가 돌기 시작하는 얼굴의 태자였다. 반면 그의 옆에서 뮤스는 조금 착잡한 표정을 짓고 있었는데, 막상 태자를 설득하고 보니 너무나 간단하게 자신의 마음을 바꾸는 태자가 조금 불안하기도 했기 때문이었다. 하지만 금세 상념을 지운 뮤스는 자신이 했던 말을 믿기로 하고 그에 대해서는 아무런 말도 하지 않았다. 어느새 자신감을 얻은 태자는 뮤스의 소매를 끌었다.

"자, 뮤스 군, 황궁으로 돌아가죠! 이제 안일한 생각을 버리고 새롭게 시작하겠습니다!"

태자의 이끎에 꿈쩍도 않고 서 있던 뮤스는 손가락으로 철문을 가리키며 말했다.

"지금 기분이 들떠 있으신 것은 충분히 이해하지만… 현 상황까지 잊어서는 안 될 것 같은데요?"

뮤스의 지적에 주변을 살펴보던 태자는 의아한 듯 물었다.

"그럼… 뮤스 군은 이곳을 빠져나갈 방도를 가지고 있던 것이 아니었습니까?"

"엥? 왜 그런 생각을?"

"그러니까… 옛 전설이나 이야기를 보면, 현자들이 군주를 일깨우기 위해 일부러 자신의 능력을 숨기고 하지 않습니까? 그래서 뮤스 군도 이곳에서 빠져나갈 방도를 알면서 숨기고 있다고 생각했습니다만……."

갈수록 태산이라고 했던가? 어처구니없는 태자의 말을 듣고 있던 뮤스는 자신의 불안감이 현실로 다가옴을 느꼈고, 자연스레 그의 얼굴은 울상이 되어버렸다.

"헛! 설마 진담은 아니시겠죠? 저는 전설의 현자도 아니고 무슨 능력을 숨기고 있지도 않습니다. 그저 일개 공학도일 뿐이죠. 아무래도 이야기책을 너무 많이 보신 듯……."

"음… 그렇다면 이야기가 달라지는군요. 여기서 빠져나가야 뭘 하든지 할 텐데… 혹시 뮤스 군이 가지고 있는 그 신비한 힘이라면 이곳을 부술 수 있지 않을까요?"

태자의 단순한 방식에 더욱 골이 지끈거림을 느끼는 뮤스였다.

"아무래도 태자 전하께서는 학문 이외의 것들에 대해 관심을 더 가져야 할 것 같습니다. 저 두꺼운 철문을 부수고 나가기는 무리이고, 힘으로 천장을 부수게 된다면 구조도 모르는 이런 지하에서는 매장되기 딱 알맞습니다. 그것도 산 채로."

그의 이야기에 태자는 무슨 상상을 떠올렸는지 인상을 찌푸렸다.

"정말이지 난감하군요… 어떡한다."

태자가 걱정스러운 얼굴을 하고 있을 때 뮤스는 작은 단서라도 얻기 위해 힘껏 뛰어올라 천장 부근을 만져 보았다. 그러자 힘없이 붙어 있던 흙 조각들이 부스스 떨어지며 뮤스와 태자의 머리를 하얗게 만들었다.

"콜록! 콜록!"

"콜록! 이런, 정말 매장되기 딱 좋군."

뮤스는 주변에서 일어나는 먼지를 손으로 내저으며 투덜거렸다. 먼지들의 기승이 잦아들자 다시 한 번 자신이 건드렸던 천장을 바라보았는데, 그곳에는 어렴풋이 무엇인가가 있는 듯했기에 휴대 전등을 비춰 그것을 유심히 살펴보았다. 그의 등 뒤로 태자의 놀란 목소리가 들렸다.

"앗! 이것은 고대어군요?"

고개를 돌려 태자를 바라본 뮤스는 고개를 갸웃거렸다.

"고대어라니요? 이 지렁이 같은 것이 글자란 말입니까?"

"네. 지금은 잊혀져 읽을 수 있는 사람이 거의 없지만 고대인들의 위대한 지식을 얻어내고자 현자들은 상당한 관심을 가지고서 연구를 하고 있죠."

"흠… 하지만 읽지 못한다면 아무런 소용이 없겠군요?"

뮤스의 아쉬움이 담긴 말을 듣고 있던 태자는 자신의 머리를 손가락으로 톡톡 두들기며 말했다.

"후훗, 다행스럽게도 그 거의 없는 사람들 중 한 명이 접니다."

"오! 그렇습니까? 이거 정말 다행이군요!"

"그럼 한번 해석을 해보도록 하죠."

자신에 찬 목소리의 말을 들은 뮤스는 그동안 불안감만 전해 받았던 태자에게 조금이나마 긍정적인 시선을 줄 수 있었다. 태자는 뮤스와 자리를 바꾸면서 건네받은 휴대 전등을 천장 쪽으로 가까이 붙이며 천장을 살피기 시작했다. 고대어가 새겨져 있는 곳은 약한 흙 부스러기가 떨어져 나가며 보이게 된 금속의 재질인 듯했는데, 푸른빛이 감도는 것으로 보아 청동으로 만들어진 것 같았다. 태자는 고개를 이리저리 움직이며 원형으로 새겨져 있는 고대어를 한 자 한 자 읽어 나가기 시작했다.

"대기의 마나가 충만할 시기 광휘의 여신이 현신하니, 모든 어두움을 물리치고 제2의 여신과 마주 볼지어다."

이 수수께끼 같은 고대어를 읽던 태자는 자신이 해석한 부분이 의심이 가는지 몇 차례 더 살펴봤지만 잘못된 부분은 없는 듯하였다.

"제가 잘못 해석한 부분은 없는 것 같은데… 이것이 무슨 뜻일까요?"

고대어를 해석하고 있던 태자의 옆에서 뮤스는 뮤스대로 그 주변에 새겨져 있는 12개의 도형을 살피는 중이었는데, 도형마다 중심에 조그마한 구멍이 나 있는 것을 제외한다면 별다른 특징이 없어 보였다. 그것들에서 알아낸 것이 전무했던 뮤스는 한숨을 내쉬며 태자의 물음에 대답했다.

"글쎄요. 어디든 옛날 사람들은 이야기를 돌려 말하기를 좋아하는군요. 아무래도 뭔가를 간접적으로 표현하는 듯한데… 대기의 마나가 충만할 시기가 언제인지 혹시 아시나요?"

"그야 자정이죠."

아무런 기대 없이 던진 뮤스의 질문에 태자는 서슴없이 대답하고 있었다. 뮤스가 놀란 눈으로 태자를 바라보자 그는 머리를 긁적이며 말했다.

"그 정도는 마법의 기초 수준의 지식이니 그렇게 놀란 표정을 짓지는 마시죠."

"후훗, 점점 긍정적으로 변해가시는군요."

"네? 그것이 무슨 말씀이신지……."

"아… 하핫 아닙니다! 그럼 다른 것들도 한번 해석해 보죠. 광휘의 여신은 무엇을 의미하는지 알고 계십니까?"

뮤스의 물음에 잠시 턱을 괴고 생각하던 태자는 몇 가지 짚이는 점을 늘어놓기 시작했다.

"보통 광휘라고 하는 것은 빛이니까… 태양? 아니면 달?"

"그렇다면 달이겠군요. 자정에 태양이 떠오를 리는 없고 일반적으로 달은 여성에 비유가 되지 않습니까?"

"정말 그렇겠군요. 그렇다면 앞부분의 문장은 자정이 되는 시간에 달빛이 이곳으로 새어 들어온다는 것이겠죠?"

태자의 추론에 고개를 끄덕인 뮤스는 다음 문장을 풀기 위해 생각을 최대로 끌어내는 중이었다.

"그렇다면 제2의 여신은 또 다른 달을 말하는 것인데… 아하! 달로부터 나오는 빛이 머무는 자리를 뜻하겠군요?"

말을 마친 뮤스는 고개를 돌리며 밀실의 내부를 살피더니 이내 무릎을 꿇고 앉아 바닥의 흙을 이리저리 치우기 시작했다.

스슥.

휴대 전등의 불빛 사이로 희뿌연 먼지가 일어나며 바닥에는 지름 1멜리 정도 되는 음각의 둥근 원이 모습을 드러냈다. 그것을 본 뮤스는 천장의 고대어가 적혀 있는 원과 수직의 위치에 있다는 것을 알 수 있었고, 또 다른 고대어를 찾을 수 있었다.

"이것이 아무래도 제2의 여신인가 보군요. 여기는 뭐라고 쓰여 있는 것입니까?"

들고 있는 휴대 전등을 내리며 아래쪽 원에 적힌 고대어를 읽은 태자는 그제야 모든 것을 깨달았는지 무릎을 치며 말했다.

"그랬었군! 이곳은 고대의 마법사가 마나를 몸으로 받아들이기 위해 머물던 장소였던 것 같습니다. 바로 이 제2의 여신이라는 원 안에서 자정의 달빛을 받으며 더욱 순수한 마나를 받아들이는 것이죠."

태자가 고대어의 뜻을 완전히 풀어내자 뮤스는 또 다른 무엇인가를 찾기 시작했는데, 태자의 물음에 움직임을 잠시 멈추어야만 했다.

"뮤스 군은 뭘 찾고 계신 것이죠?"

"하핫, 태자 전하께서 풀어내신 것이 맞다면 어디선가 빛이 들어와야 하지 않겠습니까? 아무래도 틀린 추측은 아닌 듯하니 그 빛이 들어오는 통로를 찾고 있습니다. 아니면 마법사가 머물고 있었던 곳이니 천장이 열릴지도."

잠시 말을 멈추며 자신이 한 말을 되씹은 뮤스는 나직한 탄성을 뱉으며 말했다.

"천장이 열려? 그래! 루피스 경이 이곳의 입구를 열 때에도 어떤 마법에 의해 연 듯했죠? 아마 이곳에도 그 비슷한 장치가 있을 법하군요!"

말을 마친 뮤스는 서둘러 벽을 더듬거리기 시작했고, 태자 역시 뮤스의 두뇌 회전에 혀를 내두르며 따라 장치를 찾기 시작했다. 하지만 구석구석 찾아봐도 아무런 소득이 없자 지친 둘은 무거운 숨을 내쉬며 서로의 얼굴을 바라보았다.

"후우… 태자 전하, 아무래도 저의 추측이 틀린 듯하군요. 아니면 너무나 오랜 시간이 지나서 원래 있던 빛의 통로가 막혀 버린 것일 수도 있고."

"글쎄요. 아직은 모르는 것입니다. 무작정 찾다보니 못 찾는 것일 수도 있으니까요."

"흠, 어쩌면 표식 같은 것이 있지 않을까요? 여러 사람이 함께 사용하던 곳도 아니었던 것 같으니 비밀스럽게 숨길 필요는 없었을 것 같으니까요. 표식이라면……."

말꼬리를 흐리며 뮤스가 바라본 곳은 태자가 고대어를 읽을 동안 자신이 살피던 고대어의 주변에 있던 12개의 도형들이었다. 그리곤 무엇인가에 홀린 듯 도형을 순서대로 세어보기 시작했다.

"하나, 둘, 셋, 넷… 열하나, 열둘… 혹시? 태자 전하, 죄송하지만 제가 천장에 닿을 수 있도록 올려주시겠습니까?"

영문도 모른 채 뮤스의 얼굴을 바라보던 태자는 고개를 끄덕이며 뮤스의 몸을 들어 올렸다.

"여차!"

예전 같았으면 그의 몸을 두 손으로 들어 올리기는커녕 업는 것도 버거웠을 것이었으나 강화체갑 덕으로 가뿐하기 그지없었다. 뮤스는 몸이 들어 올려지자 자신이 눈으로 찍어두었던 도형을 매만졌다. 그리고 도형의 중심에 나 있는 작은 구멍에 손가락을 넣었는데, 순간 천장이 진동을 하며 고대어가 적혀 있던 둥근 판이 돌아가기 시작하는 것이었다.

구구구궁!

놀란 태자는 들어 올리고 있던 뮤스를 놓치며 넘어졌고, 뮤스 역시 바닥으로 떨어졌다. 작은 돌 조각들이 떨어짐을 느낀 뮤스와 태자는 먼지가 들어가지 않도록 입을 막으며 변화가 일어난 곳을 바라보았다. 그러자 그곳에는 놀랍게도 주먹만한 통로가 생기며 순백의 월광이 들어오고 있었고 그들이 쓰러진 바닥에는 신비하리만치 밝은 빛무리가 서리어 있었다. 멍하니 눈부신 빛을 몸으로 받아내고 있던 태자는 뮤스를 향해 물었다.

"이것이 어떻게 된 일이죠?"

그의 물음에 빙긋이 웃은 뮤스는 몸의 먼지를 털어내며 대답했다.

"저 위의 도형은 일 년의 열두 달을 뜻하는 것이었습니다. 각 달마다 달의 위치가 조금씩 변하게 되니 저렇게 달마다 빛을 받아들이는 통로의 각도가 달라야 했으니까요. 즉, 1월에는 첫 번째 구멍에, 2월에는 두 번째 구멍에 손을 넣어 빛의 통로를 여는 것이죠. 그리고 아래를 보시면 아직 자정이 되지 않았기 때문에 달빛이 이 원과 일치하지 않는 것이랍니다."

"정말 대단하군요. 고대인들은 어떤 능력을 가졌길래……."

"흠… 아무튼 고대어의 비밀은 풀었지만 우리가 빠져나갈 방법은 없겠는걸요? 저런 작은 구멍으로 나갈 수 있을 리도 없고……."

뮤스의 말에 태자의 안색은 어두워지고 있었다.

"뭔가 다른 방법은 없을까요?"

간절함이 그대로 묻어나는 태자의 목소리였지만 뮤스 역시 별다른 대안이 없었기에 침묵할 뿐이었다.

상황과는 너무나 이질적인 따뜻한 빛만이 그런 그들을 구속하고 있는 밀실을 비추고 있었다.

다음날, 평온하기만 하던 황궁은 전체가 크게 들썩거리고 있었다. 그 이유는 두 가지였는데, 다음날 있을 대관식 준비가 그중 하나였고, 또 다른 하나는 갑작스러운 황태자의 실종이었다. 연회가 끝날 때까지는 모두들 태자와 뮤스가 그저 다른 곳에 있으려니 생각을 했었지만, 대관식 준비를 위해 가비르 재상과 크라이츠가 그들을 찾아 숙소로 왔을 때도 머리카락조차 볼 수 없었고, 사람들을 시켜 백방으로 찾아보았지만 별다른 소득이 없었던 것이다. 결국 자신들 선에서 끝낼 수 있는 일이 아니라고 판단한 가비르 재상이 황제에게 보고를 하게 되어 황궁 전체가 이렇게 시끄러운 것이었다.

황궁은 아침부터 태자를 찾는 부산스런 움직임으로 가득 채워졌으며, 황궁의 모든 건물과 정원, 그리고 숲에 이르기까지 샅샅이 뒤지는 중이었다. 그중 수색의 중심이 되는 곳은 사철의 정원이었는데, 태자가 연회 때마다 산책을 하는 곳이었기 때문이다.

"태자 전하! 어디 계시옵니까!"

"전하!"

그런 목소리들 중 몇몇은 뮤스의 이름을 부르고 있었는데, 다름 아닌 뮤스를 찾아 나선 드워프들과 크라이츠였다.

"뮤스! 어디 있냐!"

"뮤스 군!"

"뮤스!"

마지막으로 힘을 짜내어 뮤스의 이름을 외쳐 본 켈트는 추운 날씨에 살짝 언 코를 매만지며 크라이츠를 향해 말했다.

"날씨가 정말 춥군. 크라이츠님, 뮤스의 가방에 걸어놓은 추적 마법은 안 쓰십니까?"

그의 말에 다른 곳에서 뮤스를 찾고 있던 크라이츠가 등을 돌리며 고개를 내저었다.

"안 쓰긴요. 저도 시도는 해봤지만 가방의 흔적이 나타나지가 않아요. 아무래도 제가 낮은 수준의 추적 마법을 걸어놔서인지 어떤 방해를 받는 듯한걸요? 저도 당혹스럽긴 마찬가지예요."

"그렇다면 정말 난감하군요. 대체 이 녀석은 어디 가서 처박혀 있는 거야."

그들이 대화를 하고 있을 때 정원의 한쪽을 뒤지던 레딘이 소리쳤다.

"형님! 이쪽으로 와보구려!"

레딘의 부름에 크라이츠와 다른 드워프들은 그가 있는 곳으로 한걸음에 달려갔다.

"왜 그래? 뭐라도 발견했나?"

너무나 궁금한 얼굴로 자신을 바라보는 일행들의 얼굴을 살피던 레딘은 고개를 끄덕이며 땅의 한 부분을 가리켰고, 켈트는 색이 변해 있는 흙을 손에 묻혀 혀에 가져다 댔다. 그의 행동에 크라이츠는 살짝 인상을 썼지만, 드워프 형제들은 그의 행위보다 결과가 궁금한 표정이었다. 입을 몇 번 우물거린 켈트는 크라이츠를 올려다보며 말했다.

"이것은 피입니다. 퍼져 있는 넓이로 봐서는 상당한 양의 출혈 같은데… 아무래도 누군가가 여기서 치열한 싸움을 한 모양입니다. 아, 얼어서 확실히 모양은 나지 않지만 발자국이 혼잡하게 찍혀 있군요."

켈트의 말에 평소 감정의 기복을 별로 드러내지 않던 크라이츠도 이빨을 드러냈다.

"대체 무슨 일이 있었던 거야!"

크라이츠의 날카로운 목소리가 울려 퍼지자 주변에서 태자를 찾던 사람들은 하나같이 겁에 질린 모습으로 그녀를 바라보았는데, 잠시 이성을 잃은 나머지 자신도 모르게 드래곤 피어를 터뜨렸기 때문이다. 순간적인 크라이츠의 반응에 깜짝 놀란 드워프들은 자신들도 두려웠음에도 불구하고 크라이츠의 입을 급히 막았다. 그리곤 자신들에게로 쏠린 시선을 능청스럽게 무마하며 어색한 미소로 답했다.

"허허허… 갑자기 저희 레이디께서 피를 보고 질겁을 하셨네요."

"자자, 다들 하던 일들 보세요."

"허헛! 레이디, 뭘 그런 것을 보고 그렇게 놀라십니까? 자, 이만 가시죠."

어물쩍한 표정을 지은 드워프들은 서둘러 현장에서 사라지고 있었다.

둥근 원탁을 축으로 하여 황제와 크라이츠 일행을 포함한 십여 명의 중요 귀족들이 둘러앉아 있었다. 테이블 앞에는 의례적으로 놓아두는 입가심거리들과 포도주가 올려져 있었지만 상황이 상황이었기에 손을 대는 사람은 아무도 없었다. 잠시 침묵에 휩싸여 있던 분위기 중에 크라이츠는 싸늘한 목소리로 입을 열었고, 그녀의 옆에 앉은 드워프들은 또 그녀가 어떤 행동을 할지 두려워 안절부절못하는 모습이었다.

"폐하께서도 느끼셨을지 모르겠지만, 이 사건이 우연한 실종이라고 보기는 힘든 것 같습니다. 만약 그렇다면 이렇게 허술한 방법으로는 사라진 태자와 제 동생을 찾는 것은 불가능하다고 생각되는군요."

이것은 효율적이지 못한 그들의 대처 방법에 대한 질타였기에 그녀의 도발적인 말투를 듣던 귀족들은 불쾌한 듯 얼굴을 붉혔다.

"레이디 크라이츠, 지금 황제 폐하 앞에서 너무 무례한 것이 아니오?"

하지만 화가 날 대로 나버린 크라이츠의 행동을 비난한 그 귀족은 서둘러 눈을 피해야 했는데, 크라이츠의 날카롭게 치켜뜬 눈매가 간담을 서늘하게 만들었기 때문이었다. 잠시 그 귀족의 체면을 생각한 황제는 손을 내저으며 근엄한 목소리로 말했다.

"몬티오 백작, 그녀를 이해해 주게나. 하나뿐인 동생이 사라졌으니 짐과 다르지 않은 심정일 걸세."

잠시 냉기가 감돌던 장내의 분위기가 황제의 의해 정리된 듯하자 가비르 재상이 사람들을 둘러보며 말했다.

"저 역시 크라이츠님의 말씀에 일리가 있다고 생각됩니다. 일단 이번 일이 대관식의 바로 전에 일어났다는 점과 사철의 정원에서 발견되었다는 혈흔이 무엇인가가 일어나고 있다는 증거가 된다 보고 있습니다."

가비르 재상이 그녀의 생각에 동의를 하고 나서자 황제의 눈빛은 더욱 무겁게 가라앉고 있었다.

"짐 역시 자네의 말대로 뭔가가 불안하기 짝이 없다네. 내 유일한 핏줄이 한순간에 실종되었다고 하니 온갖 좋지 않은 생각들이 머리를 떠나지 않는구려. 하지만 그런 일은 없어야 할 터인데……."

황제의 마음을 십분 이해할 수 있었던 가비르 재상의 마음 역시 답답하기 이를 데 없었다.

"폐하 때가 때인만큼 대관식을 연기하는 것이 어떻겠습니까? 이대로 대관식을 진행한다면 어떤 일이……."

가비르 재상의 말에 고개를 치켜든 황제는 지금까지의 초조해하던 모습과 전혀 다른 기운을 뿜어내기 시작했는데, 주변 인물을 한순간에 압도하는 위엄이 전신을 타고서 흘러나오는 것이었다.

"재상! 그것을 말이라고 하는가! 비록 태자가 실종되어 마음이 아프고 무겁긴 하나, 이런 일로 수십 대를 전해 내려온 황실의 전통을 흔들 수는 없는 일이네!"

예상치 못한 황제의 격노에 놀란 사람들은 황제와 가비르 재상의 얼굴을 번갈아 바라보며 상황을 살피기 시작했다. 하지만 그들이 생각하기에도 가비르 재상의 제안이 현실에 적합한 것임을 알았기에 좋은 소리를 듣지 못할 것이라는 각오를 하면서도 자신의 견해를 밝히기 시작했다.

"폐하! 폐하의 깊으신 뜻이 이해가 가지 않는 것은 아니지만, 가비르 재상님의 말씀도 다시 한 번 숙고해 주십시오. 만약 정말 이번 일에 음모가 숨어 있다면 그것은 황권에 정면으로 도전하는 행위입니다. 이대로 대관식을 진행한다는 것은 제국 전체를 위험으로 몰아세우는 것과 다를 바 없습니다."

"저 역시 가비르 재상의 말에 동의하는 바입니다. 대관식을 그대로
거행했을 경우 태자 전하께서 나타나시지 않는다면 어찌 되는 줄은 폐
하께서 더욱 잘 아시지 않습니까?"

이들은 제국을 다스리는 황실 내에서도 중요한 위치에 올라 있는 자
들로서 황제와 태자의 측근이었기에 진심으로 걱정을 하는 기색이 역
력했다. 그들이 자신의 견해를 밝히는 것을 잠자코 보고만 있던 황제
는 그들이 무엇이라 말을 하든지 간에 뜻을 굳힌 듯 아무런 기색의 변
화가 없었으며 오히려 손을 들어 그들의 입을 막았다.

"짐이 가진 이 황권이 어디서부터 시작되었는가를 경들도 한번 생각
해 보시오. 그것은 바로 선대의 황제들로부터 대대로 물려받은 것이고,
엄밀히 말하자면 선대로부터 혈통으로 이어져 온 하나의 전통에 불과
하다는 것이오. 만약 이것을 지키기 위해 다른 전통을 깨어버린다면
황권이라는 이름의 전통이 깨어지는 것과 무슨 다른 점이 있겠소."

고집스럽고 융통성없는 황제의 말에 이 자리에 모인 사람들은 아무
런 할 말을 찾지 못했고, 황제조차 자신의 그러한 점을 인정하고 있는
지 안타까움이 나직한 한숨 사이에 섞여 있었다.

"후우… 짐은 지난 20년 간 도이첸 제국을 통치하며 융통성없는 늙
은이로 살아왔소. 그것이 바로 짐의 통치 방법이었고 선대의 황제들
역시 같은 방법으로 이 제국을 통치해 왔던 것이오. 이제 내일이면 짐
의 모든 권력이 사라지겠지만, 오늘까지만큼은 그 누가 뭐라 하더라도
짐의 방식으로 처리할 것이니 경들도 모두 짐의 뜻을 따라주기 바라
오."

황제의 이야기가 끝나자 조용한 공기가 장내에 감돌고 있었다. 가비

르 재상을 비롯하여 황제를 설득하려 했던 귀족들도 황제의 마지막 명을 거스를 수는 없었기에 입을 다물 수밖에 없었다. 하지만 이 자리에 있는 모든 이들이 그들과 같은 생각을 가진 것은 아니었는데, 그중 중심 인물이었던 가테스 공작이 짐짓 심각한 표정을 지으며 새로운 견해를 늘어놓기 시작한 것이었다. 그는 두 손을 모아 원탁 위에 올려놓으며 나직한 한숨으로 이야기를 시작했다.

"흐음… 폐하, 이런 말씀을 드리는 것이 죄송스럽지만, 지금 너무 확대 해석을 하고 있는 것이 아닌지 살펴봐야 한다고 생각합니다. 물론 가비르 재상님의 말씀대로 태자 전하께서 황위를 물려받는 것을 마땅치 않게 여기는 자들이 그러한 일을 꾸몄을 수도 있는 것이나, 목숨과 지위를 내놓고 그런 대담한 일을 벌일 자들이 과연 있을까요? 어려서부터 받아온 교육에 의해 주입되어 온 황실의 지고한 혈통에 대항하려는 자가 과연 있을지……."

가테스 공작이 황실의 핏줄을 들먹이자 황제와 가비르 재상은 보일 듯 말 듯한 동요의 눈빛을 하고 있었다. 그들의 모습을 관찰하던 가테스 공작은 내심 코웃음을 치며 말을 이었다.

"혹, 태자 전하께서 스스로 황위를 원치 않으셔서 잠적을 하신 것이 아닐지도 의심해 볼 여지가 있다고 봅니다. 제 옆에 있는 루피스 경의 이야기를 한번 들어보시죠. 충분히 납득이 가실 테니……."

말끝을 흐린 가테스 공작은 자신의 옆에서 슬픈 표정을 짓고 있는 루피스를 바라보았다. 루피스의 표정은 너무나도 자연스러웠기에 그 누구도 연기를 하는 것이라고는 의심하지 못했는데, 태자의 옆에서 오랜 시일 동안 본모습을 숨기고 있었던 것을 생각하면 모두가 속는 것은 당연한 일이었다. 그는 슬픔에 잠긴 눈을 들어 올리며 입을 열었다.

"가테스 공작 각하의 말씀이 사실일지도 모르겠습니다. 사실 태자 전하께서는 예전부터 저에게 걱정스럽다는 말씀을 자주 하셨습니다. 황실의 핏줄을 이어받은 유일한 존재이셨고, 게다가 허약하신 몸으로 황위를 물려받음에 있어 큰 부담이 되셨던 것이었죠. 그 밖에도 여러 가지 이유로 이번 대관식에 대한 걱정을 많이 하셨습니다."

루피스의 이야기가 끝나자 이미 짜여진 각본대로 자연스럽게 가테스 공작이 받아 이어갔다.

"폐하, 루피스 경은 태자 전하와 가장 친분이 깊은 사람들 중 한 명이었으니 충분히 믿을 만하다고 생각합니다. 그의 말대로 그동안 태자 전하께서 상당한 고민에 시달리셨다면 이번 일에 대한 충분한 동기가 될 수도 있다고 볼 수 있지 않겠습니까?"

그의 물음에 잠시 숙고하던 황제는 갈등하고 있는 듯했는데, 태자가 황위를 물려받는 것을 거부하여 자취를 감추었을 가능성이 가테스 공작에 의해 제기되자 참담한 기분이 들었던 것이었다. 힘없는 눈빛으로 근위대 대장인 프라이어 대장을 바라본 황제는 힘겹게 몸을 일으키며 말했다.

"모르겠소… 짐은 정녕 모르겠소. 프라이어 경은 모든 근위대를 이끌고 태자를 찾으시오! 지금 당장!"

"네! 폐하!"

프라이어 대장이 깍듯한 인사와 함께 회의실 밖으로 나가자 황제는 몸을 돌려 창가로 다가가 밖을 내다보며 말을 이었다.

"모두들 짐의 말을 잘 들으시오. 대관식은 예정대로 내일 거행될 것이고, 태자의 문제는 아무런 확증이 없는 이상 궁내의 모든 이들을 동원해서라도 대관식 이전까지 찾는 수밖에 없다고 생각하오. 그럼 내

뜻을 충분히 알았을 테니 이만들 나가서 태자를 찾으시오!"

황제의 말에 잠시 술렁이는 듯했지만 그의 뜻에 따라 회의장에 있던 사람들은 하나둘 자리를 뜨기 시작했다. 심정이 복잡해진 황제는 초점 없는 눈빛으로 허공을 바라보고 있었다.

회의실 밖으로 나온 크라이츠는 아무런 말 없이 복도를 걸었으며, 드워프들 역시 서둘러 그녀의 뒤를 따르는 중이었다. 아무래도 그녀의 분위기가 심상치 않음을 느낀 켈트는 크라이츠의 옆으로 따라 걸으며 물었다.

"크라이츠님, 이제 어떻게 하는 것이 좋겠습니까? 저희들이 보기에도 뮤스는 누군가가 꾸민 정치적 다툼에 끼어든 것 같습니다. 애초부터 이곳이 마음에 안 들더라니……."

켈트의 물음에도 크라이츠는 걷기만 할 뿐 아무런 대답도 하지 않았다. 그때 그들의 뒤로 가비르 재상의 목소리가 들려왔다.

"크라이츠님! 잠시만 기다려 주십시오."

그리고 크라이츠의 앞으로 뛰어와 가로막으며 그녀의 발걸음을 멈추게 했다.

"정말 죄송하게 되었습니다. 뮤스 군에게 이런 일이 벌어질 것이라고는 생각도 하지 못했습니다. 하지만 의심이 가는 인물들이 있으니 제 심복들을 시켜 알아보게 한다면 금세……."

가비르 재상의 말에 날카롭게 눈매를 치켜 올린 크라이츠는 냉소를 터뜨리며 그의 말을 단숨에 잘랐다.

"흥! 가비르, 나는 당신의 제국에 어떤 일이 일어나거나 어떤 음모가 도사리고 있다 하더라도 아무런 상관 없어요. 설령 이번 일로 하여금 제국이 붕괴가 되더라도 마찬가지죠. 하지만 뮤스… 그 아이에게 무슨 일이 일어난다면 그때는 저도 참지 않을 것임을 알아야 할 거예요. 황제를 비롯한 당신들이나, 아니면 음모를 꾸민 자들 양쪽 모두 적지 않은 대가를 치러야 할 겁니다."

　그녀의 말을 들은 가비르 재상은 손바닥에 땀이 맺히는 것을 느꼈고, 이렇게 된 이상 음모를 꾸민 자를 찾아 응징하는 것보다 뮤스를 찾아 그의 안전을 확보해 두는 것이 먼저라는 생각을 하게 되었다. 제국의 권력이 누구의 손에 넘어가느냐를 따지기 이전에 제국의 존재 유무가 더욱 중요했기 때문이다. 그가 심각한 고민에 휩싸이고 있을 때 크라이츠는 특유의 향기를 남기며 그의 옆을 지나쳐 드워프들과 사라지고 있었다.

50장 탈출 기도

휘잉—

차갑게 불던 바람이 좁은 통로를 진동시켜 신비한 소리를 만들어내고 있었다. 바람의 꼬리가 닿는 곳에 뮤스와 태자가 잠들어 있었는데, 뮤스는 뇌공력 덕분으로 별 추위를 못 느끼고 있었지만 태자는 그렇지 않은 듯 몸을 움츠리며 떨고 있었다.

"으음……."

신음 소리를 내며 감싸 안은 부위를 비벼본 태자가 몸을 돌려 눕자 눈꺼풀에 직접적으로 닿은 눈부신 햇살에 의해 인상이 찡그려졌다. 손을 들어 햇살을 가린 태자는 뻣뻣한 몸을 일으키며 주변을 둘러보았다. 천장으로부터 스며드는 햇살로 보아 낮인 듯했고, 그것을 제외한다면 별로 달라진 것이 없는 상태였다. 고개를 돌려 자신의 옆에서 너무나도 편안하게 자고 있는 뮤스를 바라본 태자는 혀를 내둘렀다.

"정말 볼수록 신기한 사람이군. 이런 추위에서도 마치 안방처럼 자고 있다니…….”

나직하게 한숨을 내쉰 태자는 뮤스를 깨우기 위해 그의 어깨를 흔들었다.

"뮤스 군, 이제 일어나시죠. 아침입니다.”

"으음… 아, 아침이요?”

입이 메마름을 느낀 뮤스가 침을 모아 삼키며 말했다. 감겨 있던 눈을 힘겹게 뜬 뮤스는 멍한 표정을 지으며 천장을 바라보았고, 이내 손등으로 눈을 비비며 몸을 일으켰다.

"잘 주무셨습니까?”

"후훗, 저보다는 뮤스 군께서 정말 잘 주무신 듯하군요. 어떻게 이런 곳에서 그렇게 편하게 주무실 수 있죠?”

부스스하게 변해 버린 머리를 긁적인 뮤스는 고개를 흔들며 대답했다.

"태자께서 너무나 편한 생활을 하셔서 그런 것이 아닐까요? 뭐, 이정도면 바람도 막아주고 천장도 있으니 꽤나 괜찮은 곳이라고 생각합니다만.”

비록 뮤스는 아무런 생각 없이 던진 말이었지만 무엇인가 느낀 점이 있었던 태자는 씁쓸한 웃음을 지었다.

"네, 그럴 수도 있겠군요. 그나저나 지금 시간이 어느 정도 되었을까요? 이곳에 갇힌 지도 상당한 시간이 지난 듯한데…….”

태자의 물음에 햇살이 들어오는 통로를 바라본 뮤스는 쏟아져 들어오는 햇살의 각도를 눈으로 재어보며 대답했다.

"이 정도면 오후 3시쯤 되었겠군요. 아무래도 생각보다 늦게 잠을 잔 듯한걸요?"

"오오, 정말 뮤스 군의 지혜는 볼수록 대단합니다. 햇살을 보고 시간을 알 수 있으시다니……."

태자의 입에서 흘러나오는 감탄사를 듣던 뮤스의 입에서는 천천히 웃음소리가 새어 나왔고, 이내 참지 못했는지 큰 소리로 웃기 시작했다. 그리고는 손을 내밀어 둥근 물체를 내밀어 흔들었는데 다름 아닌 시계였던 것이었다.

"푸하하핫! 그건 그냥 시늉만 했던 겁니다. 그전에 궁금해서 몰래 시계를 봤을 뿐이죠."

생각지도 못한 뮤스의 장난에 머리를 한 대 얻어맞은 듯했던 태자는 입만 뻥긋거리고 있었다. 시간이 조금 지나서야 겨우 웃음을 참은 뮤스는 시계를 가슴 안쪽에 넣으며 말했다.

"쿠쿡… 태자 전하께서 어제부터 너무 심각하게 굳어 있으신 것 같아서 장난 좀 쳐봤습니다. 그러니 그 보기 민망한 표정은 좀 푸시는 게 어떨까요?"

그제야 뮤스의 의도를 알게 된 태자는 괴상하게 변해 버린 얼굴을 힘들게 수습할 수 있었다.

"후우… 뮤스 군의 배려는 고맙지만, 그런 식의 장난은 좀 삼가해 주시길. 정말 바보가 된 느낌이었습니다."

태자의 한숨에 느긋한 미소를 지어 보이는 뮤스였다.

"네, 앞으로는 좀 더 상황을 살피고서 이런 장난을 하도록 하죠. 후후훗."

"하하, 앞으로도 또 이런 장난을 할 생각이신 것 같은데 유념해야겠습니다."

몸을 이리저리 움직여 굳은 몸을 풀던 뮤스는 천장에 나 있는 통로를 통해 들어오는 빛줄기를 응시하며 입을 열었다.

"그런데 이제 어떻게 하죠? 지금쯤이면 황궁이 난리가 났을 텐데……."

"하지만 지금은 왠지 가테스 공작과 루피스 경이 나의 실종에 대해 무엇이라 말하고 있을지가 너무나 궁금합니다."

"이제 전하의 마음도 어느 정도 여유가 생기신 듯하니 빠져나갈 생각을 해볼까요? 마음이 촉박하면 머리가 잘 안 돌아가기 마련이거든요."

"그 말에 대해서는 적극 동의합니다. 안정이 되어 무엇인가 할 수 있을 것 같은 자신감이 생기니 말입니다."

이전보다는 조금 더 여유있는 태자의 말투였는데, 아무래도 뮤스의 장난이 효과가 있은 듯했다. 그의 태도에 만족한 뮤스는 짐을 한 가지 덜어낸 듯한 기분을 느끼고 있었다. 하지만 그런 생각은 잠시였을 뿐이었고 여전히 이곳을 빠져나갈 것을 고민해야 했다.

"자, 그럼 우리에게 주어진 상황을 하나씩 살펴보죠. 일단 이곳은 지하이기 때문에 벽은 부술 수 없습니다. 뭐, 부서질 것 같지도 않지만. 그리고 천장을 부순다면 바로 생매장될 것이 확실하고… 그래! 전뇌지자총통!"

잠시 뮤스의 말을 듣고 있던 태자는 의아한 목소리로 되물었다.

"전뇌지자총통이라니요?"

대답도 하기 전에 가방을 먼저 뒤진 뮤스는 오랜만에 전뇌지자총통을 꺼내 들었다. 이리저리 총신을 만져 보며 옛날 생각을 잠깐 떠올린 뮤스는 태자에게 그것을 보이며 말했다.

"이것이 전뇌지자총통인데 가공할 파괴력을 가진 녀석이죠. 이 정도의 파괴력이면 저 철문 정도야 우습게 부술 수 있습니다."

"이렇게 작은 무기로 때려서 철문이 부서진다는 말입니까? 믿기지 않는군요."

그의 순진한 물음에 등으로 식은땀을 흘린 뮤스는 고개를 내저었다.

"이것으로 때려서 부순다는 것이 아닙니다. 이 전뇌지자총통은 제 몸에서 나오는 마나를 잠시 동안 축적한 후 응축된 마나로 변화시켜 발사하는 것이죠. 물론 일반적인 마나는 아니지만, 그때 발생하는 파괴력이면 충분히 저 문을 부수고도 남습니다."

비록 태자는 뮤스가 한 말을 완전히 이해할 수는 없었지만 그저 그를 믿고 있었기에 고개를 끄덕여 주었다.

"그렇다면 왜 루피스 경의 수하들과 싸울 때는 쓰지 않았죠?"

태자의 질문에 뮤스는 어깨를 으쓱거리며 말했다.

"뭐, 장점이 있다면 단점도 있는 것이 세상살이 아니겠습니까? 한번 발출하려면 5초 정도의 시간이 필요한데, 그동안 적들이 기다릴 리는 없죠. 그리고 제가 사람을 죽이는 일만큼은 절대 하기 싫다는 것도 큰 작용을 했고요."

"흠, 그렇군요. 그럼 어서 저 철문을 부수고 나가도록 하죠."

의기양양하게 손가락으로 코밑을 쓸어본 뮤스는 전뇌지자총통으로 철문을 조준하며 나직하게 말했다.

"뇌공력 3성 발출!"

그러자 그의 손은 눈부신 금광으로 물들기 시작했고, 눈이 부신지 태자의 미간은 점차 좁혀지고 있었다. 몇 초 후 전뇌력이 전뇌지자총통에 밝게 맺히자 뮤스는 입가에 미소를 띠었다.

"발사!"

지잉! 퓨웅!

그의 말이 떨어지자마자 전뇌지자총통에서는 흰색의 빛줄기가 발출되며 눈 깜짝할 새에 철문을 꿰뚫어 버렸다. 전뇌지자총통이 완전히 발사된 것을 확인한 뮤스는 금광으로 물들어 있던 팔의 뇌공력을 거두었고, 이 신기한 장면을 목격한 태자는 입을 다물지 못하고 있었다.

"이, 이럴 수가! 대, 대단합니다! 그런데 왜 철문은 아무런 변화도 없죠?"

드베인 숲에서도 이런 일이 있었기에 당황하지 않은 뮤스는 느긋하게 말했다.

"후훗, 이 철문은 이미 파괴되었지만 너무나 빠른 순간에 일어난 일이라 미처 형상이 사라지지 못하고 남아 있는 것이죠. 발로 차보시죠."

도저히 믿을 수 없는 뮤스의 말이었지만 너무나도 자신감에 찬 모습이었기에 차마 의심을 할 수가 없었던 태자는 그의 말대로 철문을 힘차게 찼다.

꽝!

한데 이것이 무슨 일인가! 그렇게 확신하던 뮤스의 믿음을 저버린 철문은 아무런 일도 없다는 듯이 굳건하게 서 있는 것이었다. 덕분에 뮤스의 말을 믿고 힘껏 철문을 찬 태자는 자신의 발을 부여잡고 땅 위를 뒹굴었고, 뮤스는 넋이 나간 표정으로 철문을 바라보고 있었다.

"이, 이게 무슨 일이지?!"

그는 도저히 지금 일어난 일을 믿을 수 없었는데, 믿고 있던 전뇌지자총통까지 무위로 돌아가자 혼란스러웠던 것이었다. 발을 감싸 안고 쩔쩔매던 태자는 눈물과 함께 원망이 담긴 눈으로 뮤스를 보며 물었다.

"으윽! 뮤스 군, 이게 대체 무슨 일입니까! 정말 아프군요. 게다가 강화체갑의 힘까지 실려 있었으니. 크윽!"

하지만 뮤스는 아무런 대답도 하지 않고서 몇 번 더 전뇌지자총통을 쏴대기 시작했다.

지잉! 퓨웅! 지잉! 퓨웅!

점차 주입하는 뇌공력의 양이 많아졌음에도 불구하고 철문이 아무런 변화가 없자 화가 난 뮤스는 근육에서 뇌공력을 풀지 않은 상태라는 것조차 잊고 전뇌지자총통을 땅으로 패대기쳤다. 그러자 그 힘을 이기지 못한 전뇌지자총통은 산산이 부서져 버렸다.

"이런 제길! 대체 이 방은 뭐란 말이야!"

한바탕 거친 말을 내뱉은 뮤스는 아직 화가 덜 풀린 듯 부서진 전뇌지자총통의 조각을 발로 밟았고, 그 모습을 본 태자는 위화감을 느꼈는지 발이 아픈 것조차 잊고 뮤스의 몸을 잡으며 말리기 시작했다.

"뮤스 군, 그만 하시죠."

하지만 뮤스의 힘을 버텨내기에는 너무나 부족했기에 오히려 매달려서 휘둘리자 도저히 안 되겠다고 생각한 태자는 아무런 생각 없이 강화체갑의 성능을 최대한 끌어내기 시작했다. 그러자 태자의 팔 조임과 다리의 버티는 힘이 점차 강해지고 있는 반면 뮤스는 너무나 많은 뇌공력을 방출했기 때문에 힘이 약해지고 있었다. 뮤스의 움직임이 점차 둔해지자 태자는 그를 구속하고 있던 팔을 풀며 주저앉았고 뮤스 역시 거의 탈진 직전이었기에 태자의 옆으로 주저앉고 말았다.

"헉! 헉! 정말 이해가 안 되는군."

그의 옆에서 함께 거친 숨을 내쉬던 태자가 말했다.

"헉… 헉… 후훗… 뮤스 군을 잡는 데 처음 강화체갑을 사용하다니 정말 우습군요. 게다가 과다하게 쓰니 체력 소모가 엄청난걸요?"

가쁜 숨을 몰아쉬던 뮤스는 민망함에 고개를 떨구었다.

"후우… 죄송합니다. 너무 화가 나는 바람에……."

"그렇게 화를 내실 것 없습니다. 아무래도 이 방은 마나의 충격을 흡수할 수 있는 것 같습니다. 예전에 마법 이론에 대해 공부를 할 때 들은 것인데, 고대의 마법사들은 자신의 방에 마나의 충격을 흡수할 수 있는 마법을 부여하여 좁은 방 안에서도 여러 가지 마법을 시험했다고 하니까요. 물론 시간이 흐르면서 많이 유실되어 버렸지만, 바로 이곳이 그런 곳들 중 한곳인 듯하군요. 그러니 추적 마법 등이 무위로 돌아가는 것이 당연한 것이겠죠."

"과연… 그렇게 된 것이었군요. 정말 신비로운 곳이야."

태자의 설명을 충분히 이해할 수 있던 뮤스는 남아 있던 분노조차 완전히 풀려 버렸고, 그 덕에 몸이 녹초가 되어 정신을 잃듯 쓰러져 잠들어 버렸다. 그의 모습을 웃으며 바라보던 태자 역시 강화체갑에 의해 너무 많은 체력을 소비했기에 똑같은 모습으로 잠이 들 수밖에 없었다. 그들 주위론 뮤스에 의해 완전히 부서져 버린 전뇌지자총통의 조각들이 나뒹굴고 있었다.

짧았던 겨울의 해가 또 한 번 저물어가고 있었다. 하루의 마지막 불꽃을 더욱 빛내기 위해 새빨간 불꽃을 지평선 너머로 뿌리고 있을 때, 크라이츠와 드워프들은 그들에게 할애된 숙소의 정원에 나와 있었다. 저녁조차 먹지 않은 크라이츠 때문에 함께 굶어야 했던 드워프들은 그녀에게 원망의 눈초리를 보내고 있었지만 그것을 겉으로 드러낼 분위기가 아니었기에 입을 다물고 있을 뿐이었다. 지는 석양을 바라보고 있던 크라이츠를 향해 켈트가 조용히 입을 열었다.

"크라이츠님, 이곳에서 무엇을 하려고 그러십니까?"

그의 물음에 팔을 양쪽으로 뻗으며 해가 진 반대쪽으로 시선을 돌린 크라이츠는 불어오는 바람만큼이나 차가운 억양으로 대답했다.

"내일 이 도시를 철저히 파괴하려면 엄청난 양의 마나가 필요할 것 같으니 마나를 보충해 놓으려는 거예요. 아무래도 저 멍청한 인간들의 힘으로는 뮤스를 제대로 찾을 리가 만무한 것 같으니."

그녀의 진지한 눈을 보며 장난이 아니라 느낀 켈트는 마른침을 삼키며 형제들을 바라보았는데, 그들 역시 크라이츠의 발언에 상당한 충격을 받은 듯 자신과 별다를 것이 없는 상태였다.

"크라이츠님! 하지만 뮤스에게 위험이 닥쳤다는 것이 확실하지도 않은 상태에서 이렇게 극단적인 행동을 하시는 것은 현명하지 못한 행동인 듯합니다."

켈트의 말에 눈을 내리깔며 그를 바라본 크라이츠는 섬뜩한 미소를 지었다.

"호홋! 감히 드워프가 드래곤에게 충고를 하다니 정말 대단한 발전이군요. 미물들에게 틈을 주면 머리 위로 올라서려 한다더니."

"그, 그렇지만……."

그녀의 말대로 너무나 편안한 분위기에 길들어져 있던 켈트는 지금 자신을 향해 살의를 일으키고 있는 크라이츠라는 존재에게서 이질적인 기분을 느끼고 있었다. 크라이츠는 켈트에게 한 발 다가서며 입을 열었다.

"뮤스가 여기서 죽는다면 제가 더 이상 유희를 즐길 이유 따위는 전혀 없어요. 그러니 본체로 현신을 한다고 하더라도 전혀 상관이 없다는 이야기죠. 그래도 한동안 괜찮은 사이로 지냈으니 말인데, 부디 그때 제 발에 밟혀 목숨을 잃지 않기를 바래요, 켈트 씨."

켈트는 엄청난 공포에 휩싸이기 시작했고 그것은 그의 형제들 또한 마찬가지였다. 사실 크라이츠와 켈트의 사이를 이어주고 있는 존재가 바로 뮤스였는데, 그가 죽었을지도 모를 지금에는 둘 사이를 중재시켜 줄 존재가 없어져 버린 것과 마찬가지였기 때문에 지금 크라이츠의 태도는 어찌 보면 자연스러운 것이었다.

말을 마친 그녀는 이제 막 떠오르기 시작한 달을 향하며 눈을 감았다. 그리곤 두 팔을 양 옆으로 펼치며 월광을 몸으로 받아내고 있었다. 희미한 빛무리에 휩싸인 그녀는 성스러운 천사인 것 같기도 했고 기도를 하는 성직자인 것도 같았다. 하지만 켈트와 형제들의 눈에는 세상을 파괴하기 위해 내려온 사신의 모습이었을 뿐 그 이상도 그 이하도 아니었다. 켈트가 그녀를 바라보고 있을 때 브라이덴이 다가와 그의 어깨를 잡았다.

"형님, 크라이츠님께서 이곳을 파괴하려 마음을 먹은 이상 우리 역시 죽는 것은 각오를 해야 할 거요."

그의 말에 뒤에 있던 블뤼안 역시 켈트의 옆으로 다가오며 입을 열었다.

"그렇다면 이대로 목을 늘이고 죽느냐, 아니면 최대한 노력을 해보느냐인데……."

말의 마지막은 레딘이었다.

"아무래도 이대로 있다 죽는 것은 못마땅해."

형제들의 말에 난처한 표정을 지은 켈트는 힘없는 목소리로 말했다.

"그렇다고 우리한테 크라이츠님에게 대항할 힘이 있는 것도 아니잖아? 혹시 무슨 좋은 방법이라도 있는 거야?"

켈트의 되물음에 브라이덴은 형제들에게 모이라는 시늉을 했고, 의아해진 드워프들은 기대 반, 의심 반의 마음으로 그의 주변으로 가까이 다가갔다. 잠시 크라이츠를 힐끔 본 브라이덴은 그녀가 아무런 반응이 없음을 확인하고서 자신이 세운 계획을 형제들에게 털어놓기 시작했다.

잠시 후 브라이덴의 모든 이야기가 끝나자 드워프들의 표정은 전과 다르게 밝아져 있었는데, 브라이덴의 말대로 한다면 충분한 승산이 있다고 생각했기 때문이다. 켈트는 자신의 동생이 기특하기 그지없었는지 나이를 먹을 만큼 먹은 브라이덴의 머리를 어린아이 칭찬하듯 쓰다듬어 주었고, 크라이츠가 들을까 봐 목소리를 한층 줄인 켈트는 웃는 얼굴로 형제들을 바라보며 말했다.

"과연 묘안이야. 그 방법이면 뮤스가 살아 있는 것을 확인할 때까지는 크라이츠님도 파괴 행위를 할 수 없겠지."

다른 형제 드워프들도 그의 말에 동감했기에 눈빛으로 의견을 맞추었다.

"자, 그럼 시작하자고!"

따각.

휴대 전등에 전원을 넣는 소리와 함께 어둠이 찾아든 밀실은 밝아졌다. 손등으로 눈 부위를 가린 태자와 뮤스는 빛을 피하듯 얼굴을 뒤쪽으로 빼긴 했지만 칠흑 같은 어둠보다는 몇 곱절 낫다고 생각했다. 손에 묻은 먼지를 털어낸 뮤스는 등가죽과 달라붙었을 것이라고 짐작이 되는 배를 움켜잡으며 불만이 쌓인 목소리로 말했다.

"이러다간 이곳에서 빠져나가기는커녕 굶어 죽겠군요. 이럴 줄 알았으면 연회에서 잔뜩 먹고 나올 것을."

꼬르륵.

꼬르륵거리고 있는 자신의 배를 내려다본 태자 역시 뮤스와 별반 다를 것이 없는 듯했다.

"이것 참, 체면이 말이 아니군요."

"흐음… 이런 상황에 체면이 어디 있겠습니까. 굶어 죽게 생긴 것도 모르고 그 난리를 피웠으니 제 책임이 크군요."

그의 말에 낮에 있었던 일을 생각하던 태자는 너무나 우스운 생각에 피식 웃었다.

"풋! 그래도 그 덕분에 정신을 잃고 잠이라도 잤으니 시간은 잘 갔군요."

"하핫! 그렇게 되는 건가요?"

한참을 그렇게 웃던 그들은 다시금 밀려오는 허기에 입을 다물어야만 했다. 그렇게 둘의 사이에 침묵이 흐르자 태자의 얼굴을 잠시 바라보던 뮤스가 물었다.

"그나저나 제 생각이 맞다면 내일 정오가 대관식인 듯한데, 이렇게 된 이상 연기가 되겠죠?"

뮤스가 대관식의 이야기를 꺼내자 그 사실을 잠시 잊고 있던 태자의 얼굴은 딱딱하게 굳어가고 있었다. 고개를 한차례 저은 그는 체념이 섞인 목소리로 입을 열었다.

"후우… 아닙니다. 제가 알고 있는 아바마마는 이런 일로 대관식 같은 국가 중대사를 연기하실 분이 아닙니다. 아마도 계획대로 진행을 하시겠죠."

"네?! 다음 황위를 이을 태자 전하께서 실종되셨는데 대관식을 진행한다니요! 설마 그런 일이……."

"뮤스 군은 대관식의 유례를 모르시겠군요?"

태자의 말에 뮤스는 긍정의 뜻으로 고개를 끄덕였고 몇 번 숨을 들이쉴 정도의 시간 간격을 둔 태자는 계속해서 말을 이었다.

"이야기는 아주 오래전 제국이 건국되는 때까지 거슬러 올라가야 합니다. 약 1,200년 전 저희의 선조께서는 일곱 개로 찢어져 있던 오이랍 대륙의 서부를 통일시켰는데, 그것이 도이첸 제국의 시초가 되는 것이죠. 그리고 전쟁이 끝나자 나라를 다스리는 일에 중점을 두고 공신들과 함께 제국의 기반을 다지는 데 엄청난 노력을 쏟으셨습니다. 하지만 그분과 공신들은 병법과 전술에만 능했기에 나라를 다스리는 데에 관한 지식은 거의 전무한 상태였던 것입니다. 사실 이것은 귀족들이 꺼리는 사실 중에 하나인데, 그런 상황에서 생각해 낸 것이 비슷한 시기에 대륙의 동부를 통일한 듀들란 제국의 정치 기반을 그대로 따오는 것이었죠. 후훗, 물론 이 사실을 주장하는 듀들란 제국의 역사학자들에게 도이첸 제국의 역사학자들은 터무니없는 소리라고들 하지만 그들도 은연중에 인정하는 부분이죠."

역사의 수치스러운 부분을 허심탄회하게 이야기하던 태자는 손이 허전한지 주변의 고운 모래들을 쓸어 모으며 이야기를 계속해 나갔다.

"결국은 그렇게 도이첸 제국의 정치 기반을 잡았던 것이죠. 그런 연유로 도이첸 제국과 듀들란 제국의 정치는 거의 같은 체계를 이루게 되었고, 그 정체성을 따짐에 있어 대립적인 위치가 된 것입니다. 오늘날에는 경제, 학문, 군사를 비롯한 모든 분야에 걸쳐 숙적 관계를 맺고 있죠."

태자의 이야기를 유심히 듣던 뮤스는 의아한 표정으로 물었다.

"그런데 그것이 대관식과는 무슨 관계가 있는 것인지?"

"아! 이제 막 그 이야기를 하려던 참이었습니다. 그 당시 듀들란의 정치 체제를 들여와 도이첸 제국에 접목시키고, 시험하여 문제점을 바로잡는 데 20년이란 시간이 걸렸습니다. 그리고 하나의 완전한 제국으로서 성립되었다는 것을 다른 국가에 알리기 위해 황실 출범식이 거행되었던 날이 바로 12월 28일인 내일입니다. 그때부터 지금까지 대대손손 대관식은 자연스럽게 20년의 주기를 두게 되었고 날짜는 황실이 출범한 날인 12월 28일날 거행되어지는 것이죠."

"대단하군요! 무려 1,200년씩이나 하나의 혈통이 이어지다니… 그렇다면 20년의 기간이 채워지기 전에 황제의 신병에 문제가 생긴다면 어떻게 되는 것이죠?"

"좋은 질문이군요. 만일 다음 대관식이 거행되기 전에 황제가 주신의 품으로 간다면, 남은 기간 동안 재상이 전권을 위임받게 되는 것입니다. 하지만 재상을 견제하는 귀족의 원로원들이 있으니 함부로 권력을 남용할 수는 없게 되는 것이죠."

태자의 상세한 설명에 뮤스는 대충이나마 황실의 계승이 어떤 식으로 이루어지는지 이해할 수 있었다. 그리고 안색이 처음보다 더욱 어두워진 태자는 손에 주워 든 고운 모래들을 천천히 바닥으로 쏟았다.

"그만큼 도이첸 제국에 있어서 대관식은 쉽게 연기가 될 성질의 것이 아닌 것이죠."

"만약 태자 전하께서 대관식에 나타나지 않으신다면 어떻게 되는 것입니까?"

뮤스의 물음에 잠시 대답을 미룬 태자는 가테스 공작의 얼굴을 떠올렸다.

"홈… 바로 대관식 당일의 해가 지기 전에 황제와 황실의 주축이 되는 귀족들이 모여 가장 가까운 황실의 혈통을 찾게 되고, 다음 황위는 그때 결정된 인물에게 넘어가게 되는 것입니다. 대관식에 태자가 스스로 나타나지 않음은 그 지위를 포기하는 것과 같은 의미가 된답니다. 물론 지금까지 태자가 스스로 지위를 포기한 경우도 상당수 있었죠."

모르는 것이 약이라고 했던가? 상황의 심각성에 대해 한 발자국 다가서게 되자 태자에 비해 상대적으로 여유가 있던 뮤스는 일이 생각보다 급하다는 것을 알게 되었다.

"이럴 수가! 하지만 황궁에서도 태자 전하의 돌연한 실종이 누군가의 의도적인 계획이라는 것을 눈치 채지 않았을까요?"

"그것은 그다지 확률이 높지 않을 것입니다. 가테스 공작이 일을 계획하면서 철저히 꾸며놨을 테니까요. 어쩌면 황궁의 모든 사람들이 제가 황권을 포기하고 잠적을 했다 생각하고 있을 수도 있습니다. 루피스까지 가테스 공작의 편에 서 있다면 더욱."

뮤스는 침음성을 흘리고 있었다. 자신은 비록 누가 국가의 권력을 쥐든 간에 상관은 없는 위치였지만, 기왕 돕게 된 것인데 좋은 쪽으로 흘렀으면 하는 바램이었기 때문이다.

"흐음… 정말 난감하게 돼버렸군요. 그 정도까지 심각하게 생각하지는 않았는데."

"아무래도 이곳에서 빠져나가는 것은 불가능한 것 같군요. 누군가에게 알릴 방도조차 없으니……."

태자의 나직한 말을 들은 뮤스는 천장에 난 통로로 새어 들어오고 있는 평온한 달빛을 바라보았는데, 그곳이 지금 이 밀실에서 유일하게 외부와 통하는 부분이었기 때문이다.

"그래… 우리가 못 나간다면 다른 사람들을 이곳으로 오게 만들면 되는 거야."

혼잣말을 중얼거린 뮤스는 혼자 무엇인가 골똘히 생각하기 시작했다. 그러다가 태자를 향해 대답을 들으려는지, 아니면 그냥 묻는 것인지 모를 질문을 던졌다.

"전쟁 시 멀리 있는 아군에게 신호를 보낼 때 어떤 방법을 썼죠?"

뜬금없는 그의 물음에 머리를 긁적인 태자는 자신이 읽은 여러 가지 책을 머리 속으로 뒤적였다. 그리곤 몇 가지 생각나는 것이 있었기에 자신없는 목소리로 대답했다.

"먼 거리는 주로 마법으로 의사 소통을 했죠. 당시에는 마법사들이 많았으니까요."

"그것조차 여의치 않은 일반 사병들은요?"

"흠… 그거야 당연히 불빛을 이용했죠. 낮에는 연기를, 밤에는 불빛을. 비록 자세한 내용을 전하지는 못했지만 적군의 침입이나 승전, 패전 등의 간단한 내용은 손쉽게 전할 수 있었으니까요."

태자의 대답에 이마를 때린 뮤스는 큰 소리로 웃으며 말했다.

"하하하핫! 바로 그거예요! 왜 진작 그 간단한 생각을 하지 못했을까? 저 달빛이 들어오는 통로로 빛을 뿜어서 외부로 신호를 하는 거예요. 그럼 태자 전하를 찾기 위해 동원된 병사들이 이곳을 의심하게 되겠죠. 이 방이 빛까지 차단하는 것은 아니니까."

"오호라! 그것 정말 좋은 방법이군요. 역시 열쇠는 가장 보기 쉬운 곳에 있다더니……."

"그것은 이곳의 속담인가요?"

뮤스의 되물음에 태자는 의아한 얼굴로 고개를 갸웃거렸다.

"이 유명한 속담을 모르십니까? 그러고 보니 도이첸 제국 건국기도 전혀 모르는 표정으로 들으시던데."

태자의 날카로운 질문에 흠칫한 뮤스는 오랜만에 겪는 일이라 당황한 기색을 표하고 있었다.

"그, 그것이……."

자신의 물음에 뮤스가 생각 이상으로 당황하자 태자는 경쾌하게 웃으며 말했다.

"하핫! 공학에 대한 공부 말고는 전혀 거들떠보지 않으셨군요? 후훗, 뮤스 군도 시간 나실 때마다 여러 가지 학문을 병행하는 게 좋겠군요. 하지만 다른 학문이라도 뮤스 군보다 제가 나은 점이 있으니 기분이 나쁘지는 않은걸요?"

혼자 이야기를 꺼내고 혼자 이야기를 끝마치자 뮤스의 얼굴은 돌에 맞은 사람같이 변했지만 내심 다행으로 생각하고 있었다.

"그보다, 빨리 빛을 만들어낼 만한 도구를 만들어야겠군요. 이 좁은 통로의 지름 두께로 그만한 빛의 양을 만들어낼 만한 재료가 있을지……."

다시 안색을 되찾은 뮤스는 자신의 가방을 뒤지기 시작했고, 태자는 그리 크지도 않은 가방에서 튀어나오는 엄청난 양의 부속들을 놀란 눈으로 지켜보고 있었다.

땡그랑!

한참 동안의 시간을 가방과 씨름하며 보낸 뮤스는 손바닥만한 금속의 부속 하나를 땅에 떨어뜨리며 허탈한 얼굴을 했다.

"크윽! 도저히 불가능해."

그의 옆으로는 밀실 공간의 대부분을 차지하며 쌓여 있는 수많은 부품들과 재료들이 있었고 혹시나 하는 마음에 그것들을 수도 없이 뒤적여 봤지만 결과는 달라지지 않았다. 뮤스의 하는 양을 지켜보던 태자는 불안한 얼굴로 물었다.

"뭔가 문제가 있습니까?"

질문에 고개를 끄덕인 뮤스는 맥 빠지는 목소리로 대답했다.

"설마설마 했지만 이 많은 부품 중에 고밀도증폭렌즈가 없다니……."

"고, 고밀도증… 아무튼 그것이 없으면 안 되는 것입니까?"

"후우… 빛을 만들어내더라도 그것이 없으면 충분한 빛의 양을 얻는 것은 불가능합니다. 게다가 고밀도증폭렌즈는 만드는 것 역시 상당한 과정이 필요해 이곳에서 제작하는 것은 불가능하다고 봐야겠죠. 전뇌지자총통을 부수는 것이 아니었는데!!"

그의 외침은 거의 절규와 같은 것이었고, 다시금 뮤스가 발작할 조짐이 보이자 잔뜩 긴장한 태자는 자신도 모르게 강화체갑의 출력을 높이고 있었다.

"참아요, 뮤스 군."

"후우… 이것마저도 안 되다니……."

다행스럽게도 뮤스의 행동은 거기에서 멈추었기에 태자는 안도의 한숨을 내쉬며 강화체갑의 출력을 원상 복귀시켰는데, 아직 체력이 완전히 회복되지 않은 상태였기에 금세 숨이 거칠어졌다.

"헉헉… 체력이 회복될 때까지만이라도 벗어두어야겠군."

태자는 팔과 다리를 주무르며 힘겹게 강화체갑을 벗었고 그것을 본 뮤스는 고개를 내저었다.

"태자 전하, 지금 벗으신다면 강화체갑에 적응을… 강화체갑?! 카인 슈나이드!!"

말을 하다 말고 빛나는 눈빛을 되찾은 뮤스는 태자가 벗어놓은 강화체갑을 들어 올리며 쾌재를 질렀다.

"그래! 카인슈나이드가 있었지! 태자 전하, 잠시 시선을 다른 곳으로 돌려주시겠습니까?"

태자는 얼떨결에 뮤스가 시키는 대로 벽 쪽으로 시선을 돌렸고, 뮤스는 기대감에 부푼 얼굴로 강화체갑을 들어 올렸다. 그리곤 뇌공력을 운용하여 손으로 유도했는데, 금광의 뇌공력이 강화체갑에 닿는 순간 엄청난 빛무리가 사방으로 뻗어 나가기 시작하는 것이었다.

"쿠하하하핫! 이거야, 이거!"

뇌공력을 거둔 뮤스는 주먹을 부르 쥐며 강화체갑에 입맞춤을 퍼붓고 있었다.

"역시 크라이츠 누님의 말씀이 맞았구나! 이 정도면 충분할 것 같습니다, 태자 전하!"

흥분에 휩싸인 뮤스는 희망에 찬 표정으로 태자를 바라보았다. 하지만 태자는 강화체갑에서 뻗어 나오는 광채를 실수로 응시해 버렸는지 순간적으로 시력을 잃은 눈을 비비며 괴로워하고 있는 것이었다.

"뮤스 군! 앞이 안 보이는군요!"

강화체갑을 던져 놓고 태자에게 다가온 뮤스는 그의 상태를 살펴보았다.

"이런, 눈이 빛에 노출된 모양이군요. 하지만 일시적인 현상일 테니 큰 걱정은 하지 않으셔도 됩니다. 조금의 시간이 흐른다면 정상으로 돌아올 것이니까요."

눈을 감고 있던 태자는 안도하는 모습이었다.

"그럼 다행이군요. 그건 그렇고 그 광채는 무엇입니까?"

"아! 이것이 바로 섬광의 전사라 불리운 마크 도나엘의 비밀이죠."

"도무지 무슨 이야기인지……."

"바로 강화체갑을 만들 때 쓴 저의 검 카인슈나이드가 바로 마크 도나엘의 검이었는데, 특이한 성질을 가지고 있어서 마나를 주입할 경우 엄청난 빛을 발하게 됩니다. 그것이 바로 방금 전에 강화체갑에서 뿜어져 나온 빛이죠."

"오호라! 그런 비밀이 있었군요."

놀람을 표한 태자는 고개를 털어내듯이 흔들며 눈을 힘겹게 떴지만, 아직 물체가 또렷하게 보이는 정도는 아니었다. 태자의 상태가 심각한 것이 아님을 알게 된 뮤스는 한시 바삐 외부를 향해 신호를 해야 했기에 행동을 서둘렀다.

"태자 전하, 이제 시작하겠습니다. 그러니 이번에는 확실하게 눈을 감으셔야 합니다. 그렇지 않으면 영원히 실명을 하실 수도……."

태자 역시 이미 당해본 것이 있었기에 그 빛의 강렬함이 얼마나 대단한지 충분히 알 수 있었고, 이번에는 눈을 감은 위에 손까지 사용하여 그 위를 덮었다. 이제 태자가 준비를 마친 듯하자 뮤스는 전뇌지자 총통을 통해 방출한 후 얼마 남지 않은 뇌공력을 모조리 강화체갑으로 쏟아 넣기 시작했다.

"이야아아앗! 뇌공력 방출!"

번쩍!

그의 외침과 동시에 뇌공력을 한껏 머금은 강화체갑이 전과 비교할 수도 없는 엄청난 빛을 사방으로 뿌려대기 시작했고, 뮤스와 태자의 전신은 빛무리 속으로 자취를 감추고 있었다.

같은 시간, 드워프들은 걱정스런 표정을 지으며 자신이 취할 수 있는 가장 어눌한 자세로 차가운 바닥에 쪼그리고 앉아 있었다. 그런 그들의 모습은 누가 보더라도 동정심을 유발시킬 만치 충분히 불쌍하기 그지없었다. 잠시 달빛을 받으며 마나를 증폭시키고 있는 크라이츠를 향해 곁눈질을 해본 블뤼안은 떨리는 목소리로 입을 열었다.

"형님, 이제 우리는 죽는 것이우?"

말을 마치며 블뤼안이 어떠한 의미가 담긴 눈짓을 하자 켈트는 조금 템포를 놓친 듯 당황하며 그의 말을 받았다.

"그, 그래도 우리는 오래 살지 않았나? 이제 와서 죽더라도 백 년도 채 못 살고 있는 인간들이 더 아쉬울 것이 아닌가? 그러니 그것만으로라도 위안을 삼아보자고."

가슴을 쓸어 내리고 있는 켈트의 뒤를 이으며 브라이덴이 특유의 가라앉은 목소리로 말했다.

"과연 형님의 말도 틀리지는 않은 것 같수. 이런 곳에서 죽는 것이 아깝긴 하지만, 죽는 드워프 수보다 인간들의 수가 많으니 생의 강을 건너는 길이 적적하지는 않을 것 아니우?"

그들의 발치에서 마나를 증폭시키고 있던 크라이츠의 귀에는 이상하게도 드워프들의 목소리가 크게 들리고 있었는데, 그렇지 않아도 심기가 꼬여 있는 판국에 그들의 어색한 청승은 더욱 성질을 돋우고 있었다. 그때 레딘의 목소리가 이어졌다.

"그럼 죽기 전에 궁금한 것이나 알고 죽읍시다. 대체 크라이츠님이 이곳에 브레스를 뿌리면 얼마나 날아가게 되는 것이유?"

그의 질문을 듣고 있던 형제들은 모두 켈트에게 이목을 모았고 켈트 역시 확신은 가지고 있지 않은 듯했다.

"글쎄… 잘은 모르겠지만 크라이츠님 정도 되는 고룡이면 하루에 브레스를 네 번 정도 뿜을 수 있다고 쳤을 때, 음… 아무리 못해도 하루에 하나의 시가지는 날아가지 않겠나? 게다가 지금 마나를 증폭시키고 있는 것으로 봐서는 마법을 쓰실 듯한데… 그렇다면 단 하루면 이곳 벨링은 복구하기 힘들 상황에 놓이게 될걸? 말 그대로 그것은 재앙이야."

켈트의 대답을 듣고 있던 크라이츠는 그의 말이 맞기라도 하다는 듯 제법이라는 표정을 짓고 있었다. 한숨을 내쉰 레딘은 고개를 떨구며 짜여진 각본대로 울먹이는 소리를 내기 시작했다.

"흑흑… 그럼 뮤스 군까지 같이 죽겠구나. 우리야 미리 죽을 것을 알고나 있으니 마음의 준비라도 해놓겠지만, 어딘가에 갇혀 있는 뮤스 군은 영문도 모른 채 누님이라는 분께 죽으니 얼마나 슬픈 일이오! 흑흑흑!"

레딘의 말을 잠시 생각해 보는 시늉을 하던 드워프들 역시 그와 별다를 바 없이 울상을 짓기 시작하는 것이었다.

"아이고! 자네 말이 맞네! 뮤스는 어딘가에 갇힌 채로 그냥 브레스에 녹겠구나! 아이고!"

"그동안 정도 많이 들었는데! 하필이면 누님의 힘에 목숨을 잃다니 운도 참 없구나! 희대의 천재 한 명이 골로 가는구나! 흑흑흑흑!"

"천재는 역시 명이 짧다는 옛말이 맞았어! 흑흑! 이왕 이렇게 된 것 주신의 품에서라도 모든 능력을 발휘해 보게나, 뮤스 군. 흑……."

드워프들이 온갖 말을 다 동원하며 가식의 눈물바다를 만들고 있자 그들의 말을 곰곰이 생각해 보던 크라이츠는 양 옆으로 길게 뻗고 있던 두 팔을 내렸다. 비록 연기라는 것이 뻔히 드러나는 드워프들의 대화였지만 그들의 말에도 충분히 일리가 있었기 때문인데, 뮤스와 태자가 어딘가에 잡혀 있다고 해도 시간상 황궁이나 그 주변을 벗어나지는 못했을 확률이 많았다. 그렇다면 자신이 이곳을 브레스로 쓸어버리는 데에 있어서 뮤스 또한 인간들과 함께 자신의 브레스에 녹아버릴 확률이 높았던 것이었다. 생각이 이쯤 되니 너무나 화가 난 통에 큰 실수를 할 뻔한 것에 대해 안도의 한숨을 내쉬었고, 몸으로 응축되어 있던 마나를 다시 대기 중으로 흩뿌렸다. 그리곤 드워프들이 아직도 오열하고 있는 곳으로 다가와 짜증을 내듯이 입을 열었다.

"이제 그만들 해요! 나참, 그런 속 보이는 연기력에 누가 속을 것 같아요?"

그녀의 말과 함께 드워프들은 언제 그랬냐는 듯이 머쓱한 웃음을 지었다. 자리에서 재빨리 일어난 드워프들은 서둘러 크라이츠의 얼굴을 살펴보았는데 다행스럽게도 살이 따가울 정도로 뿜어대는 살기는 거의 사라졌고, 예전과 같이 도도하지만 친근한 모습으로 돌아온 듯했다. 그제야 드워프들은 자신들의 어설픈 연극이 효과가 있었음을 확인하며 뛸 듯이 기뻐하기 시작했다.

"허허헛! 크라이츠님, 잘 생각하셨습니다!"

"그럼요! 설마 그 정도 능력을 가지고 있는 뮤스 군이 쉽게 위험에 빠지겠습니까?"

"휴우! 정말이지 한시름 놓았군."

"후훗, 나는 이제 정말로 눈물이 나는구먼."

드워프들의 반응에 못 말리겠다는 듯 손을 내저은 크라이츠는 착잡한 마음으로 아직 여물지 못한 달을 바라보며 평소와 같은 목소리로 말했다.

"제가 잠시 이성을 잃고 있었던 것 같군요. 그 점에 대해서는 켈트 씨를 비롯해 형제 분들께 사과를 하도록 하죠. 하지만 뮤스에게 아무런 일도 없다는 전제 하에서 참는 것이니 너무 안심하지는 마세요."

크라이츠의 말이 끝날 때였다. 한줄기의 얇은 빛이 어디선가 솟구치며 크라이츠가 바라보고 있던 달을 관통하는 듯했는데, 마치 검은 천에 흰색의 명주실이 걸쳐진 듯 또렷한 빛줄기였다. 그 모습을 보던 크라이츠가 나직한 목소리로 말했다.

"으음? 저것은 어디선가 본 듯한 느낌인데… 그래! 슈나이드의 빛이군!"

그녀의 말을 들을 때까지 그 빛을 보지 못하고서 목숨이 연장되었다는 것에 감동하고 있던 드워프들은 서둘러 크라이츠가 시선을 주고 있는 방향으로 고개를 돌렸다.

"저것이 슈나이드의 빛이라니, 무슨 말씀이십니까?"

켈트의 물음에 크라이츠는 밝은 미소를 얼굴에 떠올렸다.

"예전에 말씀드렸잖아요! 마크 도나엘의 슈나이드는 마나를 주입하면 엄청난 빛을 뿜어낸다고요! 저 빛의 느낌은 슈나이드가 뿜어내는 것이 틀림없어요!"

다시 한 번 눈길을 돌려 하늘에 닿아 있는 빛줄기를 확인한 켈트는 더 이상 생각할 것도 없다는 듯 몸을 움직이며 외쳤다.

"그 말씀이 사실이라면 뮤스와 태자가 저곳에 있겠군요! 그렇다면 꾸물거릴 이유가 어디 있습니까! 자네들은 혹시 모르니 무기를 챙기게!"

"네, 형님! 그런데 근위대 쪽에는 알려야 하지 않을까요?"

"흥! 그 멍청한 인간들에게 알려봐야 도움이나 되겠는가?"

"알겠습니다, 형님! 그럼 어서 가죠!"

대충 이야기를 마친 드워프들은 짧은 다리를 바삐 움직여 가며 빛줄기가 뿜어져 나오는 곳을 향해 출발을 했고, 며칠 만에 처음으로 얼굴에 기쁜 기색을 떠올린 크라이츠 역시 예전의 '레이디' 모습으로 그들의 뒤를 따르기 시작했다.

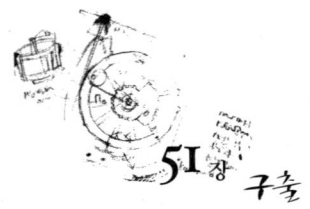

51장 구출

　달이 구름의 반대 편으로 숨어들며 그 빛을 발하지 못하고 있음에도 불구하고 황궁으로부터 1켈리가량 떨어진 폐허 지역은 대낮과 같이 밝았기에 주변의 동물들은 이리저리 날뛰며 갑작스러운 이변에 놀라고 있었다. 이 부근은 주로 황제의 사냥터로 사용되던 지역으로, 폐허가 된 건물들을 해체하여 또 다른 별궁으로 꾸미려 했으나 언제 만들어진 것인지 모를 폐허들 곳곳에 걸려 있는 마법 트랩으로 인해 공사가 불가능하였기에 주변의 경관이라도 즐기고자 사냥터로 변한 곳이었다. 하지만 대관식을 얼마 남기지 않은 시점에서 사냥을 나올 귀족들은 없었기에 사람들의 발길이 끊어진 지 상당한 시간이 흘렀고, 그만큼 사냥감들은 느긋한 한때를 보내는 중이었던 것이다.

　철컥! 철컥! 부스럭.

　야심한 밤임에도 불구하고 찾아든 낯선 손님들 때문에 사냥터에 사는 동물들은 몸을 숨겨야만 했다. 수풀이 무성하게 우거진 곳에서 몸을 숨긴 채 평범한 대리석 바닥으로부터 뿜어져 나오는 빛을 응시하고 있는 다섯 쌍의 눈이 있었는데, 빛줄기를 따라 이곳까지 찾아온 드워프들과 크라이츠였다. 자신의 전투 도끼를 아래로 늘어뜨려 땅을 짚은 켈트는 무너진 폐허 더미를 살펴보며 조용하게 입을 열었다.

"아무래도 저 작은 구멍인 듯하군. 하지만 주변에 감시를 하는 자들이 아무도 없다니 이건 좀 이상한걸?"

켈트의 말을 듣고 있던 크라이츠는 반짝이는 빛을 발하기 시작하는 손을 천천히 흔들며 나직한 목소리로 말했다.

"나를 대리하는 마나의 힘이여, 장막에 가려진 마나의 흔적을 찾노라… 마나 파인더!"

그녀의 말이 끝남과 함께 손의 주변에서 발하던 빛은 무엇인가를 찾아 나서듯 손을 떠나 어디론가 날아갔고, 폐허의 한 부분을 맴돌던 그 빛은 어떠한 부근에 멈추며 그곳 주변을 맴돌았다. 그 모습을 보던 크라이츠는 회심의 미소를 지었다.

"저쪽에 어떠한 마나의 흔적이 있는 듯한데, 아무래도 저의 추적 마법의 힘이 발휘되지 못하는 것을 보니 이 근처가 평범한 곳이 아님은 틀림이 없는 것 같군요."

자신의 생각을 늘어놓은 크라이츠는 몸을 숨기던 수풀을 헤치며 폐허가 있는 곳으로 걸어나갔고 드워프들 역시 무기를 손에 꼬나 쥔 채 주변을 경계하며 그녀를 뒤따랐다. 마나의 흔적이 발견된 곳에 발걸음을 멈춘 크라이츠는 무너져 가는 건물의 벽 앞에 서게 되었다. 그곳을 유심히 살펴보던 그녀는 손을 들어 이곳저곳을 쓰다듬었고, 어느 지점에서 손이 멈추는가 싶더니 벽을 이루고 있던 벽돌들이 마찰음을 내면서 열리기 시작하는 것이었다. 약간의 먼지가 날림에 얼굴을 찌푸린 크라이츠는 드워프들에게 턱짓으로 신호를 했다. 그러자 켈트와 브라이덴이 앞장서며 입구의 옆에 있던 횃불 자루에 불을 붙였다.

크라이츠와 드워프 일행은 계단을 통해 한참을 내려온 후에도 여러 번 굽어지는 통로를 따라 걸어가고 있었다. 통로는 사람 두 명이 편안하게 다닐 정도의 폭이었고 벽면으로 횃불을 꽂는 받침대가 있었지만 지금은 타다 남은 횃불 자루에 먼지만 잔뜩 쌓여 있었다. 크라이츠는 손수건을 꺼내 입을 막은 채 주변을 둘러보며 말했다.
"아무래도 이곳은 인간들의 고대 유적이군요. 못 되어도 3,500년 이상은 된 듯한걸요?"
크라이츠의 말에 그녀의 바로 앞을 걷고 있던 레딘이 놀라며 되물었다.
"그렇다면 인간들이 말하는 마법기의 유적이란 말씀이십니까?"
"제 생각이 맞다면 틀림없을 것 같아요. 그때는 제가 태어나기도 전이기 때문에 저 역시 선대 고룡들에게 들은 것밖에 없지만, 인간들의 능력이 거의 신에게 도전할 수준이었다고 하더군요."
"인간의 능력이 신에게 도전할 수준이었다고요?!"
크라이츠의 말에 크게 놀라고 있는 드워프들이었지만 말을 하는 이가 크라이츠인만큼 신빙성이 전혀 없는 말은 아니라고 생각했다. 그녀의 말은 계속되어졌다.
"네, 하지만 신에 근접한 그들의 능력 때문에 멸망을 하고 말았죠."
비록 오랜 시간 동안 살아온 켈트였지만 그녀가 지금 하고 있는 말에 대해서 전혀 알지 못했던 그는 드워프 족 특유의 궁금증을 참지 못하며 물었다.

"신에 근접한 능력 때문에 멸망을 했다는 것이 무슨 말씀이신지? 좀
더 자세히 말씀해 주시면 안 되겠습니까?"

켈트의 부탁에 고개를 내저은 크라이츠는 입을 막았던 손수건의 먼
지를 한번 털어내며 대답했다.

"미안하지만 더 이상은 말씀을 못 드릴 듯하군요. 이것은 하나의 세
계를 다스리는 신의 규율에 속하는 것이기 때문에 필요 이상 알게 된
다는 것은 여러분의 존재 자체를 위협하는 일이니까요."

크라이츠의 말에 드워프들은 더욱 강한 호기심을 느끼고 있었지만
그녀가 말을 하지 않는 이상 호기심을 충족시킬 방도가 없었기에 아쉬
움만을 남기고 궁금함을 접었다. 그때 가장 앞에서 걷고 있던 브라이
덴이 통로의 모서리 부근에서 손을 치켜들며 일행들에게 멈추라는 신
호를 했다. 브라이덴의 갑작스러운 신호에 놀란 드워프 형제들이 발걸
음을 멈추며 그의 얼굴을 살피자 그는 손가락으로 자신의 귀를 가리켰
다. 드워프 형제들은 브라이덴의 행동에 따라 숨소리까지 죽이며 귀를
기울였는데, 어딘가에 여러 사람이 모여 있는 듯 말소리가 들리기 시작
하는 것이었다.

"크큭… 이번 일만 잘된다면 우리는 국가 공신에 맞먹는 지위를 가
지게 되지 않겠나?"

"하, 하지만 이번 일이 만약 잘못되기라도 한다면……."

"이런 겁쟁이 녀석! 어쩌면 이것이 우리에게 떨어진 행운일 수도 있
는 거야! 너나 우리나 일반 사병 노릇을 한다면 기껏 해봐야 용병대 대
장까지밖에 더 오를 수 있겠나? 흥! 우리는 부자도 아니고 귀족도 아니
란 말이야."

"그의 말이 맞아. 손의 가죽이 다 찢어지도록 검술을 연마하면 뭘 하는가? 전쟁이 종식된 지는 벌써 수백 년 전이고, 이제 우리 같은 자들에게는 신분 향상의 꿈은 이런 반역 외에는 없는 거야."

대화를 숨죽이며 듣던 크라이츠와 드워프들은 적어도 십여 명 정도의 훈련 잘된 전사들이 그곳에 버티고 있는 것을 알 수 있었다. 잠시 뒤를 돌아 형제들과 눈빛을 마주친 켈트가 조용히 입을 열었다.

"통로에서는 목소리가 크게 울리기 마련인데, 들리는 목소리의 크기가 이 정도밖에 안 되는 것을 보니 앞쪽에는 그럭저럭 넓은 곳인가 보군. 전투를 벌이는 장소가 넓다면 숫자가 많은 쪽이 우세할 텐데 어떡한다?"

늙은 드워프인만큼 조심스러운 켈트의 말에 형제들 중 가장 호전적인 성격을 가진 동시에 가장 철이 덜 든 레딘이 막무가내로 팔뚝을 걸어 올리며 철퇴를 흔들었다.

"헐헐. 까짓, 그냥 쳐들어갑시다. 놈들이 덤벼봐야 이 녀석으로 머리통을 날려 버리면 되니!"

그는 자신의 철퇴를 굳게 믿고 있었기에 앞으로 일어날 전투에 가슴이 설레이는 모양이었다. 그것은 켈트를 제외한 다른 드워프들 역시 비슷한 생각인 듯했는데, 블뤼안은 자신의 무기인 거대한 전투 망치를 어깨에 걸치며 전의를 불태웠고, 브라이덴은 사람 주먹의 두 배는 됨직한 크기의 쇠 구슬 두 개를 양손에 나눠 쥐고 이리저리 돌리는 중이었다.

그들의 표정을 살피던 켈트는 십여 명이나 되는 적의 수가 부담이 되긴 했지만 형제들의 실력을 잘 알고 있었기에 고개를 끄덕였다. 켈트의 허락이 떨어지자 가장 신이 난 레딘은 허공에 대고 괴성을 지르며 앞으로 뛰어가기 시작했고 다른 드워프들 역시 흥분한 표정으로 괴성을 지르며 그의 뒤를 재빠르게 쫓았다.

"우워어어어어!"

지하의 좁은 통로가 드워프들의 괴성으로 가득 차기 시작하자 뮤스와 태자를 지키고 있던 사내들은 갑작스럽게 들려오는 소리에 혼비백산해야만 했다. 그들은 이곳에 누군가가 침입할 가능성이 거의 없다고 생각했기에 전투 채비는커녕 몸을 조이는 갑옷까지 벗어놓은 상태였다. 하지만 멍청하게 당하고 있기에는 훈련이 잘 된 자들이었기에 갑옷을 걸치지 않은 채로 서둘러 병장기를 뽑아 들며 이곳으로 통하는 유일한 입구를 지켜보고 있었다.

"다들 정신 똑바로 차렷! 황실 근위대라면 우리는 이 자리에서 죽음이다!"

그들 중 책임자인 듯한 자가 소리를 지르자 긴장감을 온몸으로 느끼던 그들은 귓가로 심장 뛰는 소리가 들리기 시작했다. 그때였다! 통로의 끝으로부터 무엇인가가 빠른 속도로 날아오는 것이 보였는데, 흔들리는 불빛이 그것을 제대로 비춰주지 못했기에 그저 검은 그림자로만 보이고 있었다.

휘이이익! 퍽!

모든 것이 한순간이었다. 잠깐 눈을 깜짝이는 순간 그 물체는 사내들의 귓불을 스치며 뒤쪽에 서 있던 그들의 동료 얼굴을 강타했고 그의 머리는 단 한 방에 너덜하게 터진 채 사방으로 뇌수를 뿌리고 있었다. 그리곤 동료의 얼굴을 뭉갠 물체는 이제야 힘을 잃은 듯 땅으로 떨어졌다.

터걱.

붉은 피를 한껏 머금은 그것은 사람의 주먹 두 개만한 쇠 구슬이었는데, 붉은 피가 어우러지며 횃불의 불빛을 반사하는 쇠 구슬의 모습은 그 자체만으로도 공포스러웠다. 하지만 그것은 시작일 뿐이었다. 그 뒤를 이어 네 개의 작은 그림자가 빠른 속도로 사내들을 향해 뛰어 들어오고 있었다. 그들은 각자 특유의 무기를 휘두르며 공격해 오는 드워프들이었고, 방금 전 날아온 쇠 구슬은 브라이덴이 한 명이라도 적의 수를 줄이기 위해 던진 것이었다. 그제야 적의 정체를 확인한 사내들은 방어 자세를 취하며 빠른 속도로 덤벼들고 있는 드워프들을 맞이할 준비를 했다.

까강! 챙!

금속과 금속이 마찰하면서 귀를 자극하는 날카로운 소음과 불꽃이 튀기 시작했는데, 바로 드워프들과 이곳을 지키고 있는 사내들 간의 첫 번째 격돌이 시작된 것이었다. 드워프들 중 가장 전투 능력이 좋은 것은 바로 레딘이었다. 그는 머리 위와 몸 주위로 능수능란하게 철퇴를 돌리며 자신을 찔러오는 검들을 모조리 쳐내고 있었다. 장검이 철퇴에 얻어맞자 마치 바위라도 때린 듯 엄청난 진동이 손으로 전해졌고, 손아귀가 찢어지는 듯한 느낌을 받은 사내들은 급히 몸을 피했다. 그러나 레딘의 철퇴는 피하는 그들을 보고만 있지는 않았다. 둥근 원을 그리며 돌던 철퇴는 앞으로 뻗어 나가며 그중 한 명의 어깨를 강타했고, 그 원심력을 이용한 레딘은 철퇴를 낮추며 자신의 뒤쪽에 있던 사내의 복부를 후려쳤다.

"으아아아악! 내 어깨!"

"커컥!"

몸이 뜯겨져 나가는 고통에 비명을 지르기 시작하는 사내들을 돌아보지도 않은 레딘은 다른 쪽에서 싸우고 있는 형제들을 바라보았다.

"허헛! 다들 실력은 여전하군 그래!"

과연 그의 말대로 다른 드워프들 역시 적들을 압도하고 있었다. 블뤼안이 전투 망치를 휘둘러 공기를 가르는 소리를 내며 적을 내려치자, 상대방이 검을 들어 그의 망치를 막았다. 그럼에도 불구하고 검이 두 동강나는 것과 동시에 머리를 격타당해 그 사내는 처절한 비명을 지르며 그 자리에서 서서히 무너져 내렸다.

"끄아아아악!"

얼굴로 튀기는 피를 소매로 닦아낸 블뤼안이 다음 상대를 정하기 위해 시선을 움직이고 있을 때 그의 옆에서 싸우던 브라이덴 역시 손에 들린 쇠 구슬로 적의 턱을 강타하며 또 한 명을 쓰러뜨렸다. 상대적으로 접근전을 펼쳐야 하는 브라이덴이었지만, 드워프답지 않은 날렵한 움직임을 보였다. 두꺼운 팔뚝으로부터 뿜어져 나오는 힘이 더해진 쇠 구슬의 위력은 절대 형제들에 비해 못하지 않았기에 브라이덴은 손쉽게 상대를 제압하고 있었다.

맏형인 켈트 역시 동생들에게 지지 않겠다는 듯 전투 도끼를 휘두르고 있었는데, 그의 도끼가 휘둘러질 때마다 상대의 피가 허공으로 뿜어졌고 살점이 뜯겨져 땅 위로 나뒹굴었다. 가공할 위력의 도끼에 겁먹은 사내들은 공격은 뒤로한 채 막아내기에 급급했지만, 켈트는 드워프 특유의 근력을 이용하여 검과 같은 변화를 도끼의 움직임에 불어넣었기에 결코 쉽지 않았던 것이다. 이렇게 하여 순식간에 여섯 명의 동료가 나가떨어지자 자신들의 눈을 믿을 수 없었던 사내들은 넋이 나간 상태였다.

"이, 이럴 수가! 이들은 우리의 검술이 통하는 상대가 아니야!"

"사람이 아니라 악마들이다! 도망쳐라!"

비록 수적으로 우세하다고는 하지만 길어봐야 십여 년 검술을 갈고 닦은 이들이 백 년에 가까운 세월을 자신들의 무기와 함께해 온 드워프들의 상대가 안 된다는 것은 너무나 당연했다. 또한 인간보다 어두운 환경에 잘 적응한 눈을 가진 드워프들에게는 횃불이 있음에도 상대적으로 어두운 이곳이 마치 안방과 같은 환경이라는 점을 생각해 보더라도 드워프들이 전투에서 이길 수밖에 없는 조건을 두루 갖추고 있었다.

거의 혼백이 달아난 사내들은 손에 든 무기를 버리고서 유일한 출구인 통로를 향해 도망을 치기 시작했다. 하지만 그곳에는 드워프들보다도 더욱 두려운 존재가 있었으니, 바로 크라이츠라는 존재였다. 사실 그녀는 유희 동안만큼은 공격 마법을 쓰지 않으려 마음을 먹고 있었지만, 막상 자신을 며칠 동안 잠조차 못 자도록 걱정을 하게 만든 이들의 얼굴을 보자 한순간 자제력을 상실해 버렸다. 눈동자에 초점조차 잃은 사내들이 정신없이 뛰어나오는 것을 바라보던 크라이츠는 손가락 다섯 개를 펼치며 그들을 가리켰고, 손가락의 끝으로 마나를 집중시킨 그녀는 나직한 목소리로 중얼거렸다.

"나 마나의 주인인 자, 존재하는 모든 날카로움의 으뜸인 너로 하여금 만물을 꿰뚫고자 하니… 핑거 애로우!"

말을 마침과 함께 다섯 개의 얇고 붉은 빛 줄기가 크라이츠의 각 손가락으로부터 흘러나왔고, 그것은 그녀를 향해 달려오는 다섯 명의 사내의 이마로 스며들듯 박혔다. 그럼에도 불구하고 아무것도 못 느낀 듯 계속해서 달리던 그들은 어느 순간 몸의 움직임을 멈추며 흘러내리

듯 무릎을 꿇었다. 무서울 정도로 조용한 정적이 통로 안을 매우기 시작할 때 그들의 이마에서는 한줄기의 핏줄기가 이목구비를 타고 흘러 땅으로 떨어졌고, 그 모습을 보던 드워프들은 두려움에 찬 눈빛으로 마른침을 삼키고 있었다.

털썩!

이미 숨을 거둔 사내들의 상체마저 쓰러지며 먼지가 쌓인 땅에 얼굴을 파묻자 크라이츠는 만족한 듯한 얼굴로 바라보며 입을 열었다.

"호홋, 이제 조금 속이 풀리는군요. 왜 그런 얼굴로 저를 바라보시죠? 어서 뮤스를 찾아야 할 것 아니에요?"

그녀의 말에 정신을 차린 드워프들은 아무 소리 없이 고개만을 끄덕였고, 마지막으로 주변에 널린 시체들을 한 번 더 둘러보며 등을 돌렸다.

지지지직! 지직!

뮤스의 손을 타고 방출되고 있는 뇌공력은 이제 거의 바닥이 났는지 그 흐름이 자주 끊어지기 시작했고, 그와 동시에 강화체갑에서 내뿜어지고 있는 빛 역시 이제는 심하게 흔들리고 있었다. 반쯤 감은 눈으로 식은땀을 흘리던 뮤스는 이제 강화체갑을 받치고 있을 힘조차 없었기에 두 팔을 축 늘어뜨리며 손에 들고 있던 강화체갑을 땅으로 떨어뜨렸다. 그리곤 벽에 등을 기댄 그는 다리가 풀리며 미끄러지듯이 땅으로 주저앉아 버렸다.

털썩!

이마에 흐르는 땀을 닦을 생각조차 하지 못하던 뮤스는 아직도 구석에서 눈을 가리고 있는 태자를 향해 힘겹게 입을 열었다.

"태자 전하, 후우… 이제 제가 할 수 있는 일은 끝났습니다. 아직 아무도 오지 않는 걸 보니 이 방법 역시 틀린 듯하군요."

뮤스의 목소리를 듣고 조심스럽게 눈을 가린 손을 내린 태자는 쓰러져 있는 뮤스를 발견하며 급히 달려가 그를 부축했다.

"이런! 뮤스 군, 괜찮으신가요? 아무래도 크게 무리하신 듯한데."

고개를 힘없이 저은 뮤스는 씁쓸한 미소를 지었다.

"저는 괜찮습니다. 시간이 지나면 기력은 금방 보충이 되니까요. 하지만 우리에게 마지막 방법이었는데, 이것마저 무위로 돌아가다니……."

뮤스의 말을 들으며 그를 편안한 자세로 뉘인 태자는 자신 역시 그 옆에 몸을 뉘이며 팔베개를 했는데, 오히려 전보다 편안한 표정이었다.

"후훗… 이제는 너무 마음 쓰지 마세요. 이만큼 노력해도 되지 않으니 아무래도 주신께서 저를 돕지 않으시는 듯하군요."

왠지 슬퍼 보이는 태자의 말을 들으며 그의 얼굴을 바라보던 뮤스의 가슴속에는 할 말이 많았지만 입 밖으로 나오지 않도록 삼키고 있었다. 더 이상 말을 해봐야 자신이 태자를 위해 할 수 있는 일은 남아 있지 않은 이상 말뿐인 위안이 될 것 같았기 때문이다.

"*끄아아악!*"

둘 사이에 어색한 기운이 감돌고 있을 때였다. 굳게 닫혀 있는 철문 밖으로 처절한 비명 소리가 들려오기 시작하는 것이었다. 그 소리를 들은 태자와 뮤스는 어디서 그런 힘이 났는지 재빨리 몸을 일으켰고, 동시에 철문에 귀를 가져다 대며 밖의 상황에 귀를 기울였다. 태자가 철문에 귀를 댄 채 흥분한 목소리로 입을 열었다.

"이것이 무슨 소리죠? 혹시 프라이어 경과 근위병들이 우리를 구하러 온 것이 아닐까요?"

태자의 물음에 철문의 아래쪽에서 귀를 기울이던 뮤스가 고개를 끄덕이며 그의 말을 받았다.

"그것까지는 알 수 없지만, 밖에서 싸움이 벌어진 것만은 틀림없는 듯합니다. 저들의 적이라면 우리와 같은 편이라는 말인데……."

그들이 대화를 나누는 동안에도 처절한 비명 소리는 계속되었는데, 어느 쪽의 비명인지를 알 수 없었던 뮤스와 태자는 더욱 답답할 뿐이었다. 차 한 잔을 마실 정도의 시간이 지나자 알지 못할 누군가의 비명 소리를 마지막으로 철문 밖은 쥐 죽은 듯이 조용해졌고, 뮤스와 태자 역시 조용히 숨을 죽이며 공통적인 의문을 던졌다.

"과연 어떻게 되었을까요?"

하지만 그들의 의문은 그리 오래가지 못했다.

퍼컥! 철컹!

누군가가 밖에서 철문을 힘껏 차는 바람에 그 뒤에서 귀를 대고 있던 뮤스와 태자는 안쪽으로 세차게 열리는 철문에 얻어맞으며 방의 반대 편으로 나가떨어졌고, 구석에 처박힌 그들은 충격이 엄청났는지 골의 깊은 곳까지 울리고 있었다. 너무나 순식간에 일어난 일이었기에 상황 정리조차 되지 않을 때 뮤스의 귀에는 익숙한 음성이 들리기 시작했다.

"거기 뮤스 있냐? 말 좀 해보라고! 뮤스?"

목소리의 주인은 다름 아닌 켈트였는데, 횃불이 닿지 않는 구석에 누군가가 있는 듯하자 큰 소리로 외치며 묻고 있는 중이었다. 그의 외침에도 불구하고 정신을 덜 차린 뮤스는 대답에 앞서 철문에 부딪친 코를 감싸며 고통을 호소했다.

"크윽! 코뼈가 부러진 것 같아."

비록 유쾌한 목소리는 아니었지만 어둠 속에서 들려오는 목소리가 뮤스의 것임을 확인한 켈트는 지체할 것 없이 밀실 안쪽으로 몸을 움직였고, 그의 뒤를 따라 다른 드워프들과 크라이츠 역시 한꺼번에 들이닥쳤다. 횃불이 뮤스가 있는 곳까지 밝혀주자 그의 모습을 본 크라이츠는 크게 놀라며 뮤스에게 달려가 이곳저곳을 살펴보기 시작했는데, 뇌공력을 모두 소진하여 초췌해진 몰골과 코에서 흐르는 코피로 인해 보기가 안쓰러울 정도였다.

"어머나, 뮤스! 누가 감히 널 이렇게 만들었니?! 이 코피 좀 봐… 내 이 녀석들 잡히면 가만두지 않겠어!"

크라이츠의 분노에 어벙한 표정을 짓던 뮤스는 의미심장한 눈빛으로 켈트를 바라보았지만, 그 역시 자신이 한 행동을 눈치 채지 못했는지 크라이츠와 함께 분노를 표하고 있었다. 고개를 설레설레 내저은 뮤스는 자신과 함께 철문에 후려 맞은 태자를 떠올리며 몸을 일으켰다.

"누, 누님, 저는 괜찮으니 태자 전하를……."

뮤스의 말에 신색을 회복한 크라이츠는 뮤스의 바로 옆을 바라보았는데, 뮤스보다 더욱 불쌍한 몰골로 구석에 처박혀 있는 태자가 정신을 잃은 듯 꿈쩍도 하지 않고 있는 것이었다. 그 모습을 보던 켈트는 어이없게도 걱정이 듬뿍 담긴 목소리로 말하는 것이었다.

"이런! 혹시 고문이라도 당한 건가? 완전 정신을 잃은 것을 보니 지독하게 당한 것이 틀림없군!"

그가 이 정도까지 나오자 켈트의 만행에 대해 더 이상 할 말이 없어진 뮤스는 피곤함에 절은 목소리로 말했다.

"켈트 아저씨, 저는 뇌공력을 모두 소진해서 걸을 힘도 없으니 태자 전하와 저를 좀 옮겨주세요. 그리고 자세한 것이 밝혀지기 전가지는 다른 이들에게 알리지 마시고요. 후훗… 너무 힘들군요. 전 좀 쉬어야……."

점점 작아지는 목소리로 말을 마친 뮤스는 한꺼번에 긴장이 풀려서인지 그대로 정신을 잃고 말았다. 그 모습을 본 드워프들은 고개를 끄덕이며 태자와 뮤스를 어깨에 둘러메고선 서둘러 밀실을 빠져나가기 시작했다.

"아아… 아얏! 살살 좀 해요! 이러다가 정말로 기절하겠네!"

"이 녀석아, 사내 녀석이 겨우 이 정도로 이렇게 엄살이냐?"

"이게 다 누구 때문인데요! 그냥 살짝 문을 열고 들어오면 될 것을 왜 있는 힘껏 차고 그래요?"

"그럼 적이 있을지도 모르는 상황에 노크까지 하고 들어가랴?"

모두들 잠을 잘 새벽임에도 요란한 목소리로 말다툼을 하고 있는 이들은 뮤스와 켈트였다. 뮤스가 새벽녘이 되어서야 정신을 차리자 켈트는 뮤스의 코에 생긴 상처를 치료하기 시작했는데, 우악스러운 그의 손에 의해 고통만 더욱 가중될 뿐이었다. 물론 크라이츠가 치유 마법이라도 써줬으면 더욱 좋았겠지만, 뮤스가 돌아옴으로써 다시 평범한 레이디의 모습을 되찾아야만 했고, 또 태자와 함께 다쳤음에도 뮤스만 멀쩡하다면 이상한 시선을 받을 것이라는 생각 때문이었다.

뮤스와 켈트가 앉아 있는 옆의 침대에는 아직 정신을 차리지 못하고 있는 태자가 죽은 듯이 누워 있었는데, 철문에 부딪친 탓에 눈 주위는 퍼런 멍과 함께 퉁퉁 부었기에 섬세했던 그의 외모는 볼썽사납게 변해 있었다. 그런 태자와 뮤스의 얼굴을 번갈아 보던 켈트는 한숨을 쉬며 말했다.

"휴우! 그래도 태자만큼이 아닌 걸 다행으로 생각해라. 태자는 정말 크게 망가졌는걸?"

"뭐, 태자 전하께 이런 말을 하기는 그렇지만, 정말 못 봐주겠군요."

태자에 비해 한층 양호한 자신의 상처에 안도하는 뮤스였다. 그들이 대화를 하고 있을 때 방의 한쪽에 놓인 소파에 편안하게 몸을 걸치고 있던 크라이츠가 입을 열었는데, 이제 모든 것이 정상으로 돌아왔다는 생각에 한층 여유를 가진 모습이었다.

"뮤스, 네가 말한 대로라면 가테스 공작이 이 모든 일을 꾸몄다는 건데… 너는 어떻게 할 생각이니?"

켈트가 건네준 붕대로 코의 상처 부위를 몇 번 누른 뮤스는 크라이츠의 옆으로 다가가 앉으며 말했다.

"일단 돕는 데까지는 돕고 싶어요. 뭐 일이야 어찌 되었든 간에 의뢰를 받은 것이 태자 전하의 황위 계승을 돕는 것이었으니까요. 하지만 지금 두 가지의 문제점이 있는데, 하나는 적아의 구분이 힘들다는 거예요. 태자 전하와 절친하던 루피스 경이 배신을 한 이 시점에서 그 누가 정체를 숨기고 있는지 알 수 없으니까요. 대관식 전에 태자 전하께서 돌아온 것이 알려진다면 가테스 공작의 측근들은 무슨 수를 써서라도 태자를 제거하려 할 텐데, 그렇다면 이번에는 정말 태자의 목숨까지 위태로울 수도 있다는 것이죠."

"흐음… 또 한 가지는?"

크라이츠의 물음에 인상을 가볍게 구긴 뮤스는 머리를 긁적이며 말했다.

"아직 제가 황혈 인증에 쓰일 물건을 만들지 못했다는 거죠. 이제 겨우 대관식까지는 8시간 남짓 남았는데, 그동안 그것을 만들기는 정말 빠듯할 것 같거든요."

잠시 생각을 하는 듯 손으로 턱을 괴고 있던 크라이츠는 자리를 털며 일어났다.

"그렇다면 이러고 있을 시간이 없겠구나? 둘 중에 하나라도 문제가 생긴다면 황위 계승은 허사로 돌아가니 말이야. 나는 날이 밝는 대로 비밀리에 가비르를 만나볼 테니 너는 지금부터라도 그 물건이라는 것을 만들기 시작하렴."

말을 마친 크라이츠는 고개를 돌려 무기에 묻은 핏자국을 닦아내고 있는 드워프들을 바라보았다.

"그리고 켈트 씨와 드워프 분들은 저와 함께 할 일이 있으니 저를 따라오도록 하세요."

그녀의 말에 드워프들은 의아한 눈빛을 했지만 아직까지 다섯 사내들의 목숨을 한순간에 빼앗은 크라이츠에 대한 공포심이 남아 있었기에 아무런 말 없이 그녀의 뒤를 따라나섰다.

조금은 애처로운 모습으로 크라이츠와 함께 방을 나가는 드워프들에게서 시선을 거둔 뮤스는 더 이상 지체할 시간이 없었기에 책상에 앉으며 켈트가 수습해 준 마법 가방을 열었다. 그곳에서 작업 중이던 도면을 찾아 펼친 뮤스는 위쪽에서부터 찬찬히 눈으로 훑으며 내려왔고, 책상에 놓인 펜꽂이에 꽂혀 있는 끝이 뾰족한 흑연을 하나 꺼내 쥐었다.

"후우… 이렇게 된 이상 이것으로 가능하다고 믿을 수밖에."

혼잣말을 중얼거려 본 뮤스는 서둘러 무엇인가를 찾는 듯 가방을 뒤적였다.

"진공 상태의 유리 용기에 전극을 봉입하고 고전압을 걸어야 하니… 흠… 유리 용기는 다시 제작해야 하고, 유리 용기에서 배기를 하려면 진공 펌프가 필요한데… 어디 있더라……."

뮤스는 그렇게 중얼거리곤 바로 행동으로 옮기며 필요한 기구들과 재료를 준비하기 시작했는데, 언제나 그렇듯 일에 집중하기 시작한 이상 주변에 무슨 일이 일어나더라도 알지 못할 정도로 몰입하는 모습이었다.

부스럭.

뮤스가 작업에 열을 올리고 있을 때 태자는 몸을 뒤척거리기 시작했다. 마치 수십 명의 사람들에게 몽둥이로 구타를 당한 것과 같이 전신의 뼈들은 아우성을 치고 근육들은 비명을 지르고 있었는데, 바로 강화 체갑을 무리하게 사용한 결과물이었다. 한동안 몸을 뒤적거려 봤지만 결국 편안한 자세를 찾지 못했던 태자는 짜증을 내듯 베개로 얼굴을 덮었다.

"아아앗!"

그와 동시에 얼굴로부터 칼로 찌르는 듯한 통증을 느낀 태자는 비명을 지르며 얼굴을 덮었던 베개를 먼발치로 던져 버렸다. 반사적으로 몸을 일으킨 태자는 자신의 얼굴을 만져 보며 인상을 찌푸렸지만 붓기가 빠지지 않은 눈 주위의 살 때문에 뜻대로 되지 않는 모습이었다.

"쓰읍! 이게 대체 어떻게 된 일인가?"

한껏 부풀어 오른 눈두덩이를 어루만지던 태자는 힘겹게 눈을 뜨며 주변을 살폈다. 그리고 익숙한 실내 분위기를 풍기는 곳이 황궁의 내부라는 것을 알게 되는 데는 그리 오랜 시간이 걸리지 않았다. 이리저리 시선을 돌리던 태자는 방 한쪽에서 무엇인가에 열중하고 있는 뮤스를 확인하고서 반가운 목소리로 불렀다.

"뮤스 군, 우리가 탈출하는 데 성공한 것이군요!"

그러나 뮤스는 그의 말을 듣지 못한 듯 하던 일에서 눈을 떼지 않았고, 이것을 의아하게 생각한 태자는 쑤시는 몸임에도 불구하고 힘겹게 몸을 일으키며 뮤스 가까이로 다가갔다.

"뮤스 군, 지금 뭘 하시는 중이죠?"

재차 물었음에도 역시 아무런 대답이 없자 태자는 뮤스의 얼굴을 살폈다. 태자가 본 뮤스는 무엇에라도 홀린 듯 아무런 표정이 없는 모습이었는데, 약간 장난스럽던 뮤스는 사라진 지 오래고 말로 형용할 수 없는 기운만이 그의 주변에 흐르고 있었다. 또 그의 신비하게 빛나고 있는 눈을 바라본 순간 자신도 모르게 탄성을 내뱉고 있었다.

"하… 이것이 뮤스 군의 본모습이군. 이런 사람이 내 곁에 있어야 하는데……."

태자가 의미심장한 말을 읊조리고 있을 때에도 뮤스는 그것을 듣지 못한 듯 바쁘게 손과 몸을 움직이며 작업에 열중하고 있었다. 창문 밖으로는 어느새 대관식 날임을 알리는 태양이 건물들 사이로 떠오르고 있었다.

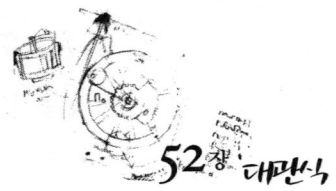

52장 대관식

황궁 복도의 한쪽 면으로 나열되어 있는 수많은 창문을 타고 아침 햇살이 복도를 가로질렀다. 그 햇살을 달갑지 않게 받으며 어디론가 급하게 걷고 있는 다섯 명이 있었는데, 그들은 크라이츠와 드워프 형제들이었다. 비록 크라이츠의 표정은 평소와 같이 부드러웠으나 그녀의 뒤를 따르고 있는 드워프들의 얼굴은 약간 경직된 모습이었는데, 수시로 곁눈질을 하며 크라이츠의 표정을 살피는 중이었다. 그러던 중 크라이츠가 큰 방문 앞에서 발걸음을 멈추자 드워프들은 아무것도 모른 채 따라온 곳이 가비르 재상의 집무실이라는 것을 알 수 있었다. 크라이츠의 노크 소리가 이어졌다.

똑똑.

노크 소리와 함께 집무실 안으로부터 갈라진 가비르의 목소리가 들려왔는데 피로가 깊게 쌓인 듯했다.

"네, 들어오시죠."

그 목소리를 들은 크라이츠가 부드러운 미소를 지으며 방문을 열고 안으로 들어가자 드워프들 역시 그녀의 뒤를 따랐다. 거의 연회실을 방불케 하는 넓이를 가진 가비르 재상의 집무실은 이른 아침이라 그런지 정돈되지 않은 모습이었고, 벽난로는 이미 꺼진 지 오래인 듯 까맣게 타버린 재만 남아 있었다. 집무실 책상의자의 등받이에 기댄 채 이마에 손을 얹고서 눈을 감고 있던 가비르 재상은 뻑뻑한 눈 사이를 매만지며 눈을 떴다. 그제야 지금 들어온 사람이 크라이츠라는 것을 알게 된 그는 놀라며 자리에서 일어났다.

"이런! 크라이츠님이셨군요? 안녕히 주무셨는지…….."

놀란 모습으로 아침 인사를 건네던 가비르 재상은 여기저기 널려 있는 물건들을 재빨리 치우며 크라이츠의 표정을 살폈다.

"어제 일은 화가 좀 풀리셨는지?"

지난밤을 꼬박 지새웠는지 충혈된 눈으로 물어오는 가비르 재상을 본 크라이츠는 가벼운 목소리로 고개를 끄덕이며 입을 열었다.

"뮤스를 되찾았으니 화가 풀릴 수밖에 없겠죠?"

갑작스런 그녀의 말에 놀란 가비르 재상은 눈을 크게 뜨며 다급히 물었다.

"크라이츠님! 뮤스 군을 찾으셨다니요? 그렇다면 태자 전하는 어떻게 되셨습니까?"

"어머나? 너무하시는군요. 앉으라고 권하기도 전에 그런 사무적인 이야기를 물으시다니. 역시 이래서 인간들은…….."

크라이츠의 말을 들으며 자신의 실수를 스스로 꾸짖은 가비르 재상은 소파로 크라이츠와 드워프들을 안내했다.

"죄, 죄송합니다, 크라이츠님. 그리고 드워프 분들도 함께 이쪽으로 앉으시죠."

크라이츠와 드워프들이 소파에 앉는 것을 지켜보던 가비르 재상 역시 그들의 맞은편에 앉으며 다시 한 번 물었다.

"태자 전하께서도 무사하십니까?"

간절함이 그대로 묻어나는 가비르 재상의 목소리를 듣던 크라이츠가 홀가분하게 대답해 주었다.

"너무 걱정하지 마세요. 지금 태자는 제 방에서 잠들어 있으니까요."

"그렇다면 당장이라도 안전한 곳으로 모셔야 하지 않겠습니까?"

가비르 재상의 이야기를 듣던 크라이츠는 코웃음을 치며 되물었다.

"푸훗, 가비르, 당신은 이 황궁 내에 존재하고 있는 태자의 적이 누군지 확실히 알 수 있다고 말할 수 있나요?"

"그, 그것은……."

대답을 흐릴 뿐 아무런 말을 하지 못하는 가비르 재상이었다. 그 모습을 보던 크라이츠는 한숨을 시작으로 뮤스에게서 들은 이야기들을 자세하게 설명하기 시작했고, 그 이야기를 듣던 가비르 재상은 화를 애써 참는 듯한 표정이었다. 특히 루피스의 배신에 대해서 들었을 때는 간이 철렁이는 것을 느꼈는데, 크라이츠의 이야기대로 적아가 구분이 안 되는 상태였기에 움직이는 데 각별히 조심해야 한다는 점을 마음속으로 되뇌이고 있었다. 크라이츠의 긴 이야기가 끝나자 주먹을 굳게 쥔 가비르 재상이 걱정스러운 목소리로 입을 열었다.

"만약 뮤스 군이 황혈 인증에 쓰일 물건을 제 시간 안에 만들어내지 못한다면 모든 것이 허사일 텐데 어떻게 하죠? 이제 겨우 시간은 여섯 시간밖에 남지 않았는데······."

　가비르 재상의 걱정에도 불구하고 느긋하게 팔짱을 낀 크라이츠는 의미심장한 웃음을 머금었다.

　"호홋! 가비르, 너무 걱정하지 마세요. 뮤스가 최대한 노력하고 있고, 혹시 모를 사태에 대비해서 대관식을 연기시킬 방법을 미리 생각해 왔으니."

　그녀의 말에 희색을 띤 가비르 재상이었다.

　"정말입니까, 크라이츠님?"

　가비르의 되물음에 고개를 끄덕인 크라이츠는 자신의 옆에 불편한 자세로 앉아 있는 드워프들에게 손짓을 하며 모이라는 신호를 했다.

　"켈트 씨와 형제 분들도 이쪽으로 귀를 모으세요. 여러분이 이 계획에서 아주 중요한 일을 해야 하니 잘 들어야 해요."

　분위기를 살피고 있던 드워프들은 전혀 무관한 자신들을 부르자 하나같이 얼떨떨한 표정을 지었고, 그들이 고개를 빼며 모이는 것을 확인한 크라이츠는 자신의 계획을 털어놓기 시작했다.

　"으엑! 크라이츠님, 저희보고 그런 짓을 하란 말씀이십니까?"

　크라이츠가 자신의 계획에 대한 설명을 끝내자 켈트의 비명을 시작으로 드워프들의 불만이 터져 나왔다.

　"이것은 저희 목숨이 걸린 일입니다!"

　"헉! 바로 잡혔다간 교수형이란 말입니다!"

　"게다가 그런 방법을 쓰더라도 태자가 황위에 오른다는 보장도 없는데!"

　드워프들의 불평이 담긴 외침을 듣던 크라이츠는 그들의 의견 따위야 아무래도 상관없다는 듯 새끼손가락으로 귀를 후볐는데, 어차피 자신의 정체를 아는 이들만 모인 자리였기에 드래곤의 본성을 마음껏 드러내는 중이었다.

"뭐, 정 하기 싫다면 두 가지의 선택권만이 남았군요."

그녀가 제시한 선택권에 귀가 솔깃한 드워프들이 궁금한 표정으로 다음 이야기를 기다리자 장난스러운 미소를 얼굴에 떠올린 크라이츠는 속삭이듯이 말했다.

"브레스의 온도를 몸소 측정해 보거나 핑거 애로우와 드워프들이 자랑하는 두꺼운 피부를 놓고서 어느 쪽이 우세한지 시험해 보는 거죠."

정말 생각하기도 싫은 선택이었다. 브레스야 세 살 먹은 아이조차 그 위력을 알고 있으니 그렇다 쳐도, 핑거 애로우의 위력을 직접 목도한 이상 생각만으로도 드워프들의 간담은 서늘해졌다. 얼굴이 시퍼렇게 질린 켈트는 더 이상 생각할 것 없이 고개를 크게 끄덕였다.

"하, 하겠습니다! 그 정도쯤이야! 그렇지 않나, 형제들?"

"무, 물론이지요!"

"그런 일을 하게 되어 영광입니다!"

드워프들의 대답에 흡족한 표정을 한 크라이츠는 이제 모든 준비가 다 된 듯 손을 털며 일어났다.

"호홋! 이제 모든 준비가 다 되었으니 저는 옷이나 갈아입으러 가야겠군요. 그럼 켈트 씨와 형제 분들은 나중에 뵙도록 하죠. 먼저 실례하겠습니다. 룰루~"

뭐가 그리 즐거운지 콧노래까지 흥얼거리며 사라지는 크라이츠를 바라보던 드워프들은 땅이 꺼져라 무거운 한숨을 내쉬었고, 그들을 바라보며 동정의 눈빛을 보내던 가비르 재상은 그들을 조금이라도 위로

하기 위해 입을 열었다.

"너무 걱정하지 마십시오. 일이 잘 끝난다면 태자 전하께서 오히려 상을 내리지 않으시겠습니까? 제가 태자 전하께 여러분들의 노고를 잘 말씀드릴 테니, 이번 한 번만 수고해 주십시오."

가비르 재상의 말을 듣던 레딘이 눈을 치켜뜨며 물었다.

"상이고 뭐고 간에 만약 잘되지 않는다면 어떻게 하겠소?"

다른 형제들 역시 레딘과 같은 물음을 눈으로 던졌지만 가비르 재상은 차마 그에 대한 대답을 하지 못했고, 그의 반응을 보던 드워프들의 한숨은 오히려 더 깊어지고 있었다. 과연 크라이츠의 계획은 무엇이길래……

다섯 시간 후, 뮤스는 계속되던 작업을 잠시 멈추며 손바닥만한 검은색 금속 상자를 이리저리 살펴보고 있는 중이었다. 금속 상자의 모서리 부분이 열린 상태로 전선이 흘러나온 것으로 보아 완성된 상태는 아닌 듯했지만, 그의 표정과 눈빛이 평소대로 돌아왔기에 중요 부분의 제작이 끝났음을 쉽게 알 수 있었다. 그것을 바라보던 뮤스는 만족한 미소를 띠며 볼을 타고 흐르는 땀을 소매로 닦았고 책상 위에 끌러놓은 가방에서 손톱 크기의 소형 마나구를 두 개 꺼내며 입을 열었다.

"후우, 이제 이 마나구들만 연결하면 일단 본체 제작은 끝나는데… '형광판'을 만들 시간이 충분할까?"

걱정스러움이 담긴 말을 마친 뮤스는 시간을 알고자 벽에 걸려 있는 시계 쪽으로 시선을 돌렸는데, 그 길목에서 꾸벅꾸벅 졸고 있는 태자의 모습을 볼 수 있었다. 한쪽 눈이 퍼렇게 멍들어 있는 채로 잠에 취해 있는 태자의 모습을 보며 우스운 듯 실소를 지은 뮤스는 손에 들린 금속 상자를 책상 위에 내려놓으며 태자에게 다가가 흔들어 깨웠다.

"태자 전하! 태자 전하! 일어나시죠!"

"으음? 뮤스 군?"

그는 건강하지 못한 몸으로 힘든 일을 겪게 되어 피로가 많이 축적된 상태였는데, 뮤스가 작업하는 모습을 보던 중에 자신도 모르게 잠이 들었던 것이다. 아무런 생각 없이 잘 떠지지 않는 눈을 비비던 태자는 눈으로부터 밀려오는 고통에 다시 한 번 비명을 지르며 펄쩍 뛰었다.

"아얏! 크윽… 대체 이 눈은 어디에 부딪친 건지 알 수가 없군."

태자의 불평을 들은 뮤스는 잠시 잊었던 코의 통증을 느끼며 지난밤에 생긴 일을 회상했다.

"후훗, 차라리 모르시는 편이 더 좋을 듯하군요. 저쪽에 타박상에 좋은 약이 있으니 바르시죠. 이제 정신이 좀 드십니까?"

가벼운 웃음을 터뜨리며 말하는 뮤스의 얼굴을 바라보던 태자는 작업할 때의 얼굴을 떠올리며 신기한 표정을 짓고 있었다.

"제가 정신을 차린 때는 한참 전이랍니다. 그나저나 정말 대단한 집중력이시더군요. 그렇게 불러도 기척을 못 느끼시다니……."

태자의 말에 뮤스는 의아한 표정을 짓고 있을 뿐이었다.

"저를 부르셨었나요? 이런, 그렇다면 죄송하게 되었군요."

"하핫! 아닙니다. 그나저나 새벽부터 무엇을 그렇게 만들고 계셨습니까?"

머리를 한번 긁적인 뮤스는 책상 위에 올려진 금속 상자를 가리키며 말했다.

"저기 책상 위에 올려진 검은 금속 상자가 바로 태자 전하의 황혈 인증을 가능하게 할 물건입니다. 황제 폐하께 부탁받은 물건이 바로 저

것이지요. 이제 '형광판' 이라는 것만 만들면 끝납니다. 하지만 지금 시간이……."

말끝을 흐리며 벽에 걸린 시계를 바라본 뮤스는 시간을 확인하고서 크게 놀라는 모습이었는데, 금속 상자를 만드는 시간이 생각보다 많이 걸렸던 것이었다.

"이럴 수가! 벌써 11시라니! 그렇다면 이제 겨우 한 시간 남았다는 말인데… 형광판 만들기에는 턱없이 부족한 시간이야!"

놀라 외치는 뮤스의 모습을 보며 잠시 시간을 따져 보던 태자는 급히 몸을 일으키며 외쳤다.

"그것이 무슨 말씀이신지… 다 끝난 것이 아닙니까?"

"사실 7시간 만에 본체를 완성한 것도 기적에 가까운 일입니다. 부속까지 직접 제작했으니까요."

뮤스의 말에 걱정스러운 표정을 짓던 태자가 말을 이었다.

"저를 호명할 때까지 대관식 장에 들어서지 않는다면 황위 계승의 권리 자체가 사라져 버리는데 이 일을 어떻게 하지요? 그 형광판이라는 것을 만드는 것이 오래 걸리나요?"

대답할 시간마저도 아까운 시점이었기에 뮤스는 바삐 가방을 뒤지며 대답했다.

"그렇습니다. 형광 물질을 만들기 위해서는 여러 가지를 혼합해야 하는데, 그리 어려운 것은 아니지만 시간이 걸리는 작업이죠. 어쨌건 나중에는 설명할 시간도 없을 테니 태자 전하께서는 지금부터 제가 설명해 드리는 것을 잘 들어놓으십시오."

시선을 다른 곳에 둔 채 말을 하던 뮤스는 형광판 제작에 필요한 재료들을 꺼내며 설명을 늘어놓기 시작했다.

도이첸 제국 황궁에 존재하는 중심 복도들은 모두 한곳을 향해 집중되어 있었다. 그곳은 바로 황궁의 가장 중심부에 위치한 '계승의 광장'이라는 이름의 드넓은 광장이었다. 그 유례는 도이첸 제국이 성립되기 이전, 서부 대륙을 통일하기 위한 마지막 전쟁에서 상대국 왕의 목을 베어낸 자리에 제국의 통일을 기념하기 위해 '정복의 광장'을 세우게 된 일로부터 시작되었다. 한데 훗날 드워프들을 동원하여 새로운 황궁을 세울 때에도 그 자리에 제국 통일의 위대한 역사를 남기려는 의도로 정복의 광장을 유지하게 되었던 것이었다. 하지만 시간이 지날수록 그 이름의 위화감에 대한 비판이 역사학도들 사이에서 거론되기 시작했고, 점차 그들의 목소리가 높아지자 어쩔 수 없이 이름을 바꿔야만 했던 황실 측은 대관식이 열리는 장소임을 염두에 두어 계승의 광장이라 바꿔 부르기 시작한 것이었다.

　지금 계승의 광장은 20년 만에 처음으로 멋진 모습으로 단장을 하고 있었는데, 붉은색의 융단이 대관식이 진행될 광장의 중심부를 뒤덮었고 그 위에는 금으로 도금된 십여 개의 의자가 반원을 그리며 둥글게 놓여 있었다. 그중 중간에 놓여 있는 의자 하나가 가장 크고 화려했는데 바로 황제가 앉아 대관식을 주관할 자리였다. 그리고 반원 모양으로 의자가 놓여 있는 곳의 앞쪽에는 어른 허리 정도의 높이를 가진 작은 테이블이 놓여 있었고 칼과 방패가 서로 엇갈린 문양이 중간에 수놓아진 고급스런 천이 그 위를 덮고 있었다.

　광장을 둘러싼 벽면에는 광장으로 통하는 스물한 개의 입구들이 존재했는데 크기가 가장 큰 하나의 문을 제외한 나머지 스무 개의 문들이 활짝 열려 있었다. 그곳으로 밀려 들어오고 있는 인파는 거의

2,000명에 달했다.

이곳을 통해 입장한 이들은 한계선을 나타내는 붉은색의 띠가 쳐진 곳까지 들어서며 새롭게 황위를 이어받을 인물을 기대감에 부푼 표정으로 기다리고 있었지만 기대감의 이면에는 태자의 실종 소식에 대한 걱정도 존재하고 있었다. 대관식을 구경하기 위해 이곳에 모인 수많은 사람들 사이에서 이리저리 치이던 한 청년이 함께 온 동료를 향해 물었다.

"자네, 태자 전하에 대해 새로운 소식을 들은 것 있나?"

그의 동료 역시 태자의 소식에 대해 별다를 바가 없었는지 고개를 저으며 대답했다.

"전혀 없다네. 어제 하루 동안 황궁 안을 쥐 잡듯이 뒤졌지만 태자 전하는커녕 그림자도 못 봤다고 하더구만."

"허허, 이런 상황에서도 대관식을 진행하시다니 폐하께서도 고집이 대단하시지."

"지금까지 나는 폐하의 그 우직함을 좋아하긴 했지만 이번 일은 너무 한 것 같군. 만약 태자 전하께서 나타나지 않기라도 하면 어찌하시려고."

동료의 말을 듣던 청년은 그다지 좋지 않은 표정을 지으며 말했다.

"흥, 그렇게 된다면 저 도도하기 짝이 없는 가테스 공작에게 황위가 넘어가는 것이지 뭐. 솔직히 황궁 내에서 이번 태자의 실종이 그가 꾸민 일임을 모르는 사람이 있는가? 다만 증거가 없기에 추궁하지 못하는 것이지. 심증은 있는데 물증이 없다는 것이 참 사람 환장할 노릇이지."

말을 듣던 동료는 그의 옆구리를 찌르며 최대한 줄인 성량으로 말했다.

"자네, 큰일 나려고 그러나? 이 중에 누가 가테스 공작의 측근인지도 모르는데 그런 말을 함부로 하다니……."

"흥! 들으라면 들으라고 하라지! 도이첸 제국은 말할 수 있는 권리가 보장이 되어 있다는 것을 자네는 모르나?"

"그렇지만……."

뿌우! 뿌우! 뿌우우우!

두 청년이 대화를 나누고 있을 때였다. 계승의 광장 곳곳에서는 굵직한 뿔 나팔 소리가 여러 번 울려 퍼지기 시작했는데, 정오가 되어 대관식이 거행되기 시작한다는 신호라는 것을 알고 있던 청년은 여전히 불만스러운 얼굴로 입을 다물었다.

나팔 소리와 함께 열려 있던 스무 개의 입구가 동시에 닫히기 시작했고, 광장에 모여든 사람들은 주변을 둘러보며 다음 순서를 기다리고 있었다. 이어 나팔 소리가 멈추며 북소리가 광장의 공기를 흔들기 시작했다.

둥! 둥! 둥! 둥!

북소리는 마치 바로 귀 옆에서 울리는 듯했는데, 광장을 설계할 때 소리의 증폭 기능까지 고려했기 때문에 이런 효과를 얻을 수 있었던 것이다. 그것도 잠시, 누군가의 목소리가 광장 안으로 울려 퍼지는 동시에 북소리가 멈추었다.

"개회! 황제 폐하를 맞으시오!"

구구구궁.

그의 목소리를 신호로 굳게 닫혀 있던 가장 큰 입구가 개방되었고, 수많은 사람들의 시선을 받으며 호화스러운 복장을 한 십여 명의 인물들이 걸어나오고 있었다. 그들은 황제와 그를 보필했던 귀족들이었는데, 가비르 재상과 가테스 공작 역시 일행들 사이에 끼어 있었다. 머리를 거의 덮는 금빛의 왕관을 쓴 황제의 모습을 발견한 사람들은 모자를 벗어 내리거나 고개를 숙이며 예의를 표했고, 황제는 가볍게 손을 치켜들며 그들의 예의에 회답했다.

붉은 융단이 깔린 광장의 중심부에 이른 황제와 귀족들은 각자 배정된 자리 앞에 섰고, 황제가 앉는 것을 보고 난 후에야 자신의 자리에 앉을 수 있었다. 가장 상석에 앉은 황제는 밝지 못한 표정으로 자신의 옆에 자리한 가비르 재상과 대화를 나누기 시작했는데, 사람들은 보는 것만으로도 그들의 대화 내용을 대충이나마 짐작할 수 있었다. 황제는 한숨이 어린 목소리로 자신의 오른쪽에 앉은 가비르 재상에게 물었다.

"아직까지 태자의 소식은 없소?"

황제의 물음에 가비르는 고개를 끄덕였는데, 황제에게까지 태자의 근황을 알리지 않은 상태였기 때문에 걱정스러워하는 것이었다.

"송구스럽지만 아직 태자 전하의 소식은 없습니다. 하지만 조금만 더 기다려 주십시오. 좋은 소식이 있을 것입니다, 틀림없이."

"제발 기적이 일어나기를 바라오. 신이시여……."

근심 어린 눈으로 말끝을 흐리며 대관식장을 둘러보는 황제였다.

사람들의 사이에 섞여 황제와 귀족들의 입장을 지켜보던 크라이츠 역시 초조한 모습으로 마나 시계를 확인하고 있었다. 이미 시계 바늘은 정오를 넘어섰지만 태자와 뮤스에게서는 아무런 소식이 없었다. 비록 자신과는 상관이 없는 일이었지만 간접적으로나마 연관을 맺고 있었기에 괜히 답답해진 것이었다.

"흠… 아직도 완성을 못한 건가? 어쩔 수 없이 드워프들의 발에 의

지해야겠군."

크라이츠가 뜻 모를 혼잣말을 중얼거리고 있을 때 대관식은 진행되고 있었다.

잠시 후, 황제의 폐위식이 거행되어지고 있었다. 이것은 지난 20년 동안 제국을 통치해 온 카로이트 3세가 황제의 위에서 물러나는 것을 발표하는 자리였는데, 지난 세월 동안 느꼈던 문제점을 발표하고 다음 대의 황제에게 고쳐 나가도록 당부하는 자리였던 것이다.

한동안 이어지던 황제의 이야기는 이제 그 끝이 보이고 있었고, 황제의 양 옆으로 앉은 귀족들은 새삼 지난 20년을 떠올리며 회상에 빠져 있는 듯했다. 그중 가비르 재상과 가테스 공작의 표정은 전혀 상반되고 있었는데, 가비르 재상이 광장으로 들어오는 입구를 주시하며 시간이 흐르는 것을 초조해하는 반면 가테스 재상은 느긋한 자세로 시간이 빨리 가기만을 손꼽아 기다리는 것이었다. 가비르 재상의 귀로 막바지에 이른 황제의 폐위사가 이어지고 있었다.

"…이제 짐은 도이첸 제국의 제61대 황제로서 지난 20년 동안 짊어졌던 무거운 짐을 오늘부로 벗어놓고자 하니, 황혈 인증을 통해 도이첸 제국 황제의 위를 물려주고자 하노라."

잠시 말에 뜸을 들인 황제는 가비르 재상의 얼굴을 바라보았는데, 그는 애써 불안함을 숨긴 채 믿음이 담긴 눈빛으로 황제의 시선에 응답하고 있었다. 가비르 재상의 행동에 믿음을 가진 황제는 고개를 끄덕이며 근엄한 목소리로 외쳤고, 가비르 재상은 슬쩍 시선을 피하며 다른 곳을 응시했다.

"황인의 서를 개봉하라!"

황제의 명이 떨어지자 양쪽에서 대기하고 있던 의례관 두 명이 절도 있는 걸음걸이로 광장의 중심에 놓여 있는 탁자로 다가갔고, 검과 방패가 엇갈린 문양이 수놓아진 천의 양쪽을 잡으며 서서히 걷어내기 시작했다. 그러던 중 무슨 일인지 걷어내던 천의 안쪽을 바라본 의례관들은 크게 놀란 듯 두 눈을 부릅뜨고 있는 것이었다. 동시에 당황한 표정으로 주변의 다른 의례관들에게 급히 신호를 했는데, 그들의 갑작스러운 태도에 의아함을 느낀 주변의 의례관들이 탁자의 주위로 급히 다가가자 그들 역시 마찬가지로 당황한 표정을 짓기 시작하는 것이었다. 더 이상 대관식이 진행되지 않자 느긋하게 앉아 황인의 서 개봉을 지켜보던 가테스 공작은 몸을 일으키며 말했다.

"대체 무슨 일이기에 황인의 서를 개봉하지 않는가?"

그의 물음에도 불구하고 의례관들은 꾸물거리고 있을 뿐 대답할 생각을 못하고 있었다. 그들의 태도를 보고 있던 가테스 공작은 옆에 서 있던 황제를 향해 고개를 숙여 양해를 구하고는 빠른 걸음으로 황인의 서가 놓여 있을 탁자로 걸어갔는데, 그 앞에 발걸음을 멈춘 가테스 공작은 탁자 위를 확인하며 흥분한 목소리로 외쳤다.

"이럴 수가! 황인의 서가 사라졌다!"

그의 외침으로 인해 계승의 광장은 순식간에 2,000여 군중들이 수군덕거리는 소리로 가득 차게 되었고, 가테스 공작은 인상을 일그러뜨린 채 주변의 경비병들을 찾고 있었다.

"근위병들은 무엇을 하는가! 당장 황인의 서 행방을 조사하라! 어서!"

하지만 이곳의 근위병들은 그의 명령에도 불구하고 움직일 생각을 하지 않고 있었는데, 황실의 근위병인 이상 가비르 재상이라면 모를까 황실 내에서는 권력을 가지고 있지 못한 가테스 공작의 명령을 들을 이유가 없었기 때문이다.

"이, 이런!"

근위병들이 움직이지 않자 뭔가 짚이는 것이 있었던 가테스 공작은 황제의 옆에 앉아 딴청을 하는 가비르 재상을 바라보며 이빨을 갈고 있었다. 사실 황혈 인증을 할 태자가 등장하기도 전에 황인의 서가 사라진다면 그것을 되찾을 때까지 황혈 인증이 연기가 되는 것이 당연했다. 이제 가테스 공작이 오히려 시간에 쫓기는 입장이 되었고, 그의 이런 반응은 지극히 자연스러운 것이었다.

"빠드득! 가비르 재상! 국가 보물인 황인의 서가 사라졌는데 당신은 지금 무엇을 하는 것이오! 당장 근위병들을 시켜 황인의 서를 찾도록 하시오!"

그의 성화에 가비르 재상은 어쩔 수 없이 몸을 일으켰고 건성으로 주변의 근위병들을 향해 입을 열었다.

"근위병들을 지금부터 황인의 서를 훔쳐 간 자를 찾아낸다! 범인이 멀리 도망가기 전에 어서 행동을 개시하라!"

가비르의 명령이 떨어지고 나서야 가테스 공작을 비웃듯 근위병들이 움직이기 시작했는데, 다시 제자리에 앉은 가비르는 당황해하고 있는 가테스 공작을 보며 입가에 미소를 띠고 있었다.

한편, 드워프들은 지금까지 살아온 세월 동안 이렇게 뛰어본 기억이 없을 정도로 힘겹게 달리고 있었다. 하지만 그들은 그냥 뛰는 것이 아니라 바로 뒤에 40여 명의 근위병들을 달고서 뛰고 있었는데, 바로 황인의 서를 탈취한 주인공들이 바로 이들이었기 때문이다.

그들은 아무도 모르게 황인의 서를 탈취했기에 자신들이 범인임을 알지 못할 것이고 뮤스가 나타날 즈음 태자의 권력을 업고서 당당하게 나타난다는 생각을 가지고 있었으나 세상이 어디 마음먹은 대로 되는 것이 있는가? 어찌 된 일인지 그들은 황인의 서가 사라졌다는 것이 알려지고서 얼마 되지 않아 바로 범인으로 지목된 것이었다. 한참을 달리던 드워프들은 서로 눈빛을 교환하며 갈랫길을 통해 각자 흩어지고 있었는데, 이렇게 복잡한 황궁에서 자연스럽게 도망 다니는 드워프들을 보며 근위병들은 내심 놀라고 있었다.

"드워프들이 갈라진다! 넷으로 나누어라!"

근위병들 중 책임자인 듯한 인물들이 명령을 하자 근위병들은 일사불란하게 나뉘어지며 다시 각자 드워프들을 쫓기 시작했다.

좁은 복도에서 근위병들에게 쫓기고 있던 켈트는 정말이지 죽을 맛이었다. 흘깃 뒤를 돌아본 켈트는 더 이상 멀어지지도 않고 가까워지지도 않는 근위병들과의 사이를 보며 애태웠고 조금씩 호흡까지 가빠지는 것을 느끼고 있었다.

"헉헉! 저 녀석들은 갑옷까지 입고 뛰는데 힘들지도 않나! 적어도 한 시간은 버텨야 해! 형제들이여, 힘을 내라!!"

그의 뒤를 쫓던 근위병은 더욱 죽을 지경이었다. 갑옷만 해도 그 무게가 상당했는데, 그것을 모두 몸에 걸친 데다가 앞에서 뛰고 있는 드워프는 짧은 다리로 엄청난 속도를 내며 황궁의 복도를 자신의 안방인 양 헤집고 다니니 무작정 뒤쫓기만 하는 이들은 더욱 힘이 들 수밖에 없었다.

"헉헉헉! 대체 어디서 저런 드워프들이 나타난 거야! 혹시 예전에 소동을 피웠던 그들인가?!"

"그런 것 같아! 이번에 잡히기만 하면 내가 가만두지 않겠어! 헉헉…
그 레이디께서 도난 현장을 목격하지 않았으면 미궁에 빠질 뻔했어!"

아무리 도망가는 도중이었지만 드워프 족은 유난히 귀가 밝은 종족
이었기에 켈트는 그들의 대화를 들을 수 있었다.

"이런! 목격한 레이디면 한 명밖에 없지! 크라이츠님!!"

근위병들의 말대로 드워프들을 밀고(?)한 자는 바로 크라이츠였다.
그녀는 드워프들이 사건의 주모자라는 것을 밝히지 않는다면 그 의심
은 가비르 재상을 포함해 태자를 옹호하는 측으로 돌아갈 것이라고 생
각했던 것이었다. 인간이 이런 류의 범죄를 저질렀을 때는 반역죄가
성립되었지만 인간 이외의 종족이 그 주체였을 때는 일반 범죄로 보게
되는 것이 보통이었다. 결국 드워프들은 다른 종족이라는 이유와 이미
근위병들에게서 한번 도망쳤던 적이 있다는 전력 때문에 이런 고생을
하고 있는 것이었다.

돌연한 사건으로 인해 황혈 인증이 미뤄진 후로 점점 시간이 흘러가
자 황제와 귀족들은 불안한 기색으로 자리에 앉아 있었고, 군중들 역시
상황이 어떻게 돌아가는 것인지 알 수 없었기에 저마다 답답한 얼굴들
이었다. 장내를 한번 둘러보던 황제는 생각이 복잡한 듯 머리를 짚으
며 가비르 재상을 향해 입을 열었다.

"재상, 아무래도 나는 덕이 없는 황제였던 것 같소. 다음 대를 이을
태자가 실종이 되질 않나 황인의 서가 도난당하지를 않나……."

황제의 근심 어린 얼굴을 응시하던 가비르 재상은 안타까운 표정으
로 고개를 흔들며 대답했다.

"전하, 그렇게 생각하지 마십시오. 그저 이번 황위 계승이 다른 대에

비해 절차가 조금 복잡할 뿐입니다."

말을 하고 있는 가비르 재상은 황제에게 태자가 돌아온 것과 이 모든 것이 계획 아래 일어난 것임을 말하고 싶은 마음이 굴뚝같았으나 그렇게 된다면 황제의 태도를 보며 가테스 공작이 눈치를 챌 수 있었기에 그 마음을 억누르고 있었다.

그때 광장으로 들어오는 유일한 입구로 갑옷을 입은 근위병들이 들어오고 있었는데, 그들은 온몸을 밧줄로 감은 드워프들을 앞세우고 있었다. 켈트를 비롯한 드워프 형제들은 하나같이 진이 빠진 모습으로 초췌했고 다리까지 후들거리고 있었다.

켈트가 힘없이 걸어가며 입을 열었다.

"후우… 뮤스는 아직인가……."

그의 바로 뒤를 따르던 형제들 역시 광장을 둘러보며 고개를 끄덕였다. 드워프들이 끌려 들어오는 것을 본 가비르 재상은 그들과 의미심장한 눈빛을 맞추며 몸을 일으켜 보고를 기다리는 시늉을 했는데, 아직 뮤스와 태자가 나타나지 않은 상황에서 벌써 그들이 붙잡히게 되자 크게 동요하는 듯했다. 황제와 귀족의 앞까지 당도한 근위병들은 앞장서 걷던 드워프들을 멈춰 세우며 그 양 옆으로 도열했고 그중 한 명이 나와 재상의 앞에 섰다.

"재상 각하! 황인의 서를 탈취한 범인들을 모두 잡아들였습니다!"

말을 마친 근위병은 조심스러운 몸짓으로 검은 천에 싸인 물건을 가비르 재상에게 내밀었다.

"탈취당했던 황인의 서입니다!"

상황 보고를 들으며 그것을 받아 든 가비르 재상은 볼 것도 없었지만 의례상 검은 천을 풀어 내용물을 확인하는 척했고 고개를 끄덕이며 모두 들을 수 있는 목소리로 외쳤다.

"황인의 서가 확실하다! 범인들을 모두 임시 감옥에 가두도록 하고 이번 일에 대한 추궁은 대관식이 끝난 이후 다음 황제께서 직접 하신다!"

"넷!"

짤막하게 대답한 근위병은 도열해 있는 다른 근위병들 사이로 들어가며 드워프들을 이끌고 퇴장하기 시작했다. 힘없이 끌려가는 드워프들의 뒷모습을 보며 씁쓸한 표정을 짓던 가비르 재상은 신색을 회복하며 들고 있던 황인의 서를 의례관들에게 넘겼다. 그리곤 황제의 옆 자리로 돌아왔는데, 황제는 드워프들과 안면이 있는 사이였기에 크게 의아해하며 가비르 재상에게 물었다.

"재상, 저들은 뮤스 원장과 함께 왔었던 드워프들이 아니오? 그런데 이런 일을 저지르다니!"

그의 말을 듣던 재상은 쓰게 웃으며 말했다.

"대관식이 끝날 때쯤 되면 폐하께서도 저들의 노고를 아시게 될 것입니다. 하지만 아직도 태자께서 당도하지 못하시다니……."

재상을 크게 신임하던 황제는 어찌 된 영문인지 이해할 수는 없었으나 그의 말을 믿기로 했다. 이제 더 이상 시간을 끌 수 없었던 재상은 황인의 서가 놓인 탁자를 보며 조마조마한 마음을 진정시킬 수 없었다. 황인의 서가 제자리를 찾자 대관식은 예정된 순서에 따라 진행되기 시작했다.

다다다닥!

아무도 없는 텅 빈 복도에 다급한 발자국 소리가 메아리치고 있었는데, 두 명의 인영이 복도를 통과하며 어디론가 급히 달리고 있는 중이었다. 황궁 내에 기거하는 대부분의 사람들이 대관식을 구경하기 위해 이 자리에 없었기에 망정이지 만일 이들을 봤다면 예의없는 행동에 인상을 찌푸릴 일이었다. 잠시 후 그들은 달리는 것만으로도 만족하지 못했는지 큰 소리로 외치기까지 하고 있었다.

"태자 전하! 제가 말씀드린 것을 잊지 않으셨겠죠?!"

"물론입니다! 자세한 것은 모르지만 사용 방법 정도는!"

이들은 바로 이제야 겨우 작업을 마치고서 대관식장으로 달려가고 있는 뮤스와 태자였다. 그들은 대관식이 시작한 지 꽤 오랜 시간이 지났지만 크라이츠의 수완을 믿었기에 서둘러 계승의 광장으로 향하고 있는 것이었다. 십여 개의 모퉁이를 돌고 긴 복도를 지나는 복잡한 과정을 거치고 있었지만 다행스럽게 지리를 잘 알고 있는 태자였기에 길을 잃거나 하는 불상사는 일어나지 않고 있었다. 뮤스가 앞서 달리고 있는 태자를 향해 물었다.

"이제 얼마나 더 가야 합니까?"

"평소 같다면 건물 두 개만 더 통과하면 계승의 광장에 도착하지만 지금쯤 열려 있는 입구는 한곳밖에 없습니다. 그곳에 도달하려면 건물을 빙 둘러야 하죠!"

"그나저나 모습이 이래도 괜찮으시겠습니까? 그래도 명색이 대관식인데……."

과연 뮤스의 앞에서 달리고 있는 태자의 몰골은 말이 아니었는데, 시퍼렇게 멍든 눈에 퉁퉁 부은 볼이 차마 못 봐줄 지경이었고 옷도 입고 있던 그대로였기에 군데군데 찢어져 있었다. 달리면서 자신의 몸을 내려다본 태자는 가볍게 웃으며 대답했다.

"하핫! 이런 모습이어야 가테스 공작이 저지른 죄가 더 커지지 않겠습니까?"

"후훗! 그 말씀도 일리가 있군요!"

비록 시간은 다급했지만 태자의 마음은 지금까지와는 다르게 여유가 넘치고 있었는데, 어려운 시기를 넘김으로 인해 태자의 그릇이 한층 커진 듯했다. 이제 예전의 자신감없던 모습을 벗어던진 태자의 모습을 보며 흐뭇한 미소를 띠고 있는 뮤스였다.

채챙!

돌연 어디선가 병장기를 뽑는 소리가 뮤스와 태자의 귀에 들려왔다. 이에 놀란 그들은 저 멀리 복도의 끝을 바라보았는데, 복도를 가로막으며 무기를 들고 서 있는 다섯 명의 사내들을 볼 수 있었다. 그들 중 가장 앞쪽에 서 있던 자는 뮤스와 태자에게 익숙한 얼굴로 다름 아닌 루피스였다. 루피스의 얼굴을 확인한 태자는 쌓인 것이 많았는지 거친 말투로 외쳤다.

"루피스! 네놈이 이곳에 있었다니!"

태자의 외침에도 불구하고 비릿한 웃음을 지음 루피스는 자신의 검을 쓰다듬으며 입을 열었다.

"후훗, 태자 전하. 어떻게 그곳에서 빠져나오셨는지는 모르겠지만 그동안 잘 지내셨습니까? 한데 지금 어디를 그리 바쁘게 가시는 중인지 모르겠군요?"

그들의 앞에 이르며 발걸음을 멈춘 태자는 루피스와 사내들을 둘러보며 싸늘하게 외쳤다.

"지금 우리의 길을 막는 것이냐!"

"후훗, 그렇지 않다면 이곳에 서 있지도 않겠지요. 하지만 우리가 할 일은 그저 태자 전하를 대관식장으로 못 가도록 막는 것이니 너무 걱정하지 마시지요."

루피스의 말에 태자는 분노가 끓어오르는 듯 주먹을 움켜쥐고 있었는데 등 뒤로 뮤스의 차분히 가라앉은 목소리가 들렸다.

"태자 전하, 이곳에서 저들과 싸울 시간이 없습니다. 서둘러야 합니다."

비록 그의 말이 맞긴 했지만 싸우지 않고 이들에게서 빠져나갈 방도가 생각나지 않던 태자는 난감해지고 있었다.

"하지만 어떻게?"

뮤스에게 의향을 물어오자 가볍게 웃은 그는 루피스가 눈치 채지 못하도록 태자의 강화체갑을 두들겼다. 그제야 뮤스의 뜻을 깨달은 태자는 급히 강화체갑을 벗어 그에게 던져 주며 눈을 가렸고, 강화체갑을 받아낸 뮤스는 자신의 눈을 가리며 루피스와 그의 수하들을 향해 내밀었다.

파팟!

그와 동시에 엄청난 빛줄기가 사방으로 뻗어 나가기 시작했는데, 갑작스러운 빛에 미처 대응하지 못한 루피스와 수하들은 눈을 부여잡으며 고통에 신음했다.

"크윽! 이게 무엇인가! 앞이 안 보여!"

"내 눈!!"

마나를 거두며 눈을 가렸던 손을 뗀 뮤스는 앞을 보지 못하며 비틀거리는 루피스와 수하들에게 싸늘한 미소를 던졌고, 아직도 눈을 가리고 있는 태자의 손을 이끌며 이곳을 빠져나가기 시작했다.

"태자 전하, 어서 서두르시죠!"

계승의 광장에서 진행되고 있는 대관식은 막바지에 이르고 있었다. 이제 태자의 황혈 인증만을 앞두고 있는 상태였는데, 이곳에 모인 모든 사람들은 입구에 시선을 맞추며 태자의 등장을 기다리는 중이었다. 가비르 재상과 황제는 두 손을 모으며 마음속으로 간절한 기도를 드리고 있었고, 가테스 공작은 내일이면 자신의 수중에 떨어질 황궁을 둘러보며 황홀한 표정을 지었다. 의례의 순서를 진행하는 의례관이 굵직한 목소리로 외쳤다.

"태자 전하께서 입장하십니다!"

뿌우! 뿌우! 뿌우!

하지만 의례관의 외침과 입장을 알리는 뿔 나팔 소리가 들렸음에도 입구에는 아무런 인적조차 없이 조용했고, 가비르 재상은 나락으로 떨어지는 기분에 두 눈을 질끈 감았다.

"아아… 그렇게 노력했건만 결국 이렇게 되는구나……."

그것은 황제 역시 마찬가지였다. 그는 현기증을 느낀 듯 팔걸이를 붙잡으며 겨우 몸을 세우고 있었고, 그 누구도 들어오지 않고 있는 입구를 애타는 눈빛으로 바라보고 있었다.

"태자……."

장내가 떠들썩해지자 의례관은 다시 한 번 외쳤다.

"태자 전하께서 입장하십니다!"

하나 역시 태자는 그 모습을 드러내지 않고 있었다. 아무리 봐도 자신에게 기울어진 상황에 미소를 짓던 가테스 공작은 황제에게 다가가 거만한 목소리로 말했다.

"황제 폐하, 태자 전하께서는 나타나지 않으셨습니다. 이제는 태자 전하의 황위 포기를 선언하셔야 할 듯합니다만."

가테스 공작의 말에 화가 치민 가비르 재상은 몸을 일으키며 외쳤다.

"가테스 공작! 아직은……!"

그가 무엇인가를 말하려 했지만 황제의 제지에 의해 입을 다물 수밖에 없었다. 잠시 고뇌에 찬 표정을 하던 황제는 조용히 고개를 끄덕이며 입을 열었다.

"좋소, 가테스 공작. 이렇게 된 이상 귀족 회의를 거칠 수밖에. 의례관에게 신호하여 태자의 자격 박탈을 알리시오."

힘들게 말을 마친 황제는 무겁게 입을 다물며 슬픈 얼굴을 했고 그의 결정에 특유의 미소를 지은 가테스 공작은 대관식을 진행하는 의례관에게 신호를 했다. 믿기지 않는 가테스 공작의 신호를 다시 한 번 확인한 의례관은 침중한 표정으로 장내의 군중들을 향해 외쳤다.

"태자 전하께서 이곳에 모습을 드러내지 않으셨기에 이번 대관식은……."

그때였다!

"잠깐!"

의례관의 말을 끊는 갑작스러운 외침에 사람들이 모두 광장의 입구로 눈길을 돌리자 그곳에는 뻗어 나오는 빛을 등진 채 계승의 광장으로 들어오는 인물이 있었다. 동시에 누군가의 외침 소리가 대관식장에 울려 퍼지기 시작했다.

"태, 태자 전하시다!"

"태자 전하께서 오셨다!"

"와아!!"

사람들의 외침에 눈을 크게 뜬 황제와 가비르 재상은 이 기적 같은 등장에 자신의 눈을 의심하며 광장의 입구를 바라보았다. 과연 그곳에는 익숙한 얼굴을 가진 자가 걸어 들어오고 있었는데, 비록 눈이 시퍼렇게 멍이 들고 볼이 부어 있다고 하더라도 충분히 태자 본인임을 알 수 있었다. 황제를 바라본 가비르 재상은 진심 어린 기쁨으로 외쳤다.

　　"폐하! 태자 전하께서 오셨습니다!"

　　"지, 짐도 지금 보고 있소. 오오, 신이시여, 감사합니다!"

　　그의 주름 접힌 노안에는 보일 듯 말 듯한 눈물이 고이고 있었고, 이제야 자신이 할 바를 다했다고 생각한 그의 굳건하던 어깨는 순식간에 좁아지는 듯했다. 어느새 태자는 황제의 앞까지 도착해 예를 표했다.

　　"아바마마, 심려를 끼쳐 드린 점 송구스럽기 그지없습니다."

　　그의 말에 고개를 내저은 황제는 태자가 대견하기만 한지 흐뭇한 표정이었다.

　　"아니다, 아니야. 이렇게 대관식에 와준 것만으로도 나는 아무런 할 말이 없구나."

　　황제에게 인사를 마친 태자는 날카로운 눈빛으로 황제의 왼쪽에 앉아 있는 가테스 공작을 바라보았다. 그는 이 의외의 상황에 크게 놀라고 있었지만 마지막 남은 보루가 있었기에 아직 단념하지는 않은 모습이었다.

　　"가테스 공작, 그동안 잘 계셨습니까? 어쨌든 대관식이 끝난 다음에 둘 사이의 일을 해결 짓도록 하시죠."

　　태자의 말을 들은 가테스 공작은 애써 여유로운 태도를 유지했다.

　　"흥, 그런 말은 황혈 인증이나 끝내고 난 다음에 하시죠."

　　"후훗, 그럴까요? 그럼 전 황혈 인증을 위해 잠시……."

말을 마치며 뒤돌아서서 의례관에게 준비가 됐다는 신호로 손을 가볍게 치켜들자 의례관은 기다렸다는 듯이 외쳤다.

"황혈의 상자를 열겠습니다!"

구구구궁―

요란한 소리가 들리며 놀랍게도 바닥의 일부분이 좌우로 갈라지기 시작했다. 그리고 그곳에서는 높이가 2멜리 정도 되고 사람 한 명이 겨우 들어갈 만한 석실이 올라오기 시작했다. 사람들은 이제 대관식에서 가장 중요한 황혈 인증이 시작되었음을 느끼며 침을 삼켰다.

석실의 움직임이 멈추자 태자는 그것의 주변으로 다가갔고 옆에서 대기하고 있던 의례관은 은색으로 반짝이는 날카로운 단검을 태자에게 내밀었다. 이것은 태자의 피부에 상처를 낼 때 필요한 단검으로 재질이 은으로 이루어졌기에 나쁜 기운이 상처를 타고 몸으로 스며드는 것을 막는다고 믿고 있었다. 단검을 건네받은 태자는 주변의 인물들을 둘러봤는데, 그들 사이에서 뮤스를 발견한 태자는 가볍게 미소를 지으며 석실의 문을 열고 안으로 들었다. 태자가 석실로 들어가는 모습을 보던 황제가 나직이 말했다.

"황인의 서를 열라."

황제의 명령에 따라 탁자 옆에 대기하고 있던 의례관이 조심스러운 손길로 황인의 서를 열자 금색을 띠는 신비로운 빛이 주변으로 일렁이기 시작했고, 아무것도 그려져 있지 않은 종이 위로 어떤 문양이 새겨지고 있었다. 금광의 일렁임을 본 황제를 비롯한 귀족들은 황인의 서를 향해 다가가기 시작했지만 군중들이 서 있는 자리에서는 그것을 확인할 방도가 없었기에 저마다 답답한 얼굴들이었다.

황제와 귀족들이 탁자의 주변을 둘러싸고서 황인의 서에 생겨난 문양을 확인하자 황제는 두 손으로 황혈의 서를 덮었고, 그것의 주변을 감싸던 금광이 그와 함께 사라져 버렸다. 이제 남은 것은 태자가 나오기를 기다리는 일뿐이었다.

철컥!

잠시 후 문이 열리는 소리와 함께 이곳에 모인 모든 이들의 이목을 받으며 석실로부터 태자가 걸어나오고 있었다. 탁자의 주변에서 태자를 보던 귀족들은 그의 대답을 기다리는 표정이었는데, 태자보다 황제가 더욱 긴장한 듯했다.

"태자, 이제 황혈의 상자 속에서 본 것을 우리에게 말해 다오."

황제의 말에 차분한 눈빛으로 고개를 끄덕인 태자가 입을 열었다.

"네, 아바마마. 저는 황혈의 상자에서 두 마리의 드래곤이 서로 엉키는 문양을 볼 수 있었습니다. 하지만 그 드래곤들은 발톱을 세우지도, 브레스를 내뿜지도 않았는데 싸운다고 하기보다는 어떠한 경쟁을 뜻하는 듯했습니다."

잠시 말을 멈춘 태자는 주변을 둘러보며 말을 이었다.

"황혈 인증에서 나타나는 문양은 그 대에 일어날 사건을 암시해 주었습니다. 그런 점을 생각해 볼 때 제 생각으로는 이것은 앞으로 도이첸 제국이 다른 국가와 경쟁하게 됨을 뜻하는 듯합니다! 저는 이 도이첸 제국을 그 어느 국가에도 지지 않는 대륙 최고의 국가로 만들겠습니다!"

태자의 말이 끝난 듯하자 황제와 귀족들은 서로의 눈을 마주쳤고 군중들은 과연 태자가 말한 것이 황인의 서와 일치할 것인지에 대해 강한 궁금함을 나타내고 있었다. 이제 의견을 맞추자 황제는 귀족들 앞으로 한 걸음 나서며 군중들을 향해 외쳤다.

"짐은 제61대 도이첸 제국의 황제로서 카로이트 4세를 제62대 도이첸 제국의 황제로 명하노라!"

황제의 말이 떨어지자 그의 뒤에서 넋이 나간 표정으로 서 있던 가테스 공작은 그 자리에 주저앉고 말았고, 군중들은 미리 준비해 둔 색색의 꽃가루를 새로운 황제를 환영하기 시작했다.

"카로이트 4세께 영광을!"

"도이첸 제국에 영광을!"

이제야 겨우 대관식이 무사히 끝났다고 느낀 태자는 사람들의 환호성을 들으며 굵은 눈물을 흘리는 황제와 기쁨의 포옹을 했다. 그리고 환호하는 군중들을 향해 태자가 손을 높이 치켜 올리자 환호성은 더욱 커져 황궁의 전역에 울려 퍼지기 시작했다. 이렇게 하여 듀들란 제국과의 한판 승부를 벌일 도이첸 제국의 제62대 황위는 카로이트 4세에게 계승이 되었다.

같은 시간, 황궁의 어두운 지하 감옥에 갇힌 드워프들은 눈을 멀뚱거리며 멀리서 전해오는 환호성 소리를 들을 수 있었다. 나무로 만들어진 딱딱한 침대에 몸을 누이고 있던 켈트는 별 감흥 없는지 콧구멍을 파며 말했다.

"어차피 저렇게 될 것 아니었나?"

철창살을 붙잡고서 밖을 내다보던 레딘 역시 고개를 끄덕였다.

"괜히 우리만 체면 버리고 난리 피운 것 같수. 어차피 크라이츠님이 마음먹은 이상 안 될 턱이 없어. 그 태자만 운 좋게 된 거지 뭐."

말을 잠시 끊은 레딘은 반대 편 감옥에 갇혀 있는 블뤼안과 브라이덴을 향해 외쳤다.

"자네들은 왜 아무런 말도 없어?"

레딘의 물음에 잠시 대답을 미루던 블뤼안이 짜증이 잔뜩 섞인 목소리로 말했다.

"이런! 이놈의 쥐새끼 또 놓쳤네! 어제부터 굶어서 죽을 것 같아! 이 녀석이라도 잡아먹어야겠어!"

"블뤼안, 뭐 해! 자네 쪽으로 쥐가 도망갔어!"

한 수 거드는 브라이덴이었는데, 카로이트 4세를 황위에 올리기 위해 가장 애쓴 이들은 환영은 고사하고 냄새 나는 지하 감옥에서 쥐나 잡고 있으니 참으로 웃긴 일이 아닐 수 없었다.

〈제4권 끝〉

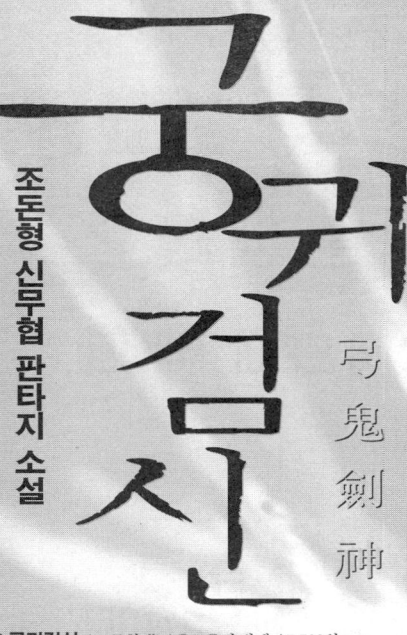

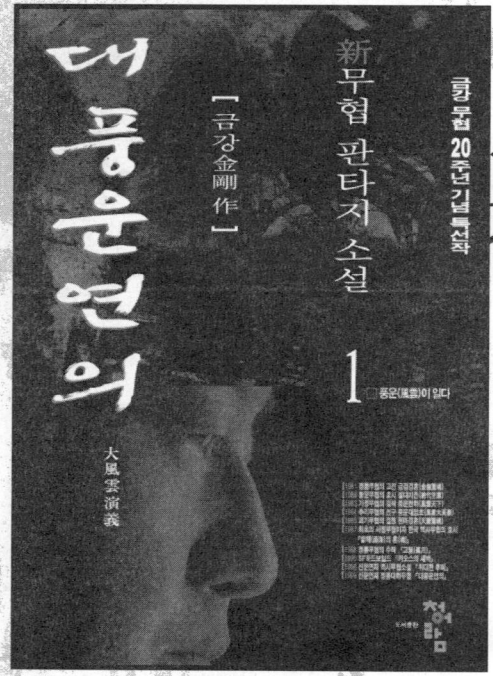

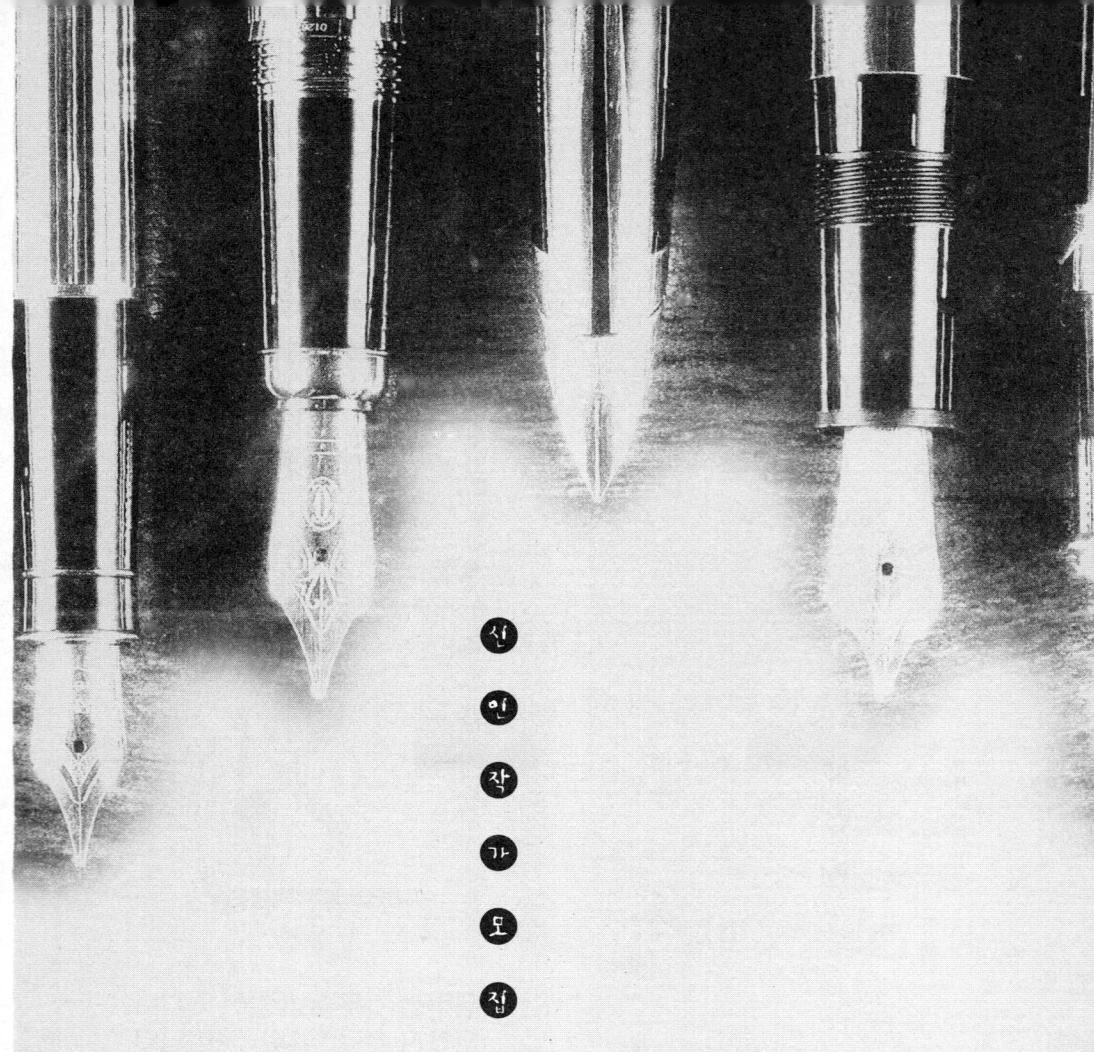

신

인

작

가

모

집

시작이 반이라고 했습니다.
작가의 길에 대한 보이지 않는 벽을 과감히 깨뜨리십시오!
청어람은 작가 지망생 여러분들의
멋진 방향타가 되어드리겠습니다.

저희 도서출판 청어람에서는
소설 신인 작가분들을 모집합니다.
판타지와 무협을 사랑하시는 분들의 많은 참여를 바랍니다.
소정의 원고(A4용지 150매)를 메일이나 우편으로 보내주시면
검토 후 출판 여부를 알려드리겠습니다.

주소:경기도 부천시 원미구 심곡1동 350-1 남성B/D 3F 우편번호420-011
TEL:032-656-4452 · **FAX**:032-656-4453
http://www.chungeoram.com
e-mail:chungeoram@chungeoram.com